Mirjam Müntefering

Heute ist für immer

Weitere Titel der Autorin:

Weihnachten mit Bolle
Und immer war's der Mann fürs Leben

Als E-Book lieferbare Titel:

Taktgefühle
Die schönen Mütter anderer Töchter
Emmas Story
Jetzt zu dritt
Ada sucht Eva
Das Gegenteil von Schokolade

MIRJAM
MÜNTEFERING

HEUTE *ist für* IMMER

ROMAN

€3.55

LÜBBE

MIX
Papier aus verantwortungsvollen Quellen
FSC® C014496

Papier: holzfrei Schleipen –
Werkdruck, der Cordier Spezialpapier GmbH

Dieser Titel ist auch als E-Book erschienen

Originalausgabe

Textredaktion: Anja Lademacher, Bonn
Umschlaggestaltung: Kirstin Osenau
Einband-/Umschlagmotiv: © Masterfile/RF, © shutterstock/Mila Petkova,
© shutterstock/Dirk van der Walt, © shutterstock/Ivonne Wierink
Satz: Fotosatz Amann, Memmingen
Gesetzt aus der Adobe Garamond
Druck und Einband: GGP Media GmbH, Pößneck

Printed in Germany
ISBN 978-3-431-03891-0

2 4 5 3 1

Sie finden uns im Internet unter: www.luebbe.de
Bitte beachten Sie auch: www.lesejury.de

Dienstag, 14. August

MARLEEN

In den vergangenen eineinhalb Jahren hat sie ein untrügliches Gespür dafür entwickelt, wann er auftauchen wird. Als seien ihr Fühler gewachsen, mit denen sie seine Nähe ertasten kann, feinste Antennen, die sie vorbereiten auf seinen Anblick, seine Stimme, seinen Geruch.

Und tatsächlich. Als sie sich vom Herd, auf dem die Pastasoße köchelt, abwendet und aus dem Fenster im vierten Stock sieht, parkt sein winziger Wagen gerade auf der gegenüberliegenden Straßenseite ein.

Kann ein rückwärts einparkender, uralter Mini Cooper erotisch sein?

Ja, entscheidet Marleen. Wenn man die schlanken, geschickten Hände, die das Steuer umfassen, so genau kennt. Wenn man die beweglichen Finger stundenlang dabei beobachtet hat, wie sie über die weißen und schwarzen Tasten eines Klaviers tanzen. Sie anschließend auf der Haut gespürt hat, auf den Augenlidern, zart wie ein Schmetterling, auf der Wange, der Brust, dem Bauch.

Sie muss lächeln.

Manchmal kommt es ihr so vor, als rinne ihr ganzes bisheriges Leben durch einen Trichter, in den man nach und nach nur die feinsten Zutaten gibt. Zunächst die warmherzige Liebe der Eltern, die erst so spät Vater und Mutter wurden und ihrer einzigen Tochter ermöglichten, stets ihren eigenen

Interessen und Wünschen zu folgen. Dann die vielen Geschichten, die in ihrer Kindheit aus den Büchern zu ihr ins Zimmer sprangen und ihre Fantasie beflügelten. Die Freude, wenn sie mit der Laientheatergruppe in ihrem Dorf auftreten durfte. Und schließlich die allmählich wachsende Gewissheit darüber, wohin der eigene Lebensweg führen würde.

All diese Erfahrungen scheinen zusammengeflossen zu sein, scheinen sich gemischt zu haben in einem wohligen, lebendigen Strudel. Und so kann sie heute die glücklichen Momente genießen, in denen sie auf die Bühne des imposanten Hamburger Schauspielhauses hinaustritt, diese Momente, die die Knie weich und das Herz so weit machen. Denn dann ergreift sie das herrliche Gefühl, angekommen zu sein.

Und jetzt ist es Zeit, dass ein neuer, ein ganz besonderer Abschnitt beginnt.

Marleen legt die Hände auf ihren mittlerweile schon sehr runden Bauch. Es dauert nicht lange, und der kleine Mensch darin antwortet dem sanften Druck mit einem zarten Tritt. Wieder muss Marleen unwillkürlich lächeln.

Wo es wohl passiert ist? Vielleicht auf dem violetten Satinlaken, das sie manchmal aufzieht, nicht um darauf zu schlafen, sondern nur, um darauf die Liebe zu genießen – einfach, weil es so herrlich verrucht aussieht? Vielleicht war es aber auch in Florians schöner großer Altbauwohnung in Ottensen? In seinem mit weißem Leinen bezogenen antiken Jugendstilbett, dessen exquisite Herkunft jedes Mal zur völligen Nebensache geriet, weil viel zu sensationell war, was darin geschah? Oder, wer weiß, vielleicht geschah es auch während eines ihrer romantischen Wochenenden in Marleens kleinem Häuschen in Fleckeby. Diesem Kleinod an der Schlei,

Marleens ganzem Stolz und ihr gemeinsamer Lieblingsort. Natürlich ist es völlig egal, wo es geschehen ist. Aber es macht Spaß, sich an die vielen Gelegenheiten zu erinnern, denn eine davon könnte der Moment gewesen sein, der ihr den runden Bauch und diese unvergleichliche Vorfreude geschenkt hat.

Inzwischen ist ihr kleines Appartement erfüllt vom Duft der frischen Tomatensoße, und unten auf der Straße öffnet sich gerade die Fahrertür des Minis. Als ein langes, schlankes Bein in ausgeblichener Jeans erscheint, wendet Marleen sich rasch um und eilt zurück an den Herd. Doch auch jetzt, während sie mit den letzten Vorbereitungen für das Essen beschäftigt ist, lauscht sie ständig auf die Geräusche im Hausflur.

Als sie den Schlüssel im Schloss hört, beginnt ihr Herz zu rasen. Nach eineinhalb Jahren und trotz ihres Acht-Monats-Bauchs hat sich daran noch immer nichts geändert. Flo lässt ihr Herz schneller schlagen. Indem er zu ihr kommt. Einfach, weil er ein Teil ihres Lebens ist.

Der Wohnungsflur ist winzig. Irgendwo plumpst seine Tasche auf den Boden, und mit ein paar Schritten ist er bei ihr. Sie dreht sich nicht um, rührt geschäftig in der Soße, in die sie gerade die letzten frischen Kräuter gibt.

»Ich hatte schon gehofft, dass dieser sagenhafte Duft im Treppenhaus aus deiner Wohnung kommt«, sagt er zur Begrüßung.

Obwohl es eng ist zwischen Herd und Küchentheke, schmiegt er sich von hinten an sie, legt eine Hand auf ihre Schulter, die andere seitlich an ihren Bauch. Gut, dass sie sich vorhin die Haare hochgesteckt hat. Immer noch findet sie, dass sie diesem so erbarmungslos gutaussehenden Mann nicht viel zu bieten hat. Aber er liebt ihren Nacken, die feinen blonden Härchen dort, und er kann es auch jetzt nicht lassen, ihn sanft zu küssen.

»Wie geht's meinen beiden Mädels?«

Marleen lacht.

»Du mit deinem Mädchen! Was ist, wenn es doch ein Junge wird? Dann kommt der arme Kleine mit einem handfesten Trauma zur Welt.«

Ihr Baby hat sich fest entschlossen, sein Geschlecht nicht preiszugeben. Noch bei keinem Ultraschall ist es der Ärztin auf Anhieb gelungen, es deutlich zu sehen. Und da Flo felsenfest überzeugt davon ist, es sowieso schon zu kennen, haben sie auch nie lange nachgeforscht. Es ist zu einem unterhaltsamen Spiel zwischen ihnen geworden.

»Echte Kerle haben nichts dagegen, hin und wieder wie ein Mädchen behandelt zu werden. Sie müssen sich schließlich nichts beweisen«, behauptet Flo und vergräbt seine Nase in ihrem Haaransatz. »Hm … hier riecht's ja noch viel besser als in der Küche.«

Marleen schaltet alle Herdplatten ab und dreht sich vorsichtig zu ihm herum. Oft kann sie ihr Glück kaum fassen, wenn sie ihn ansieht. Natürlich stimmt es, dass die Schönheit der Dinge im Auge des Betrachters liegt, aber ganz ehrlich, Florian Steinbeck sieht auch ganz objektiv betrachtet einfach fantastisch aus.

Einen Meter zweiundachtzig, sehr schlank, souveräner Gang, aufrechte Haltung, verstörend grüne Augen unter markanten Brauen, ausgeprägte Wangenknochen, gerade Nase, sinnlicher Mund und ein Grübchen am Kinn. Nur seine braunen Haare, die ausschließlich nach dem Duschen ordentlich frisiert aussehen, stehen meist wild vom Kopf ab. Mal hier, mal da. Als wollten sie seinen ansonsten perfekten Auftritt mit einem lässigen Augenzwinkern kommentieren.

»Du bist ja komplett zerzaust.« Marleen greift in sein Haar und wuselt noch ein bisschen mehr darin herum. »Wie war es am Theater?«

Er verzieht das Gesicht.

»Borner nervt. Er will, dass ich die drei Eingangsszenen umschreibe.«

»Und? Hat er recht damit?«

»Natürlich nicht. Aber leider entscheidet nun mal er, ob das Stück gespielt wird oder nicht. Wird auf jeden Fall eine Menge Arbeit«, seufzt er.

Sie lösen sich voneinander. Flo greift nach dem Nudeltopf und schüttet die Spaghetti ins Sieb, während Marleen die Soße auf den Tisch stellt.

»So viel Arbeit, dass es in die nächste Spielzeit rutscht?«, erkundigt Marleen sich und hofft, dass es belanglos klingt.

Aber natürlich durchschaut er sie. Als er die Nudeln zum Tisch bringt, grinst er von einem Ohr zum anderen.

»Süße, gib es endlich auf. Selbst wenn du zu den Proben schon wieder einen flachen Bauch haben solltest, wird Borner dir die Rolle nicht geben. Auch wenn ich sie dir quasi auf den Leib geschrieben habe. Svenja ist dran. Sonst haut sie ab nach München oder Berlin. Und dann ist es vorbei mit deiner perfekten Zweitbesetzung.«

Marleen lächelt und füllt die Teller. Dass er es immer schafft, eine schlechte Nachricht wie eine gute aussehen zu lassen, ist eins der vielen Dinge, die sie abgöttisch an ihm liebt.

Flo kostet die Tomatensoße und schließt genießerisch die Augen.

»Wunderbar!«

Er ist wunderbar.

Aber die Soße ist ihr in der Tat auch wirklich gut gelungen. Marleen wickelt ein paar Spaghetti um ihre Gabel und erfreut sich an der Geschmacksexplosion an ihrem Gaumen.

Flo langt kräftig zu. Hungrig steckt er ganze Nudelknäule in den Mund und kaut mit selig geschlossenen Augen. Und zwischendurch schlägt seine Gabel auf dem Salatteller zu. Knackend verschwinden die frischen grünen Blätter zwischen seinen makellosen Zähnen.

»Caroline gibt am Samstag eine Party«, erzählt Marleen.

»Mmhhh?!«, macht Flo.

Auch mit vollem Mund gelingt es ihm, argwöhnisch zu klingen.

Marleens Schauspielkollegin und Freundin Caroline ist bekannt für ihre sagenhaften Motto-Partys und versetzt den wenig extrovertierten Flo damit stets in Angst und Schrecken.

»Keine Sorge. Nichts Besonderes. Nur was Kleines mit Freunden, angeblich, um ihre wiedergewonnene Freiheit zu feiern – wo es doch mit Mirko endgültig vorbei ist. Ich glaub aber, sie möchte sich eigentlich eher ablenken. Es macht ihr mehr aus, als sie zugeben will«, sagt Marleen und muss daran denken, wie lange sich die Streitereien zwischen Caroline und Mirko hingezogen haben. »Wir gehen doch hin, oder?«

Flo kaut ziemlich lange an seinem Bissen herum.

Marleen, die zwar nur mit einem vorsichtigen, aber immerhin zustimmenden Nicken gerechnet hatte, schaut irritiert auf.

»Flo?«

Es dauert eine ganze Weile, bis er endlich antwortet.

»Tut mir leid, aber ich …«

Sein Blick weicht dem ihren aus und irrt über den Tisch, als habe er dort einen wichtigen Gegenstand verloren.

Oh nein, dieses Gesicht kennt sie nur zu gut. Marleen wartet.

Aber Flo schweigt.

»Du hast vor, zu deiner Familie zu fahren, stimmt's?«, fragt sie.

Endlich schaut er auf, und seine Augen sind ganz dunkel. Verdammt, verdammt. Sie hasst es, ihn so zu sehen, denn jetzt weiß sie, dass sie ins Schwarze getroffen hat.

»Ja. Am Wochenende gibt's dort eine kleine Feier. Und ich dachte, ich sollte …«

Marleen seufzt und sticht mit ihrer Gabel ein wenig zu heftig in die restlichen Spaghetti auf ihrem Teller.

»Richtig, deine Mutter hat Geburtstag. Am 18. August. Nur zur Erinnerung: Letztes Jahr warst du auch allein dort und hast anschließend gesagt, dass du dir den Krampf in diesem Jahr ersparen willst.«

»Ich weiß«, sagt er gequält.

»Du warst tagelang … ach was, wochenlang mies drauf. Weißt du das nicht mehr?«

»Doch.«

»Doch?«

Ein längeres Schweigen erfüllt den Raum. »Sie hat doch nur mich …«, bringt er schließlich heraus. »Es würde sie und meinen Vater riesig freuen, wenn ich zur Feier komme.«

»Riesig freuen?! Hm. Waren es nicht deine Eltern, die ihr Geld zurückgefordert haben, als du dein Studium abgebrochen hast?«

»Ja, aber …«

»Und hast du deinem Vater damals nicht gesagt, dass – ich zitiere wörtlich – du es satthast, dass deine persönliche Freiheit immer nur so lange deine Freiheit ist, wie es der Familie in den Kram passt?«

»Stimmt. Aber …«

»Deine Mutter hat damals doch diesen tollen Vorschlag gemacht, oder? Du könntest deine Stücke auch in deiner Freizeit schreiben – wenn du nach zehn Stunden Arbeit in der Kanzlei nach Hause kommst. War es nicht so?«

»Ja«, seufzt Flo. »Aber …«

Er unterbricht sich und lauscht dem Wort nach, als könne er nicht recht glauben, dass er es in diesem Zusammenhang benutzt.

»Was ›aber‹?«, hakt Marleen nach.

»Aber im Grunde ist es nur mein Großvater, der …«, sagt er.

Marleen kennt den Rest.

Anfangs hatte Flo so gut wie gar nicht über seine Familie gesprochen, als würde diese reiche Patentanwaltssippe ein unaussprechliches Geheimnis umgeben. Doch als sie sich besser kannten und Marleen nach all den bunten Schmetterlingen im Bauch zum ersten Mal an ernsthafte Liebe dachte, erzählte Flo irgendwann von seinem Großvater. Davon, dass er nicht nur die Kanzlei, sondern auch die Familie wie ein Diktator im Griff habe.

»Hey, weißt du was? Ich hab eine Idee!«, sagt Marleen ein

wenig munterer, um dem Gespräch die Schärfe zu nehmen. »Wie wäre es, wenn wir einfach zusammen hinfahren? Auch wenn ich nicht eingeladen bin.«

»Was?«, entfährt es ihm.

Seine sonst so angenehm männliche Stimme klingt plötzlich schrill.

»Ja, du sagst ihnen, es gibt eine riesige Überraschung. Das ist schließlich nicht gelogen. Es wird sie bestimmt umhauen, dass sie demnächst Familienzuwachs bekommen. Und das von einer … uuuhhh, *Schauspielerin.*«

Flo lacht. Aber es ist nicht sein übliches, herzliches und betörendes Lachen. Es klingt freudlos.

»Du weißt wirklich nicht, was das bedeutet. Sie würden dich in hohem Bogen rauswerfen. Und mich wahrscheinlich gleich mit.«

»Na und?«, erwidert Marleen trotzig. Sie greift nach seiner Hand. Das restliche Essen auf ihren Tellern ist mittlerweile kalt. »Flo, bitte. Lass uns doch endlich mit diesem Versteckspiel aufhören. Wie lange willst du das denn durchhalten?«

Es ist einfach unerträglich, wenn er ihr nicht in die Augen sehen kann. Sicher weiß er, dass sie recht hat. Er windet sich. Er möchte ihr zustimmen. Aber irgendetwas hindert ihn. Warum nur fällt ihm dieser Schritt so schwer?

Dann räuspert er sich. »Ich könnte doch auf der Geburtstagsfeier schon mal eine Andeutung machen. Quasi den Boden bereiten? Und dann, in ein, zwei Wochen, auf jeden Fall bald, lassen wir die Bombe platzen. Was meinst du?!«

Flo versucht sich an einem tapferen Grinsen. Doch seine Augen bleiben davon unberührt.

Marleen schüttelt den Kopf. »Du machst dir selbst was

vor, Flo. Wenn es nach dir ginge, würden sie es nie erfahren. Langsam frage ich mich wirklich, was ich dir bedeute. Ich und … unser Baby.«

»Marleen!«, erwidert er voller Verzweiflung.

Mehr nicht. So viel Qual und Entsetzen liegt in diesem Ausruf, dass es ihr selber wehtut. Aber sie ist nicht mehr allein. Sie muss jetzt auch an ihr Baby denken und daran, dass sie sich auf Flo verlassen können will.

»Ja, Flo. Was bedeute ich dir eigentlich, wenn du nicht mal bereit bist, mich deinen Eltern vorzustellen?«

Er starrt sie fassungslos an, als wäre diese Sicht auf die Dinge für ihn völlig neu und unverständlich.

»Das hat doch nichts, wirklich überhaupt nichts mit dir zu tun, Marleen!«, stammelt er. »Es liegt doch nur an ihnen. Ich will dir das alles einfach nicht zumuten.«

»Florian«, sagt Marleen und ist selbst entsetzt über den Ernst und den Vorwurf, die in ihrer Stimme liegen. »Um eins ganz klarzustellen: Du musst keine Entscheidungen für mich treffen, auch nicht, wenn du glaubst, dass sie zu meinem Besten sind. Mag sein, dass ich nicht mehr viel mit deiner Familie zu tun haben will, wenn ich sie erst einmal kennengelernt habe. Aber das entscheide ich selbst. Verstanden? Es ist deine *Familie*, Flo. Das ist es, was für mich zählt. Es sind deine Eltern …«

Sie kann nicht weitersprechen. Ihre Kehle ist plötzlich wie zugeschnürt. Hilflos sucht sie seinen Blick. Wenn er sie doch nur anschauen würde, liebevoll, warm, wie sie ihn kennt. Vielleicht würde es dann nicht mehr so wehtun. *Vater. Mutter.* Er weiß doch, was diese beiden Worte für sie bedeuten. Wie ein Messerstich fühlt es sich an, wenn sie diese Worte hört. Ein Messerstich, den sie mit einem Lächeln ertragen muss, seit eineinhalb verdammten Jahren. Doch dieses Mal, vielleicht zum ersten Mal, spürt er anscheinend nicht, was in ihr vorgeht. Viel zu sehr scheint er gefangen zu sein in seinen eigenen Gefühlen, seinen eigenen Enttäuschungen. Er wendet sich ab, schiebt den Stuhl vom Tisch zurück.

»Sieh mich nicht so an.«

»Wie sehe ich dich denn an?«, fragt sie verwirrt.

Flo zögert kurz, doch dann sagt er: »Als hättest du alle Achtung vor mir verloren.«

Er klingt furchtbar.

»Hey, das ist doch Unsinn«, sagt sie sanft und will wieder nach seiner Hand greifen, doch er hat sie zurückgezogen. »Entschuldige, Flo, aber es kann doch wirklich nicht sein, dass ein über Achtzigjähriger eure ganze Familie terrorisiert. Er ist doch kein Sklavenhalter. Du bist nicht sein Eigentum!«

Marleen schaut Florian an. Etwas geht in ihm vor, das ihn ihr plötzlich ganz fremd erscheinen lässt.

»Und übrigens auch nicht deins«, sagt er dann kühl.

Marleen will aufspringen, aber ihr Bauch ist ihr im Weg. Sie zerrt an der Stuhllehne, strauchelt beim Aufstehen. Ihre Unbeholfenheit macht sie noch wütender, und auch, dass Flo die Hand ausstreckt, um sie zu stützen.

»Marleen«, sagt er fast flehend.

»Ach, vergiss es!«, faucht sie, stürmt in den Flur, nimmt den Schlüssel vom Haken und wirft die Tür mit einem lauten Knall hinter sich zu.

HEINRICH

Heinrich schließt den Tresor und lässt das Zahlenschloss einrasten. Der Entwicklungsbericht mit den aktuellen Messdaten für das neue Patent ist dort sicher aufgehoben, auch wenn diese Forschungsergebnisse zu einer neuen, platzsparenden Verpackung höchstwahrscheinlich sowieso keinen Industriespion hinter dem Ofen hervorlocken würden.

Ganz im Gegensatz zu dem Projekt, das er heute Abend hoffentlich ins Leben rufen kann.

Es geht um Küchenmaschinen. Kneten, rühren, häckseln, backen, kochen – alles, was das Hausfrauenherz begehrt. Klingt unspektakulär, aber das war bei der Erfindung des Reißverschlusses auch erst einmal nicht anders. Und heute ist er aus unserem Leben gar nicht mehr wegzudenken.

Genauso sind moderne Küchen nicht mehr ohne eine ständige Verbesserung der Arbeitsabläufe vorstellbar. Handliche, optimierte Küchenmaschinen haben da ihren festen Platz. Ein Unternehmen, das Millionen investiert, um sich als weltweiter Marktführer in diesem Bereich zu positionieren, ist der ideale Geschäftspartner. Da sollte es um etliche Patente pro Jahr, vielleicht sogar im Monat gehen. Eine Goldader. Und er hat sie entdeckt.

Heinrich geht über den weichen Teppich zu seinem ausladenden Schreibtisch und drückt auf den Knopf der Gegensprechanlage. »Frau Petersen, bitte bringen Sie mir noch einmal frischen Tee.«

»Sofort, Herr Steinbeck«, ertönt die Stimme seiner Sekretärin.

Heinrich stellt sich vor, wie sie von ihrem Schreibtisch im Vorzimmer aufsteht und in die kleine Teeküche geht. Dort wird sie den Wasserkocher füllen und anschalten. Dann spült sie eine der feinen, japanischen Teekannen mit heißem Wasser aus und gibt zwei Maßlöffel Ostfriesentee in die Aufgusskanne. Sie übergießt den Tee mit sprudelndem Wasser und stellt die kleine Uhr auf zwei Minuten. Dann gießt sie den Tee durch das Sieb in die Teekanne.

Heinrich schaut auf seine Armbanduhr und tritt an die Fensterfront.

Von hier aus hat er einen großzügigen Blick auf die Wasserwege in der Speicherstadt. Erst war er sich nicht sicher dabei gewesen, mit der Kanzlei in diesen Teil der Stadt zu ziehen. Paul hatte den Vorschlag gemacht, als die alte Kanzlei in Blankenese zu klein geworden war. Aber inzwischen fühlt er sich hier sehr wohl, und die Kunden wissen die Lage auch zu schätzen.

Er schaut auf das dunkle Wasser, in dem jetzt im August fortwährend diese grässlichen Touristenboote herumschippern. Bunt gekleidete Menschen, die ihre winzigen Fotoapparate vor ihre riesigen Sonnenbrillen oder, noch schlimmer, ständig ihre Handys in die Luft halten. Eine Unsitte. Schlimm genug, wenn sie auf Mallorca oder Gran Canaria so herumlaufen. Aber hier sind sie in Hamburg. Mitten in einer historischen Hansestadt voll edler Geschäfte und kultivierter Hotels, Restaurants und Museen. Unglaublich, wie wenig

Stil und Benehmen die meisten Menschen heute noch besitzen.

Heinrich rückt seine Krawatte zurecht und zupft am Revers seines Anzugs. Obwohl er seit drei Stunden hier im Büro allein über den Unterlagen für die Verpackungsfirma sitzt, wäre er nie auf die Idee gekommen, sein Jackett auszuziehen. Tadellose Kleidung in jeder Situation ist ebenso selbstverständlich wie eine aufrechte Körperhaltung und das angemessene Benehmen.

Wieder ein Blick auf die Uhr. Er runzelt die Stirn. Wo bleibt nur sein Tee?

Dort unten wieder so ein Touristenboot, auf dem ein dicker Mann mit rotem Sonnenhut die Kamera hochreißt und ein Foto schießt, vielleicht von ihm, wie er hier hinter der Scheibe steht. Heinrich tritt einen Schritt zurück.

Kurze Zeit später klopft es an der Tür, und Frau Petersen erscheint.

»Das hat ja gedauert. Ist noch etwas anderes dazwischengekommen? Gibt es noch Nachrichten für mich?«, erkundigt Heinrich sich, während sie das Tablett auf dem Schreibtisch abstellt. Hoffentlich hat der Tee nicht zu lange gezogen.

Frau Petersen räuspert sich kurz. »Entschuldigen Sie, aber es ging noch ein Anruf ein. Das Restaurant, in dem Sie heute Abend die Herren aus Texas treffen. Sie wollten wissen, ob es in Ordnung ist, wenn sie Ihnen einen Tisch im hinteren Bereich bereitstellen. Offenbar gibt es eine kleine Feierlichkeit, für die der vordere Bereich gebraucht wird.«

Vorsichtig gießt sie aus der Kanne die klare Flüssigkeit in die zierliche Tasse. Ein Tropfen Milch dazu.

»Ich hoffe doch, Sie haben abgelehnt«, bemerkt Heinrich.

Frau Petersen blinzelt.

»Rufen Sie noch mal an!«, sagt er barsch. »Es kommt auf keinen Fall infrage, dass ich mit diesem wichtigen Besuch irgendwo in eine dunkle Ecke verbannt werde. Ich wollte den runden Tisch vorn an der Säule mit der Palme, direkt an der Flügeltür zur Terrasse. Sagen Sie, wenn ich damit rechnen muss, nicht das zu bekommen, was ich bestellt habe, speise ich lieber anderswo. Und zwar in Zukunft immer.«

Seine Sekretärin schaut ihn kurz an und dann auf eine Stelle hinter ihm. Wahrscheinlich auf den Degas, der dort an der Wand hängt.

»Ja, Herr Steinbeck.«

»Danach können Sie dann gehen.«

Er wartet, dass sie sich verabschiedet und geht. Doch sie bleibt zögernd stehen.

»Was gibt's denn noch?«, fragt er.

»Es ist nur … Haben Sie sich in diesem Jahr selbst um ein Geschenk für Frau Steinbeck gekümmert?«, erkundigt sich Frau Petersen vorsichtig.

Ach herrje. Heinrich wirft einen raschen Blick auf den Kalender an der Wand. Noch vier Tage bis zum 18. August, dem Geburtstag seiner Schwiegertochter.

»Bitte besorgen Sie doch morgen in einem ruhigen Moment ein Geschenk. Die übliche Preisklasse«, sagt er.

Sie lächelt, nickt und zieht sich zurück.

Heinrich greift nach dem filigranen Henkel der Teetasse und nimmt einen großen Schluck.

Wie konnte ihm das passieren? Wie konnte er nur den Geburtstag seiner Schwiegertochter vergessen? Wie alt wird sie noch? Kurz rechnet er nach. Achtundfünfzig.

Er ist milde beeindruckt.

Das war er auch, als Paul, sein Sohn, im Februar seinen Sechzigsten gefeiert hat. Kein Alter heutzutage, wo alle Welt Sport treibt, auf gesunde Ernährung achtet und bei jedem Bauchkneifen gleich zum Arzt rennt, überhaupt kein Alter. Trotzdem hat es Heinrich für einen Augenblick verblüfft, als er die Zahlen auf der Geburtstagstorte betrachtete.

Er selbst ist im April vierundachtzig geworden. Die Zeit vergeht immer rascher, je älter er wird. Die Tage schmelzen zusammen und werden zu einer einzigen, kaum erinnerbaren Masse aus dahinrasenden Stunden. Ach, was plagen ihn heute sonderbare Gedanken. Heinrich schüttelt sanft den Kopf und stellt die leere Teetasse zurück aufs Tablett.

Noch ein Blick auf die Uhr. Wenn er jetzt nach Hause fährt, kann er sich vor dem Treffen mit den Texanern noch frisch machen. Er wählt auf der Telefonanlage Martens' Kurzwahlnummer.

»Herr Steinbeck?«, meldet der sich nach dem ersten Freizeichen.

»Sie können vorfahren, Herr Martens«, sagt Heinrich.

»Bin schon da, Herr Steinbeck«, erwidert er lässig. »Hab den Wagen gerade vor dem Eingang geparkt. Sie können reinspringen.«

Martin Martens ist ein junger Kerl, gerade mal dreißig, und Heinrich ist froh, ihn als Fahrer gewonnen zu haben. Die lockeren Sprüche sieht Heinrich ihm großzügig nach, denn Martens ist ein Genie hinter dem Steuer. Er kennt alle Schleichwege in der Stadt, ist stets über Baustellen, Unfälle und sonstige Verkehrshindernisse informiert, immer kommt Heinrich mit ihm schnell und trotzdem sicher an sein Ziel.

Und der Wagen ist tipptopp in Schuss, seit Martens ihn fährt.

Heinrich verlässt sein Büro, nickt auf dem Gang einem jungen Referendar zu, der gerade im Begriff ist, an Pettermanns Bürotür zu klopfen. Er grüßt Heinrich höflich zurück. In den beiden Räumen der Sekretärinnen sitzen trotz der vorgerückten Zeit noch drei der Mitarbeiterinnen und sind in ihre Arbeit vertieft. Engagierte Leute, die ihn hier umgeben. Angefangen bei den beiden angestellten Anwälten Pettermann und Klaasen über die Rechtsanwaltsfachangestellten bis hin zu den Referendaren und Studenten. Er ist stolz auf sein Unternehmen, stolz auf sein Lebenswerk.

Als Heinrich den Aufzug betritt, ist er vollkommen eins mit sich. Wenn sein Fahrer schon auf die Minute im Voraus weiß, wann er gebraucht wird, spricht das von einem überaus geregelten Tagesablauf. Wie ein Uhrwerk, denkt Heinrich. Ich funktioniere wie ein Uhrwerk.

Und weil niemand ihn sehen kann, erlaubt er sich ein zufriedenes Lächeln.

MARLEEN

Nach einer ausgedehnten Runde durch ihr Viertel hat sich Marleens Wut wieder gelegt. Sie kann ja auch verstehen, dass Flo genervt reagiert, wenn sie ihn wegen seiner Familie so bedrängt. Vielleicht hat sie es dieses Mal ja wirklich etwas übertrieben. Sie wird ihn um Entschuldigung bitten, und vielleicht können sie noch einmal in Ruhe über alles reden.

Doch als Marleen zurück in die Wohnung kommt, ist Flo verschwunden.

Sie seufzt und betrachtet die Reste ihres gemeinsamen Abendessens, die noch auf dem Tisch stehen. Dann leert sie die Teller in den Abfall und stellt sie in die Spülmaschine.

Die Wärme des Augusttages hat sich zwischen den Wänden hier oben gestaut, und auf ihrem Gesicht hat sich bald ein feiner Schweißfilm gebildet. Allmählich wird wirklich jede kleinste Tätigkeit zu einer Herausforderung. Während sie eine Hand in den unteren Rücken stützt, mixt sie ein erfrischendes Getränk aus eisgekühltem Pfefferminztee und Holunderblütensirup.

»Süß muss es für dich sein, oder?«, hat Flo erst neulich noch gesagt, sie mit beiden Armen umfangen und so eng an sich gedrückt, wie es ihre stetig wachsende Kugel gerade noch erlaubte.

Ach verdammt, es tut ihr ja schon wieder leid.

Es war wirklich nicht der beste Zeitpunkt, um dieses Thema

anzusprechen. Flo hat schließlich eine Menge Stress im Moment. Das Gespräch mit Borner über das neue Stück. Gleich drei Szenen umschreiben. Eine Menge Arbeit. Da kann man schon mal die gute Laune verlieren.

Aber andererseits wäre so eine Familienfeier doch wirklich ideal, um endlich mal reinen Tisch zu machen. Selbst wenn diese seltsame Sippe empört aufschreien und sie beide dann achtkantig rauswerfen würde.

Auf das viele Geld sind sie doch gar nicht angewiesen. Und Anerkennung für das, was er mit so viel Liebe und Hingabe tut, bekommt Florian von seiner Familie doch sowieso nicht. Wieso also diese Geheimniskrämerei?

Und trotzdem – sie hätte nicht einfach so wegrennen sollen.

Wären sie doch nur in seiner schönen, geräumigen Altbauwohnung gewesen, so wie meistens in letzter Zeit! Schließlich wird der Weg hinauf in den vierten Stock für Marleen immer beschwerlicher, und bei ihm wohnen sie ebenerdig mit Garten – ein Traum.

Wären sie dort gewesen, hätte es wahrscheinlich schon gereicht, wenn sie kurz in den Garten gegangen wäre, um ein wenig Abstand zu gewinnen, in Ruhe durchzuatmen und sich dann auf eine ihrer kinoreifen Versöhnungsszenen vorzubereiten.

Ihre eigene Wohnung ist nun mal einfach zu winzig, um einander wirklich aus dem Weg gehen zu können. Aber das gehört ja bald der Vergangenheit an. Die Wohnung ist längst gekündigt. Ende des Monats wollen sie sie räumen. Gerade noch rechtzeitig, bevor das Baby kommt. Heute hatten sie Abschied feiern, den Umzug planen und entscheiden wollen, welche Möbelstücke mit in Flos Wohnung ziehen sollten.

Sie hatte sich so sehr darauf gefreut, mit ihm bei einem guten Essen darüber zu sprechen, wie sie das Zimmer für das Baby einrichten, wohin sie das Bettchen und die Wickelkommode stellen wollen.

Warum war sie nur so forsch gewesen? War es die Aufregung, die diese einschneidende Veränderung mit sich brachte? Hatte das zu diesem Streit geführt?

Erschöpft von ihren eigenen Gedanken geht Marleen hinüber ins Schlafzimmer, wo sie sich schwerfällig aufs Bett sinken lässt. So heftig wie diesmal haben sie noch nie gestritten.

Wie ein gestrandeter Wal liegt sie hier auf dem Rücken und hängt ihren düsteren Gedanken nach, bis ihr Blick auf den Schrank fällt. Eine Tür steht einen Spalt offen.

Ein paar Sekunden lang starrt sie einfach nur auf den Schrank. Dann wälzt sie sich umständlich auf die Seite und erhebt sich von der Matratze. Hinter der Schranktür herrscht Leere.

Flo hat also sogar seine Sachen mitgenommen? Kann er so wütend und enttäuscht gewesen sein, dass er ihr ein trotziges Signal senden wollte?

»Ach, verflucht«, entfährt es ihr.

Sie nimmt ihr Handy vom Schreibtisch und tippt seine Kurzwahlnummer. Es tutet endlos, doch er nimmt nicht ab.

Na, hoffentlich macht er jetzt nicht einen auf gekränkt. Das kann Marleen bei Frauen schon nicht leiden. Aber schmollende Männer findet sie unerträglich. Und eigentlich weiß Flo das auch. Also sucht er die klärende Aussprache, wenn sie sich streiten – woraufhin sie meistens im Bett landen.

Als Flo sich nicht meldet, wählt Marleen seine Festnetznummer. Der Anrufbeantworter springt sofort an. »Hallöchen. Florian Steinbeck ist nicht zu Hause, hier ist nur sein Anrufbeantworter. Wenn Sie ihm eine freundliche Nachricht hinterlassen, richte ich sie ihm gerne aus.« Pieeep.

»Flo?«, sagt Marleen. Ihre Stimme klingt seltsam dünn. »Hey, bist du da? Es tut mir leid. Hörst du? Du hast natürlich recht. Du selbst musst entscheiden, niemand anderer. Ich weiß, wie schwer dir das fällt. Aber manchmal bin ich einfach nur ungeduldig. Echt dumm von mir. Wenn du also nach Hause kommst, ruf mich an, ja?«

Sie legt das Handy zurück auf den Tisch, auf dem normalerweise eine penible Ordnung herrscht. Da versteht sie keinen Spaß.

Der Laptop wartet immer hinten an der Wand. Rechts davon steht der Stiftehalter mit Kugelschreiber, Füller, Bleistift. Der Platz davor ist für Tintenfässchen und Briefpapier reserviert. Doch heute liegt der Block geöffnet mitten auf dem Schreibtisch, der Füller daneben. Flo muss die Sachen benutzt haben.

»Du schreibst Briefe, mit dem Füller …«, hatte Florian damals ehrfürchtig gesagt, als er sie zum ersten Mal in ihre Wohnung begleitete.

»Ja, an meine Cousine in den USA, an meine Patentante, die sich nach dem Unfall meiner Eltern sehr um mich gekümmert hat, und natürlich an alle, die mir einen Brief schreiben«, hatte Marleen mit einem gewissen Stolz geantwortet. »Ich mag da altmodisch sein, aber ich finde, handgeschriebene Briefe sind etwas ganz Besonderes. Denkst du nicht?«

Er hatte sie angesehen und geschluckt. »Ja, etwas ganz Besonderes«, wiederholte er, ohne dem Briefpapier einen weiteren Blick zu gönnen.

Aber jetzt sieht es so aus, als hätte Flo doch einen Brief geschrieben. Von ihrem neuen Briefblock wurde eindeutig ein Blatt abgerissen. Und auch die dazugehörige Packung mit den cremefarbenen Umschlägen ist geöffnet worden.

Marleens Herz beginnt zu flattern. Sie haben sich gestritten, er hat seine Sachen aus dem Schrank genommen und hat einen Brief geschrieben. Das lässt nichts Gutes vermuten. Florian ist schließlich Schriftsteller. Es wäre ihm zuzutrauen, dass er erst einen dramatischen Abschiedsbrief verfasst, um dann für immer das Weite zu suchen. Kalter Schweiß tritt Marleen auf die Stirn.

Mein Gott, sie sind nicht mehr zu zweit. Er wird doch nicht einfach sie und das Baby hier zurücklassen wegen eines solch lächerlichen Streits?

Marleen gibt sich einen Ruck. Vom Rumstehen und Starren wird sie nicht schlauer werden. Sie muss diesen Brief finden!

Vielleicht hat Flo ihn auf den Schreibtisch gelegt, und er ist heruntergefallen. Mühsam bückt sie sich, um nachzuschauen. Auf allen Fensterbänken sucht sie, zwischen den Pflanzen und auch auf dem Kühlschrank. Hinter dem Badezimmerspiegel. Auf der kleinen Kommode in dem schlauchartigen Flur. Vor und hinter dem Fernseher. In der Schublade mit ihrem Süßigkeitenvorrat. Im Schuhschrank. Nein, halt, das ist verrückt. Einen solchen Brief versteckt man schließlich nicht, oder?

Obwohl ihr auf der Treppe in letzter Zeit viel zu schnell die Puste ausgeht, läuft sie die vierzig Stufen hinunter und öffnet mit bang klopfendem Herzen ihren Briefkasten. Doch auch der ist leer. Keuchend geht sie wieder zurück in die Wohnung, wo sie sich völlig erschöpft auf den Stuhl am Küchentisch setzt, den normalerweise Florian benutzt. Lange bleibt sie regungslos so sitzen.

Als sie sich vor eineinhalb Jahren das erste Mal im Theater sahen, war er völlig überwältigt. Es bestand kein Zweifel, er war verrückt nach ihr. Und bei ihr, ja, auch bei ihr hatte diese Erkenntnis nicht lange auf sich warten lassen. Einfach alles zwischen ihnen hatte von Anfang an gestimmt.

Manchen gutaussehenden Männern ist sofort anzusehen, dass sie um ihre Schönheit wissen, sie nutzen und einsetzen, um ihre Ziele zu erreichen. Flo aber war von einer berauschenden Ahnungslosigkeit, was seine Wirkung anging. Auch jetzt noch wird er verlegen, sobald sie ihm beteuert, wie viele Blicke ihm folgen, wenn er durch die Stadt geht. Und das ist es, was sie so betörend, ja einfach unwiderstehlich an ihm findet.

Sie hatte nicht damit gerechnet, war nicht auf der Suche gewesen. Für sie stand damals ihr Beruf im Vordergrund. Mit vier Jahren Schauspielschule im Gepäck hatte sie die ersten, vielversprechenden Engagements erhalten. Sie war talentiert, keine Frage. Sich zu verlieben und dann auch noch ein Baby zu bekommen, hatte nicht auf ihrem Lebensplan gestanden – zumindest jetzt noch nicht. Aber als es passierte, hatte sich alles hundertprozentig richtig angefühlt. Weil Flo an ihrer Seite war.

Wenn es zwischen einer Frau und einem Mann so etwas wie Seelenverwandtschaft geben kann, dann zwischen ihnen. Sie hatten einander erkannt.

Und sie kennen einander.

Marleen schüttelt leicht den Kopf. Ja, der Streit war heftig, der schlimmste bisher. Doch jetzt, wo sie hier sitzt, verfliegt der erste Schrecken, und Marleen spürt wieder die alte Gewissheit. Flo würde sie und das Baby nicht einfach im Stich lassen, dafür würde sie ihre Hand ins Feuer legen. Es muss einfach etwas anderes auf sich haben mit seinem Verschwinden, und auch mit diesem mysteriösen Brief. Aber wenn er den Brief nicht an sie geschrieben hat, um ihr das Ende ihrer Beziehung zu erklären – was steht dann auf diesem Blatt Papier? Und wo ist es jetzt? Wo ist Flo?

HEINRICH

Der Abend entwickelt sich unerfreulich.

Der braune Nadelstreifenanzug befindet sich nicht im Schrank.

»Frau Dierksen?«, ruft Heinrich von seinem Ankleidezimmer aus auf den Flur hinaus. Doch nichts rührt sich.

Er wirft einen Blick über den Gang und sieht die breite Treppe hinunter. Vielleicht ist sie unten in der Küche?

Er seufzt. Natürlich kommt es nicht infrage, durchs Haus zu brüllen wie ein Wikinger. Also geht er mit elastischen Schritten hinunter und über das schwarz-weiße Schachbrettmuster der Fliesen in der Eingangshalle.

Als er an dem großen Wohnzimmer vorbeikommt, das zu Pauls und Karins Räumen gehört, sieht er die Haushälterin auf einer Leiter am Fenster stehen.

»Was machen Sie denn da?«, fragt er verblüfft.

Frau Dierksen dreht sich auf der Leiter zu ihm um. »Die Übergardine richten.«

»Hat das nicht Zeit bis morgen?«

»Am Samstag ist die Geburtstagsfeier«, sagt Frau Dierksen, zupft noch einmal an dem schweren Samtstoff herum und steigt dann die Sprossen der Leiter hinunter. »Da gibt es noch jede Menge zu tun. Morgen will ich das Silber putzen.«

Heinrich nickt ungeduldig. »Mein brauner Anzug hängt nicht im Schrank.«

Frau Dierksen klappt die Leiter zusammen. »Kann er auch nicht. Er ist in der Reinigung, wie Sie es mir gesagt haben, Herr Steinbeck.«

»Nein, nein«, sagt Heinrich. »Ich habe nicht gesagt, dass er in die Reinigung soll. Ich habe gesagt, dass Sie dafür sorgen sollen, dass er heute Abend aus der Reinigung wieder zurück ist. Ich brauche ihn für ein wichtiges Geschäftsessen.«

Stella Dierksen blickt ihn fragend an. Sie ist schon seit etlichen Jahren hier im Haus das Mädchen für alles. Na ja, Mädchen kann man nicht mehr wirklich sagen. Sie geht stramm auf die fünfzig zu. Aber tüchtig ist sie schon immer gewesen. Nur etwas schlicht manchmal.

»Das haben Sie mir nicht gesagt«, erwidert sie jetzt trotzig. »Sonst hätte ich ihn natürlich heute abgeholt.«

»Jetzt muss ich den grauen nehmen. Der ist nur leider eine Spur zu offiziell. Es ist ja schließlich nur ein Geschäftsessen und kein Vertragsabschluss«, brummt Heinrich rüde.

»Tut mir wirklich leid. Wenn Sie es mir gesagt hätten …«, beginnt Frau Dierksen, doch er winkt bereits ab.

»Ist schon in Ordnung. Jeder kann ja mal was vergessen«, sagt er schnell und ist schon wieder auf dem Weg nach oben.

So etwas kann ihm wirklich die Laune verderben.

Als er sich schließlich nach dem Umziehen in dem großen Garderobenspiegel betrachtet, findet er den grauen Dreiteiler tatsächlich viel zu steif. Hoffentlich legen die Texaner nicht so viel Wert auf diese Dinge. Wäre ihm sehr peinlich, wenn sie ihn unpassend gekleidet fänden.

Heinrich klopft sich auf den flachen Bauch, rückt die Krawatte zurecht und geht hinunter.

Vielleicht kann er noch ein versöhnliches Wort mit Frau

Dierksen wechseln. Nach einer Zurechtweisung kann sie manchmal tagelang schmollen. Doch sie ist bereits fort.

Paul, der als Juniorpartner bei dem Abendessen mit den Texanern natürlich dabei sein wird, ist wahrscheinlich in der Stadt geblieben. Er hat für solche Geschäftsessen immer einen passenden Anzug in seinem Büro hängen. Karin hat heute ihren Bridge-Abend.

Kurz steht Heinrich unentschlossen in der Eingangshalle.

Er selbst bewohnt in dieser schönen Villa, die in Harvestehude direkt an der Alster liegt, die Belle Etage, wie man die erste Etage früher nannte. Sie ist vornehmer als die untere, in der man den Besuch empfing oder in der die Dienstboten ihre wenigen Räume hatten.

Die Wohnung ganz oben, direkt unter dem Dach, mit ihren Erkern und Winkeln, war eigentlich für Florian gedacht. Dort wohnte er, als er sein Abitur machte, und dort brachte er sein Ingenieursstudium zu Ende. Ganz so, wie sein Großvater es sich gewünscht hatte.

Doch dann kam es Schlag auf Schlag.

Zuerst zog er aus. Dann setzte irgendein Literaturprofessor ihm diesen Floh mit dem Schreiben in den Kopf. Ausgerechnet Theaterstücke. Um Himmels willen.

Er lehnte die Stelle als Werkstoffwissenschaftler im Betrieb einer befreundeten Familie ab. Und bekam somit auch keine Studienzulassung zum Patentanwalt, für die nun mal Berufserfahrung eine Voraussetzung gewesen wäre.

Als Krönung teilte er ihnen schließlich mit, er wolle »hauptberuflich schreiben«. Was für ein bodenloser Unsinn. Was die jungen Menschen heutzutage im Zeichen der *Selbstverwirklichung* alles anstellen!

Nun, vielleicht braucht er einfach ein paar Jahre. Eine gewisse Zeit, um sich in Theaterkreisen umzutun, sich wild und unabhängig zu fühlen, sich ein wenig die Hörner abzustoßen. Am Ende wird er schon noch begreifen, was er wegzuwerfen im Begriff ist. Eine gute Stelle werden sie auch später noch für ihn finden. Und das Studium kann er jederzeit draufsatteln. Dann kann er sein Examen machen und in die Kanzlei einsteigen.

Vielleicht wird er dann auch wieder hier wohnen.

Heinrich wäre durchaus bereit, ihn wieder aufzunehmen. Wenn er nur mit diesen seltsamen Sperenzchen aufhört. Aber leider sieht es momentan gar nicht danach aus. Der Junge scheint sich vielmehr häuslich einzurichten in der Theaterwelt. Und offenbar hat er auch noch Erfolg mit seinen Stücken. Das wird es erschweren, ihn wieder auf den richtigen Weg zurückzuführen.

Heinrich schüttelt den Kopf. Was für unerfreuliche Gedanken. Heute steckt wirklich der Wurm drin.

Rasch verlässt er das Haus. Martens wartet in der Einfahrt und vertreibt sich die Zeit damit, Radio zu hören. Als er Heinrich kommen sieht, schlägt er ironisch die Hacken zusammen und hält ihm mit einem »Denn man rein in die gute Stube, Chef« den Wagenschlag auf. Ab und zu übertreibt er es mit seinen Sprüchen ja nun doch etwas.

Das schöne Wetter hat offenbar alle Menschen aus ihren Häusern gelockt. Die Straßen sind voll mit Autos, Fahrrädern, flanierenden Männern und Frauen in leichten Sommerkleidern.

»Ich rechne mit zwei bis drei Stunden. Bleiben Sie in der Nähe«, sagt Heinrich zu Martens, als sie am Restaurant ankommen.

»Yep«, erwidert dieser und fügt rasch hinzu: »Herr Steinbeck.«

Heinrich verkneift sich ein Seufzen, steigt aus und streicht die grauen Hosenbeine glatt.

Dann klemmt er sich seine Aktentasche unter den Arm und geht die Stufen hinauf durch die Drehtür, vor der ein livrierter Hotelangestellter steht und auf Reisende wartet, denen er mit dem Gepäck helfen kann.

Wie selbstverständlich führt der Oberkellner, den Heinrich bereits seit zehn Jahren kennt, ihn an den gewünschten Tisch an der Säule mit der Palme. Paul ist noch nicht da. Heinrich ist für einen Moment irritiert, denn sein Sohn ist sonst meist vor der Zeit am verabredeten Treffpunkt.

»Darf es schon ein Aperitif sein, Herr Steinbeck? Oder wollen Sie auf die anderen Herren warten?«

»Was trinkt man denn in Texas?«, erkundigt sich Heinrich.

Der Oberkellner hebt die Brauen. »Scotch? Martini on the rocks?«

Heinrich rümpft die Nase. »Bringen Sie mir einen Sherry.«

Kaum hat er das gesagt, erscheinen John Hampton und Andy Donald in der großen Flügeltür.

Verflixt. Heinrich hat es ja befürchtet. Die beiden Texaner tragen lässige Anzüge in Beige und Braun, dazu diese albernen Lederschnüre als Krawatten, wie man sie in Texas wohl liebt. Sie sind sonnengebräunt und tragen die Energie von Endvierzigern zur Schau, die so viel Geld besitzen, dass ihnen die ganze Welt offensteht. Heinrich kann nicht verhehlen, dass er sich neben ihnen in seinem grauen Dreiteiler altmodisch vorkommt. Wo bleibt nur Paul? Jetzt sollte er wirklich langsam eintrudeln.

Heinrich beschließt, sich bis zu Pauls Eintreffen in Konversation zu flüchten, wo er mit seinem ausgezeichneten Englisch glänzen kann. Hampton und Donald sprechen breit und lässig von ihren Familien, den Kindern und den Pferden. Beim Lächeln zeigen sie weiße Zähne. Und sie scheuen sich nicht, noch vor der Suppe ihre Jacketts auszuziehen und über die Stuhllehne zu hängen.

Das werden bestimmt harte Verhandlungen. Wer derart in sich selbst ruht, weiß, was er wert ist. Doch Heinrich macht sich wenig Sorgen, dass auch diese Verhandlungen am Ende gut ausgehen werden. Das übliche Prozedere solcher Termine ist ihm nach all den Jahren in Fleisch und Blut übergegangen: freundliches Interesse an der Familie bekunden, Lobhudelei über das Management der Firma, bevor man später auf die wichtigen Fakten zu sprechen kommt. Daran hat sich in sechzig Jahren Geschäftsleben nichts geändert.

Wenn nur Paul endlich eintreffen würde. Ob er aufgehalten worden ist?

Hampton erzählt gerade von seinem Labrador, der ihn auch auf den Golfplatz begleitet, als das Handy in Heinrichs Anzugtasche vibriert. Herrje, wie unangenehm.

»Verzeihen Sie«, sagt er zu seinen Gästen. Der Griff in die Tasche und das Zurückschieben des Stuhls ist eine einzige fließende Bewegung. Ein Blick aufs Display. Es ist Paul. Heinrich runzelt die Stirn, nimmt das Gespräch an und begibt sich in den schmalen Gang zu den Toiletten.

»Wo steckst du denn, um Himmels willen?«, blafft er.

»Vater«, sagt eine Stimme, die nicht nach Paul klingt, sondern nach einer schwachbrüstigen, leichenblassen Ausgabe seines Sohnes. Dann scheint die Verbindung unterbrochen zu sein. Jedenfalls sagt Paul nichts weiter.

»Paul?«, fragt Heinrich, plötzlich alarmiert. »Wo bist du?«

»In der Uniklinik Eppendorf«, antwortet die dünne Stimme. »Sie haben uns angerufen. Karin spricht gerade mit den Polizisten.«

»Polizei? Aber was ist denn passiert?«

»Florian …«, sagt Paul und räuspert sich. »Offenbar hatte er auf dem … auf dem W… Weg zu uns einen … einen Unfall. Kannst du h… herkommen?«

Heinrich starrt auf das gepunktete Muster des Teppichs zu seinen Füßen, bis seine Augen zu brennen beginnen. Paul hat schon seit vielen Jahren nicht mehr gestottert.

»Ist das denn nötig?«, will er wissen. »Du weißt doch, die beiden Texaner sind nur ein paar Tage in der Stadt. Wir sind erst bei der Suppe und noch nicht über die privaten Themen hinaus. Ist schon unangenehm genug, dass der Juniorpartner nicht dabei ist. Da kann ich wegen eines gebrochenen Beins oder einer Gehirnerschütterung nicht einfach wegrennen.«

In dem kleinen Gang vor den Toiletten ist es sehr still. Heinrich kann Paul schlucken hören.

»Er h… hat sch… schwere Hi… Hirnblutungen. Sie o… operieren ihn g… gerade, um die B… Blutung zu st… stoppen … Er liegt im K… Koma«, bringt er mühsam heraus und holt tief Luft, als wolle er noch etwas sagen.

Doch Heinrich kommt ihm zuvor.

»Ich komme«, sagt er. Dann legt er auf. Noch mehr gestammelte Worte von seinem Sohn erträgt er nicht.

Der Abend entwickelt sich wirklich ausgesprochen unerfreulich.

Mittwoch, 15. August

MARLEEN

Als sie morgens aufwacht, fühlt sie sich derart zerschlagen, dass sie am liebsten gar nicht aufstehen möchte. Aber diese Rückenschmerzen bringen sie fast um. Das Baby lässt langsam nicht mehr viel Platz. Sein zusätzliches Gewicht belastet ihren Rücken mehr, als sie vermutet hätte. Also wälzt sie sich zur Seite und schwingt die Beine von der Matratze. Beim Aufstehen fällt ihr Blick wieder auf die Schranktür. Die hat sie gestern ordentlich geschlossen. Aber trotzdem weiß sie, dass dahinter Leere herrscht.

Mensch, Flo. Wo bist du nur?

Das Handy auf der Bücherkiste neben dem Bett hat die ganze Nacht geschwiegen. Obwohl sie gestern Abend noch zwei Mal auf seine Mailbox gesprochen hat. Aber offenbar hat er sein Handy irgendwann ausgeschaltet.

Erfrischt und mit Pfefferminzgeschmack im Mund tritt sie aus dem Bad und füllt Wasser in die Kaffeemaschine. Zu spät merkt sie, dass es zu viel ist. Genau doppelt so viel wie sie allein trinken wird. Genau die Menge zu viel, die normalerweise Flo morgens trinkt.

Marleen schüttelt den Kopf. Dieses Schweigen sieht ihm gar nicht ähnlich. Wenn er sich doch bloß melden würde!

Sie späht zur Wohnungstür hinaus, und für einen kurzen Moment huscht das erste Lächeln seit dem Streit über ihr Gesicht. Ihre Nachbarin hat ihr die Zeitung mit heraufgebracht, als sie von der Nachtschicht im Altenheim nach Hause gekommen ist.

Marleen nimmt die Zeitung mit an den Frühstückstisch. Hungrig ist sie nicht, aber ein wenig muss sie essen, schon um des Babys willen. Sie bestreicht eine Scheibe Brot mit Frischkäse und Marmelade und greift nach der Kaffeetasse.

Die Schlagzeilen heute sind mal wieder deprimierend. Gescheiterter Klimagipfel. Kriege ohne jede Chance auf Vermittlung. Kindesentführung.

Marleen streicht über ihren Unterarm, auf dem sich eine Gänsehaut gebildet hat. Was ist das bloß für eine Welt, in die sie ihr Baby schicken wird?

Nicht zum Aushalten. Verdammt, Flos Schweigen macht die ganze Erde für sie zu einem Schlachtfeld, grässlich.

Rasch blättert sie weiter zum Regionalteil.

Fußballergebnisse. Einweihung eines neuen Denkmals. Demonstration gegen die geplante Umbenennung eines Platzes. Ankündigung einer Baustelle im Zentrum.

Und dann zieht ein Bild rechts unten ihren Blick an. Erdbeermarmelade tropft vom Brot aufs Papier, ohne dass sie es bemerkt. Auf dem Foto ist ein Haufen Schrott zu sehen. Ein Autowrack, das sich um einen Baum am Straßenrand gewickelt hat.

Es ist … es *war* ein kleiner Wagen.

Daneben steht ein Name.

Florian Steinbeck, liest sie. Erbe der bekannten Patentanwaltskanzlei *Steinbeck & Steinbeck*.

Das Brot fällt. Eine Kaffeepfütze breitet sich auf dem Tisch aus, wird vom Zeitungspapier aufgesogen.

Marleen stürzt zum Telefon.

Ihre Hände zittern so sehr, dass sie es kaum schafft, den Hörer zu halten.

Aber: Wen soll sie überhaupt anrufen?

Die Frau bei der Telefonauskunft ist zunächst verwundert über Marleens Kurzatmigkeit, über ihre abgehackten Sätze, das Beben in ihrer Stimme. Dann begreift sie.

»Das wären jetzt erst mal die Nummern der wichtigsten Krankenhäuser«, sagt sie betont ruhig. Marleen schreibt zitternd mit. »Soll ich Sie jetzt mit dem ersten verbinden? Mit der Uniklinik am besten?«

»Ja«, stößt Marleen hervor. Am liebsten würde sie weinen. Eine fremde Stimme, die plötzlich zu einer warmherzigen Verbündeten wird.

»Ich wünsche Ihnen viel Glück«, sagt die Fremde.

Marleen würde gern etwas erwidern. Vielleicht »Danke, es wird schon alles gut sein«. Aber sie bringt kein einziges Wort heraus.

»Viel, viel Glück«, wiederholt die Frau.

Marleen holt Luft. Dann ist die Verbindung unterbrochen. Der Wählton ist erneut zu hören, dann das Freizeichen.

»Uniklinik Eppendorf, Zentrale«, meldet sich eine männliche Stimme.

»Ich suche meinen Freund. Florian Steinbeck«, keucht Marleen. »Ist er gestern bei Ihnen aufgenommen worden?«

Sie hat das Gefühl, dass es nicht mehr selbstverständlich ist zu atmen. Ein. Aus. Sie muss sich darauf konzentrieren, sonst funktioniert es nicht.

»Steinbeck, Steinbeck«, wiederholt der Pförtner, während er offenbar ein Verzeichnis durchsucht.

Ein. Aus.

»Ja. Florian Steinbeck. Intensivstation.«

Ohne zu antworten, wirft Marleen den Hörer hin und ist schon an der Wohnungstür. Haustürschlüssel. Handtasche.

Als sie die Tür öffnet, schaut sie an sich herunter. Sie ist barfuß und trägt noch ihr Schlaf-Shirt.

HEINRICH

Als er in die Küche kommt, sitzt Karin dort bei einer Tasse Tee, ein Notizblock liegt vor ihr auf dem Tisch. Sie trägt noch die goldglänzende Bluse und die dunkle Leinenhose von gestern Abend und sieht übernächtigt aus.

»Guten Morgen«, sagt Heinrich. »Gibt es Neues von Florian?«

»Unverändert«, antwortet sie. Unter ihren Augen liegen blauschwarze Schatten. »Sie halten ihn immer noch im künstlichen Koma, damit nicht noch weitere Gefäße reißen, wenn er sich bewegt. Aber ich glaube, er ist dort in guten Händen. Sie überwachen ihn ständig. Angeblich ist er halbwegs stabil. Der Chef der Neurologie ist auf einem Kongress, aber er wird heute Vormittag zurückerwartet. Dann werden die Ärzte die bisherigen Untersuchungsergebnisse besprechen und sie uns mitteilen.«

»Ich habe dich nicht kommen hören«, sagt Heinrich.

»Vor einer halben Stunde«, erwidert sie. Und dann bricht es verzweifelt aus ihr heraus: »Mein Gott, es war so furchtbar, ihn zu sehen, wie er beatmet wird, von dieser Maschine. Und all diese Verbände und blauen Flecken.« Sie schüttelt den Kopf, als wolle sie diese grauenhaften Bilder vertreiben.

»Ich frage mich, wie das passieren konnte«, erwidert Heinrich. »Florian war doch immer so ein vorsichtiger Fahrer!«

Karin atmet tief ein. »Warum musste er nur dieses winzige, alte Auto fahren? Es hatte noch nicht mal Airbags.«

Heinrich kennt sie seit vierzig Jahren. Er hat sie in vielen, auch schweren Lebenssituationen erlebt. Die beiden Fehlgeburten, bevor Florian geboren wurde. Vor zehn Jahren starb ihr über alles geliebter Vater, zwei Jahre später ihre Mutter. Jedes Mal hat sie Stärke bewiesen. Sie kann durchhalten, lässt sich nicht unterkriegen.

Paul ist da anders.

Es ist nicht angenehm, sich das einzugestehen, aber es ist gut, dass sein Sohn eine solch starke Partnerin an seiner Seite hat.

»Paul ist auch hier?«, fragt Heinrich, öffnet die Schranktür, nimmt das Müsli und eine Schale heraus, holt die Milch aus dem Kühlschrank. Frisches Obst steht immer auf dem Tisch, an den er sich jetzt zu seiner Schwiegertochter setzt.

»Er musste sich hinlegen«, sagt Karin mit dünner Stimme.

Kurz begegnen sich ihre Blicke.

Vielleicht denkt sie dasselbe wie er. Wie ihr Mann gestern um Worte gerungen hat, wie sie selbst das Gespräch mit Heinrich und mit den Ärzten führen musste, weil Paul einfach nicht dazu in der Lage war.

Paul saß nur da, auf den unbequemen Stühlen im Besucherraum, starrte vor sich hin. Und wann immer Heinrich mit ihm sprach, stotterte er wie damals als Teenager.

»Du brauchst auch etwas Schlaf«, sagt Heinrich und greift nach dem Löffel.

»Später«, erwidert Karin. »Ich warte, bis Stella kommt. Sie soll alle für Samstag eingeladenen Gäste anrufen und absagen. Je früher sie es wissen, desto besser.« Sie tippt mit dem

Stift kurz auf den Notizblock, auf dem sie etliche Namen aufgelistet hat.

Heinrich nickt. Er hat es nie gutheißen können, dass hier im Haus alle außer ihm Frau Dierksen mit Vornamen ansprechen, aber so ist es eben. Gründlich kaut er sein Müsli und trinkt seinen Ostfriesentee dazu. Sie schweigen und hängen beide ihren Gedanken nach, auch wenn natürlich klar ist, dass sie sich um denselben Menschen ranken.

»Wollte Florian am Samstag nicht auch zur Feier kommen?«, erkundigt er sich schließlich.

Karin schaut fragend auf.

»Na, ich habe mich gefragt, was er gestern wohl hier gewollt hat, wenn er doch am Sonnabend auch kommt«, erklärt Heinrich. »Er ist in den letzten Monaten so selten nach Hause gekommen. Da ist es doch erstaunlich, dass er jetzt so kurz hintereinander zwei Besuche machen wollte.«

Für einen kurzen Moment, nicht länger als eine Sekunde, glaubt Heinrich, in Karins Gesicht etwas aufflackern zu sehen. Als würde seine Frage sie aus irgendeinem Grund beunruhigen, als wolle sie auf jeden Fall vermeiden, Heinrich ehrlich darauf zu antworten. Doch dann ist dieser Augenblick auch schon vorüber, und Heinrich ist sich nicht mehr sicher, ob er sich das alles nur eingebildet hat.

»Wer weiß«, sagt Karin. »Vielleicht war es einfach nur Zufall, dass der Unfall fast vor unserer Tür passierte. Vielleicht hatte er in der Nähe zu tun.«

Das klingt ganz anders als das, was sie gestern Abend noch sagte. Da schien sie sicher zu sein, dass Florian hierher, zu seinem Elternhaus, unterwegs war. Der Gedanke, dass ihr Sohn sie sehen wollte, schien sie gestern Abend noch auf eine sonderbare Weise getröstet zu haben. Wie kommt es, dass sie heute nicht mehr daran glauben will?

Heinrich kratzt den letzten Rest Müsli aus der Schale und betrachtet seine Schwiegertochter nachdenklich. Doch sie erwidert fest seinen Blick, scheint nicht bereit zu sein, weiter mit ihm darüber zu sprechen.

Was bleibt ihm anderes übrig, als Müslischale und Teetasse in die Spülmaschine zu räumen und nach seiner Aktentasche zu greifen.

»Ich fahre jetzt zur Klinik«, sagt er.

Karin nickt.

»Ja, gut«, antwortet sie mit einem müden Lächeln. »Paul und ich brauchen nach der langen Nacht eine Pause. Ich bin so froh, dass du mit dem Arzt sprechen willst. Rufst du mich an?«

Heinrich entgeht nicht, dass sie mit den Tränen kämpft. »Ich melde mich, sobald ich wieder raus bin«, sagt er und bemüht sich, beruhigend zu klingen. »Oder wenn es andere Neuigkeiten gibt.«

Als er die Küche verlässt, spürt er Karins Blick in seinem Rücken.

MARLEEN

Manchmal haben ihr andere Menschen von diesen Träumen erzählt, die offenbar jeder hat. Träume, aus denen man nicht aufwachen kann. Immer geht es darum, irgendetwas, irgendwen gerade noch rechtzeitig erreichen zu müssen. Man kommt nicht vom Fleck, klebt am Boden fest, als sei man angeleimt.

Marleen kannte diesen Traum bisher nicht.

Jetzt kann sie sich etwas darunter vorstellen.

Nur dass sie das alles nicht träumt. Das umständliche Anziehen. Die vielen Stufen hinunter. Der nicht enden wollende Weg zur S-Bahn-Station, an der die Taxis warten. Das lange Zögern des Taxifahrers, der angesichts ihrer Panik um die Sitze seines Wagens fürchtet, bis sie ihm ins Gesicht schreit, dass es nicht um sie und das Baby gehe, sondern um ihren Freund, der einen Unfall gehabt habe. Die beiden Wartenden vor ihr, die sich endlos mit der Dame an der zentralen Rezeption unterhalten.

Marleen wünscht sich nichts sehnlicher, als dass das alles nur ein Traum sein möge. Einer dieser Träume, von denen man ihr schon öfter erzählt hat. Einer, wie sie ihn selbst nicht kannte.

Einfach ein Traum, aus dem sie aufwachen kann.

Dritter Stock. Intensivstation.

Vor der Tür mit den Milchglasscheiben prallt sie zurück.

Zutritt nicht gestattet, steht da.

Marleen schaut sich um. Sie ist allein auf dem Flur.

Rasch greift sie zur Klinke, doch die Tür lässt sich nicht öffnen. Neben ihr an der Wand eine Klingel. Sie hat gerade die Hand gehoben, als die Tür sich von allein öffnet. Marleen tritt zur Seite und geht ein paar Schritte in den benachbarten Gang. Ein Bett wird herausgeschoben, begleitet von zwei Schwestern, die sich mit der liegenden Patientin unterhalten.

»... dann werden Sie ratzfatz wieder auf den Beinen sein!«, sagt die eine gerade.

Marleen sieht ihnen nach, als sie den Gang hinuntergehen. Dann huscht sie rasch durch die Tür, bevor die sich wieder schließt.

Vor ihr liegt ein breiter, wabenförmiger Flur mit einer großen Zentrale, wo etliche Bildschirme blinken und flackern. Niemand ist zu sehen. Von dem Flur gehen mehrere Räume ab, die durch große Fenster einsehbar sind, sowie ein weiterer kurzer Flur, an den noch weitere Räume angrenzen. Die Türen zu den meisten Räumen stehen offen. Nur einige wenige sind geschlossen.

Wie soll sie Florian hier finden?

Eine Schwester kommt aus dem benachbarten Flur, ein Tablett mit Spritzen und Kanülen in der Hand, das sie auf einem Metallwagen abstellt.

»Kann ich Ihnen helfen?«, fragt sie mit einem irritierten Blick auf Marleens dicken Bauch. In ihrer Stimme schwingt ein osteuropäischer Akzent mit.

»Florian Steinbeck«, bringt Marleen heraus, zu mehr reicht es nicht.

Der Blick der Schwester huscht zu einer geschlossenen Tür schräg gegenüber. Doch dann schaut sie wieder Marleen an.

»Sind Sie eine Verwandte?«, fragt sie.

Für einen Moment ist Marleen komplett verwirrt. Sie schüttelt den Kopf.

»Dann muss ich Sie leider bitten, die Station wieder zu verlassen. Der Zutritt ist nur Angehörigen gestattet. Wenn Sie Herrn Steinbeck besuchen wollen, müssen Sie warten, bis …«

Marleen stürzt an der Zentrale vorbei und hat bereits die Klinke der Tür in der Hand, hinter der sie Florian vermutet. Doch die Schwester reagiert überraschend schnell und ist sofort bei ihr.

»Ich bitte Sie!«, sagt sie eilig, während sie Marleen an der Schulter zurückhält. »So dürfen Sie da sowieso nicht rein. In Ihren Straßensachen.«

»Ich muss ihn sehen!«, fleht Marleen und versucht verzweifelt, durch das Fenster neben der Tür einen Blick auf Flo zu erhaschen. »Ich weiß, es wird alles gut, wenn ich nur …«

»Es tut mir leid. Aber ich kann Sie nicht zu ihm lassen.«

»Aber ich muss da rein!«

»Es dürfen wirklich nur Angehörige zu ihm. Warten Sie, bis …«

»Ich bin seine Verlobte!«, unterbricht Marleen sie mit zitternder Stimme.

»Seine Verlobte?«, wiederholt die Schwester.

»Seine Verlobte!«, bestätigt Marleen ein wenig selbstbewusster.

»Was ist denn hier los?« Eine Stimme ertönt direkt hinter ihnen.

Es ist ein alter Herr. Er trägt einen Anzug, ist groß und schlank. Bestimmt war er früher einmal sehr gutaussehend. Eine beeindruckende Gestalt. Elegant und kühl.

»Guten Morgen«, sagt die Schwester. »Kann ich Ihnen helfen?«

»Steinbeck«, sagt der Mann und sieht sie scharf an. »Und wer sind Sie, dass Sie hier einen solchen Krach veranstalten dürfen?«

»Schwester Natalia«, sagt die Schwester leicht verdutzt.

Herr Steinbeck nickt knapp in Richtung Tür. »Ihr Patient ist mein Enkel. Ich habe gerade mit dem Arzt gesprochen, der ihn gestern Abend aufgenommen hat, und ich würde ihn jetzt gern sehen. Vielleicht könnten Sie Ihre Auseinandersetzung woanders fortsetzen und mich durchlassen?!«

Marleens Hand liegt immer noch auf der Klinke. Ihr ist schwindelig. Immer wieder hat sie sich vorgestellt, wie sie Flos Großvater kennenlernen würde, wie sie ihm gegenübertreten und selbstbewusst in die Augen schauen würde. Vielleicht hätte sie sogar lächeln können, weil er ihr nichts würde anhaben können, wenn Flo an ihrer Seite gewesen wäre.

Schwester Natalia blickt irritiert zwischen Marleen und Herrn Steinbeck hin und her.

»Wollen Sie gemeinsam rein?«, fragt sie dann verwirrt.

Herr Steinbeck hebt die Brauen.

Marleen spürt ihre Zunge wie einen tauben Klumpen in ihrem Mund. Sie ist vor Angst wie gelähmt.

Zutritt verboten. Nur für Angehörige.

Schwester Natalia, die inzwischen offenbar das Gefühl hat, in dieser Angelegenheit vermitteln zu müssen, sagt ruhig: »Als seine Verlobte hat sie auch Besuchsrecht, und …«

»Verlobte? Aber das ist doch lächerlich!«, fällt Flos Großvater ihr ins Wort.

Seine Augen wandern an Marleen hinunter und bleiben für einen Moment an ihrem gewölbten Bauch hängen.

»Aber das haben Sie doch gerade gesagt, oder?«, wendet sich Schwester Natalia an Marleen, die das Gefühl hat, als würde plötzlich eine große, kalte Hand nach ihrem Herzen greifen.

Ja. Das hat sie gesagt.

Marleen schaut in das hübsche Gesicht von Schwester Natalia, aus dem die Verwunderung inzwischen gewichen ist. Jetzt blickt sie in das entschlossene Gesicht einer Frau, die es gewöhnt ist, sich an die Regeln des Hauses zu halten, und die schon tausend Mal aufdringliche Bekannte weggeschickt hat.

»Bitte«, hört Marleen sich flüstern. »Bitte, ich muss zu ihm!«

Schwester Natalias dunkle Augen glänzen mild, während ihre Miene streng bleibt.

»Also gut«, sagt sie. »Aber wir müssen Sie erst mit Kitteln ausstatten. Bei dem Patienten besteht wegen der Schädelverletzung ein erhöhtes Infektionsrisiko.« Sie blickt auf Marleens Hand, die immer noch auf der Klinke liegt, und Marleen löst langsam ihre Finger.

»Moment mal! Was soll das heißen?«, entrüstet sich Flos Großvater. »Sie wollen doch diese junge Dame nicht zusammen mit mir zu meinem Enkel lassen?! Ich kenne sie doch gar nicht. Wer weiß, wer sie ist.«

»Das sagte ich doch gerade schon. Sie ist seine Verlobte«, erwidert Schwester Natalia und winkt Marleen mit hinüber auf die andere Seite des Flurs, wo sie aus einem Schrank jeweils zwei eingeschweißte Einmalkittel und Mundschutzmasken nimmt.

»Und ich sagte Ihnen, dass das hanebüchener Unsinn ist«, kontert Herr Steinbeck, während er ihnen folgt. »Ich würde doch wohl die Verlobte meines Enkels kennen.«

Wieder wandert sein Blick zu Marleens Bauch.

Schwester Natalia reicht beiden einen Kittel. »Ganz ehrlich, Herr Steinbeck. Ihre Familienverhältnisse gehen mich nichts an. Sie glauben gar nicht, was ich hier schon alles erlebt habe.«

Marleen reißt die Plastikverpackung auf und holt den Kittel heraus. Schwester Natalia nimmt ihn ihr ab, breitet ihn aus und hält ihn ihr so hin, dass Marleen mit den Armen hineinschlüpfen kann. Dann verknotet Schwester Natalia die Bänder auf dem Rücken. Auch Herrn Steinbeck hilft sie auf diese Weise in den Kittel.

»Wie geht es ihm?«, will Marleen wissen.

Schwester Natalia öffnet für sie die Schutzhülle des Mundschutzes und zeigt ihr, wie sie ihn anlegen muss.

Dann sieht sie Marleen ruhig an. »Es geht ihm den Umständen entsprechend gut. Das bedeutet, dass wir froh sind, dass sein Zustand sich nicht verschlechtert hat. Er hat ein schweres Schädel-Hirn-Trauma, wissen Sie.«

Sie zeigt ihnen, wie sie ihre Hände mit der Flüssigkeit aus dem Spender vor der Tür desinfizieren können. Dann öffnet sie die Tür.

Seit Marleen vor einer halben Ewigkeit die Zeitung aufgeschlagen hat, ist sie nur gerast und gehetzt, geleitet von dem Gefühl, dass sie Flo würde helfen können, nur sie allein, dass schon alles wieder gut werden würde, wenn sie nur sofort bei ihm wäre.

Aber nun ist diese Gewissheit plötzlich wie weggewischt. Alles läuft wie in Zeitlupe ab, als würde sie sich durch Gelatine bewegen. Wie in diesem verdammten Traum!

Und endlich öffnet sich die Tür zu Flos Zimmer für sie.

In dem Bett dort an der Wand hängt irgendjemand an unendlich vielen Schläuchen und Kabeln. Seine Brust hebt und senkt sich in einem merkwürdigen Rhythmus zu dem pumpenden Geräusch einer Beatmungsmaschine. Auch andere Maschinen geben leise Geräusche von sich. Ein Bildschirm zeichnet Lichtkurven auf einen dunklen Hintergrund.

Marleen wollte doch tapfer sein, wollte all ihre Stärke und Kraft mit an Flos Bett nehmen. Doch jetzt bahnt sich nur ein leises Wimmern den Weg aus ihrer Kehle.

Sie spürt, wie eine Hand sie leicht im Rücken berührt. Schwester Natalia steht direkt hinter ihr.

Flo. Ihr schöner, wunderbarer Flo.

Vorsichtig streckt Marleen die Hand aus, versucht, den großen, beängstigenden Kopfverband zu ignorieren, und streicht ganz zart über Flos Stirn.

»Hallo, mein Schatz«, sagt sie leise. »Ich bin hier. Jetzt wird alles wieder gut. Alles, alles wird gut!«

»Er kann uns nicht hören«, sagt sein Großvater hinter ihr.

Marleen schaut sich nicht um. Aber sie kann förmlich spüren, wie Schwester Natalia ihm hinter ihrem Rücken einen Blick zuwirft.

»Er liegt im künstlichen Koma, da bekommt er gar nichts mit«, hört sie den alten Herrn sagen.

Während seine Worte noch im Raum verhallen, empfindet Marleen plötzlich ein Gefühl, das sie hier ganz sicher nicht erwartet hatte.

Sie spürt, wie Wut in ihr aufsteigt.

HEINRICH

Weiß der Kuckuck, wer das ist.

Womöglich ein Mädchen vom Theater, so hysterisch wie sie sich hier aufführt. Der Situation völlig unangemessen! Aber so sind diese Schauspielerinnen.

Heinrich betrachtet die fremde junge Frau aus den Augenwinkeln. Sie ist ungeschminkt und trägt das hellblonde Haar in einem wilden Knoten, aus dem ein paar Strähnen herausschauen. Heinrich kann es nicht leiden, wenn man sein Äußeres vernachlässigt. Es gibt nichts, was das rechtfertigen könnte. Florians Hand liegt in ihren blassen Händen auf der Krankenhausbettwäsche. Immer wieder streicht sie ihm über den unverletzten Arm und wendet ihre dunklen Augen nicht von seinem Gesicht ab. Schöne, ausdrucksstarke braune Augen. Ein aparter Kontrast zu ihrer blassen Haut und der ansonsten hellen Erscheinung.

Ein hübsches Mädchen, ohne Zweifel. Aber verlobt?

Verlobt mit Florian.

Kann das sein?

Etwas scheuer wirft Heinrich einen Blick auf den dicken Bauch der jungen Frau. Das ist doch genau das, was jetzt noch gefehlt hat. Die millionenschweren Texaner in der Stadt, sein Enkel erleidet einen lebensgefährlichen Unfall. Und nun dieses Mädchen, das am Ende vielleicht sogar behauptet, das Kind sei von Florian.

In Heinrichs Leben herrschen strenge Regeln und Konventionen. Er mag das. Sie geben ihm Halt und Sicherheit. Er ist schließlich Patentanwalt und immer noch das Oberhaupt einer weit über die Grenzen Deutschlands hinaus bekannten Kanzlei. In dieser Position muss man wissen, wie man sich zu benehmen hat. Doch hier an diesem Ort stellt er plötzlich mit Erschütterung fest, dass er sich selten so hilflos gefühlt hat.

Die junge Frau hat sich ihm nicht einmal vorgestellt. Hat ihn komplett links liegen lassen. Nur der Krankenschwester hat sie sich erklärt, behauptet, sie sei mit Florian verlobt, absolut lächerlich.

Aber es ist schon erstaunlich, wie sie Florian anschaut. Unentwegt blickt sie in das mit Blutergüssen bedeckte Gesicht seines Enkels. Und sie spricht mit ihm. Leise nur, aber ohne Pause, immer wieder dieselben Worte. Dass alles wieder gut wird. Dass sie bei ihm ist. Dass er schlafen und sich erholen soll, damit er wieder ganz gesund werden kann. Sie spricht und spricht, obwohl Florian sie doch gar nicht hören kann.

Und zu Heinrich dreht sie sich nicht einmal um. Er ist es nicht gewöhnt, ignoriert zu werden.

Soll er die junge Frau ansprechen? Sie nach ihrem Namen fragen? Nach ihrer Telefonnummer? Das ist absurd, verkehrte Welt. Bisher hatte er keine Ahnung, dass sie überhaupt existiert. Wenn er jetzt nachfragt, könnte das so aussehen, als würde er ihren Worten Glauben schenken. Heinrich ist regelrecht erleichtert, als die Tür geöffnet wird und eine weitere Schwester hereinschaut.

»Herr Steinbeck? Dr. Ulmer, der leitende Neurologe, ist

jetzt wieder auf der Station. Er würde gern gleich mit Ihnen sprechen«, sagt sie und schenkt der jungen Frau an Florians Bett ein mitfühlendes Lächeln, so als würde eine Verbindung zwischen ihm und dieser Frau bestehen.

Ja, wahrscheinlich wird es sich nicht verhindern lassen, dass er später mit ihr spricht, aber nicht in einer solch aufgeladenen Stimmung. Jetzt gilt es sich erst einmal mit den medizinischen Fakten auseinanderzusetzen. Also nickt Heinrich der Schwester zu und verlässt mit ihr den Raum.

Als sie die Tür zu dem kleinen Besprechungszimmer öffnet, erhebt sich ein sportiv wirkender Mitvierziger mit kahl rasiertem Kopf von seinem Schreibtisch. Er trägt seinen Arztkittel offen und darunter ein pinkfarbenes Poloshirt. Unglaublich, diese Farbe steht einem Chefarzt in etwa so gut zu Gesicht wie einem Geschäftsmann ein grauer Anzug bei einem informellen Geschäftsessen.

»Dr. Ulmer«, stellt der Mann sich vor und reicht Heinrich die Hand. Dabei nickt er, als handele es sich um einen Kondolenzbesuch.

»Ich bin der Chefarzt der Neurologie und der behandelnde Arzt Ihres Enkels.«

»Vielen Dank, dass Sie so schnell Zeit gefunden haben«, erwidert Heinrich. »Florians Eltern waren die ganze Nacht bei dem Jungen, sie sind total übermüdet und lassen sich entschuldigen. Ich werde ihnen von unserem Gespräch berichten.«

»Natürlich, das verstehe ich. Aber nehmen Sie doch bitte Platz«, sagt der Arzt mit ruhiger Stimme und blickt ihm voller Mitgefühl in die Augen. Heinrich erwidert den Blick des Arztes, um ihm deutlich zu machen, dass er ihn nicht schonen muss. Und endlich wendet der Arzt sich dem Monitor auf seinem Schreibtisch zu, den er so dreht, dass sie gemeinsam die Bilder darauf betrachten können.

»Ihr Enkel hat unwahrscheinliches Glück gehabt. Seine Verletzungen hätten ebenso gut zum sofortigen Tod führen können. Natürlich nicht die gebrochenen Rippen und seine Schulterverletzung. Aber sein Schädel-Hirn-Trauma. Er muss während des Unfalls heftig mit dem Kopf aufgeprallt sein. Kein Wunder. Frontal gegen den Baum, ja? Und dann kein Airbag in diesem alten Auto. Durch das Schleudertrauma sind im äußeren Hirnbereich Gefäße gerissen, was lebensgefährlich ist. In der OP gestern Abend konnten wir die Blutung erfreulicherweise stoppen.«

»Nun, dann haben Sie ja bisher ganze Arbeit geleistet«, antwortet Heinrich und ist stolz darauf, dass es ihm gelingt, auch in solch einer schwierigen Situation nicht die Fassung zu verlieren.

Dr. Ulmer schenkt ihm einen kurzen, verständnislos wirkenden Blick.

»Ja, wir sind froh, dass wir ihn stabilisieren konnten. Natürlich besteht eine erhöhte Infektionsgefahr, da wir den Schädel öffnen mussten. Und das künstliche Koma werden wir noch ein paar Tage aufrechterhalten müssen, um den Stress möglichst gering zu halten. Das Risiko, dass durch Umlagerungen erneut Gefäße reißen, ist momentan noch zu groß. Aber wir werden die Entwicklung im Computertomografen sehr engmaschig verfolgen.«

Heinrich nickt langsam. »Wie lange wird es dauern, bis er wieder vollständig gesund ist?«, will er dann wissen.

Einen Moment lang sagt Dr. Ulmer nichts, dann schaut er kurz betreten auf seine Hände.

»Leider ist die Frage momentan nicht, wie lange es dauert, Herr Steinbeck«, erwidert der Arzt dann vorsichtig. »Es ist zum jetzigen Zeitpunkt leider nicht sicher zu sagen, ob Ihr Enkel überhaupt wieder gesund wird.«

Einen Moment lang fühlt Heinrich sich wie betäubt. Bisher hatte er es sich verboten, an früher zu denken. Immer wenn ein Gedanke an damals in ihm aufsteigen wollte, hatte er ihn mit aller Macht zurückgedrängt. Doch die Worte des Arztes sind fast identisch mit den Worten, die er an jenem Tag zu hören bekam, als …

Doch dann nimmt er sich zusammen. Diese Zeit ist vorbei, er befindet sich im Hier und Jetzt, und es gilt wach zu bleiben, zu handeln. Krankenhäuser haben sich in den vergangenen fünfzig Jahren sehr verändert. Die moderne Medizin macht so gut wie alles möglich.

Und auch wenn es sich ganz ähnlich anfühlt wie damals, es ist nicht dasselbe. Heinrich schüttelt den Kopf. Nein. Es ist nicht dasselbe. Diesmal wird es anders ausgehen. Diesmal muss es anders ausgehen.

»Herr Steinbeck?«, hört er den Arzt sagen. »Ist alles in Ordnung?«

»Ja. Ja, natürlich«, sagt er. Das sind keine guten Neuigkeiten. Und über die wird er gleich Karin und Paul in Kenntnis setzen müssen.

»Dann können wir jetzt wohl nichts weiter tun, als einfach abzuwarten«, bemerkt er schließlich.

»So ist es«, erwidert Dr. Ulmer. »Und in der Zwischenzeit werden wir alles tun, was in unseren Möglichkeiten steht.«

Heinrich ist so in Gedanken versunken, dass ihm erst im Auto die junge Frau an Florians Bett wieder einfällt.

»Herr Steinbeck?«, fragt Martens von vorn.

Sein Blick begegnet Heinrichs im Rückspiegel.

»Wohin geht's? In die Kanzlei?«

»Ganz recht«, sagt Heinrich und atmet tief ein, als habe er das in den letzten Minuten einfach vergessen. »Ganz recht.«

Dann greift er zum Handy und wählt Karins Nummer. Schon nach dem ersten Freizeichen meldet sie sich.

Er schildert ihr kurz, was Dr. Ulmer gesagt hat. Möglichst sachlich, genauso wie der Arzt es getan hat.

Trotzdem hört er Karin scharf die Luft einziehen.

»Ich hatte gehofft, er wäre über den Berg«, sagt sie leise.

»Florian ist stark. Er wird das schaffen«, erwidert Heinrich.

Karin seufzt. »Stella ist inzwischen hier. Sie kümmert sich um alles. Ich werde versuchen, ein bisschen Schlaf zu bekommen«, sagt sie dann.

»Karin«, beginnt Heinrich zögernd.

»Ja?«

»Weißt du etwas davon, dass Florian eine feste Partnerin hat?«

Es dauert ein paar Sekunden, bis Karin antwortet. »Wie kommst du darauf?«

Er räuspert sich. »Da war eine junge Frau im Krankenhaus, die unbedingt zu Florian wollte. So eine hübsche, hellblonde. Kennst du sie?«

Wieder entsteht zunächst eine Pause. Heinrich kann dieses Schweigen nicht deuten. Ist Karin verwundert, so wie er es war? Oder – ihm fällt wieder der seltsame Moment heute

Morgen am Frühstückstisch ein – kann es sein, dass sie ihm irgendetwas nicht erzählen will?

»Nein«, sagt Karin schließlich. »Nein, ich kenne sie nicht. Wie heißt sie?«

»Sie hat sich mir nicht vorgestellt«, erwidert Heinrich und kommt sich plötzlich ziemlich tölpelhaft vor, weil er sie nicht danach gefragt hat.

»Nun, vielleicht einfach eine Freundin vom Theater«, sagt Karin leichthin.

»Das war auch mein erster Gedanke«, antwortet Heinrich vorsichtig und setzt dann rasch hinzu: »Aber sie hat behauptet, mit ihm verlobt zu sein.«

»Unsinn!«, reagiert Karin diesmal sehr rasch. »Du weißt doch, was Florian von der Ehe hält. Er würde niemals ...« Sie bricht ab.

Heinrich nickt. »Ich bin auf dem Weg in die Kanzlei. Hoffentlich ist ein neuer Termin mit den Texanern möglich. Am Nachmittag komme ich wieder in die Klinik. Ruft mich an, wenn es etwas Neues gibt.«

Karin verspricht es und legt auf. Nachdenklich blickt Heinrich aus dem Fenster auf die vertrauten Straßenzüge.

Wieso wird er den Eindruck nicht los, dass Karin ihm etwas verschweigen will?

MARLEEN

So lange sitzt sie jetzt schon bei ihm. Hält seine Hand, spricht mit ihm, versucht, ihnen beiden Mut zu machen. Sich selbst genauso wie ihm.

Schwester Natalia kommt immer wieder herein, um nach ihm zu schauen. Sie kontrolliert Infusionen und Monitore und spricht freundlich mit Marleen – wahrscheinlich, um sie zu beruhigen und ihr den Schrecken vor all den Apparaturen zu nehmen. Sie erklärt, dass der Schlauch, der in Flos Nase führt, zur Ernährung über den Magen dient.

»Ist besser, wenn man es so macht, wissen Sie«, lächelt sie. »Das ist einfach natürlicher. Und wenn er wieder zu sich kommt, kann er gleich wieder selbst etwas essen. Dann braucht er auch das Beatmungsgerät nicht mehr.«

Es tut gut, sie das sagen zu hören – so kann Marleen sich ausmalen, dass Flo schon bei einem ihrer nächsten Besuche hier im Bett sitzt und eine Suppe löffelt. Ja, Schwester Natalia ist sicher auch hier, um nach ihr zu schauen.

Sie hat warmherzige Augen, die bestimmt schon viel gesehen haben. Ihr osteuropäischer Akzent klingt mitfühlend und warm. Obwohl Marleen inzwischen weiß, dass sie auch ganz anders auftreten kann. Das ist ihr klar geworden, als die Schwester Flos Großvater in seine Schranken gewiesen hat, als sie einfach entschieden hat, dass Marleen zu dem Verletzten darf, egal, was ein Herr Steinbeck darüber denkt.

Marleen hofft zunächst, Flos Großvater würde nach dem Gespräch mit dem Neurologen zurückkommen. Aus irgendeinem Grund ist sie fest davon ausgegangen, dass er ihr mitteilen würde, was er erfahren hat. Doch die Zeit vergeht, und nach zwei Stunden weiß sie, dass Flos Großvater nicht zurückkommen wird.

Er ignoriert sie einfach, hält es nicht für nötig, ihr zu berichten, was die Ärzte zu sagen haben. Stattdessen ist er gegangen, ohne noch einmal hereinzuschauen. Wie kann man sich nur so verhalten? Einfach nicht zu glauben. Marleen legt eine Hand auf ihren Bauch, während sie mit der anderen über Flos Finger streichelt.

Ach, Flo, langsam begreife ich, denkt sie.

»Er hatte in letzter Zeit keinen besonders guten Draht zu seiner Familie, wissen Sie«, sagt Marleen, als Schwester Natalia erneut im Raum ist, um den Tropf und die Maschinen zu kontrollieren. »Deswegen haben wir ihnen noch nichts gesagt.«

Schwester Natalia schüttelt den Kopf. »Sie müssen mir nichts erklären. Jede Familie hat ihre Geschichte, nicht?«

Marleen wünscht sich plötzlich, diese Frau, die nur etwa zehn Jahre älter ist als sie selbst, möge sie umarmen, festhalten und Marleens Gesicht an sich drücken. So, wie ihre Mutter es getan hätte.

»Ich bin übrigens Marleen«, sagt sie rasch, bevor ihre Stimme ganz versagt. Schwester Natalia sieht sie forschend an.

»Muten Sie sich nicht zu viel zu, Marleen«, sagt sie dann. »Nicht unterschätzen, was so ein Schock in Ihrem Zustand auslösen kann, ja? Denken Sie an das Baby.«

Marleen schluckt. »Aber was soll ich denn tun?«, flüstert sie.

»Fahren Sie nach Hause. Ruhen Sie sich aus. Können Sie jemanden anrufen? Damit Sie nicht allein sind, meine ich.«

Marleen denkt an ihre Kollegen aus dem Ensemble. In Gedanken ziehen all die Gesichter der anderen Schauspielerinnen und Schauspieler an ihr vorbei. Arndt, ihr Lieblingsregisseur. Das ganze Team aus der Dramaturgie und der künstlerischen Leitung. Entsetzt werden sie sein. Bestürzt und wahnsinnig besorgt. Warum nur kann sie sich plötzlich nicht vorstellen, irgendjemanden aus ihrem großen Bekanntenkreis bei sich zu haben?

Außer Caroline. Ja, Caroline könnte sie anrufen.

»Wissen Sie was? Ich rufe Ihnen mal besser ein Taxi«, sagt Schwester Natalia.

»Aber was ist, wenn sich irgendetwas ändert bei ihm? Ich will da sein, wenn er mich braucht!«, wirft Marleen ein.

Schwester Natalia sieht sie einen Moment lang an. Eine Mischung aus Mitgefühl und Besorgnis spricht aus ihrem Blick.

Sie zögert. Marleen spürt es deutlich. Dass sie überlegt, ob sie etwas Bestimmtes sagen oder es lieber lassen soll. Schwester Natalia entscheidet sich dafür, es nicht zu tun. Plötzlich ändert sich ihr Gesichtsausdruck, und sie lächelt Marleen an. Es ist ein Lächeln voller Tatkraft.

»Kein Problem«, sagt sie. »Sie geben mir Ihre Telefonnummer, und wir rufen Sie an, sobald es irgendwelche Neuigkeiten gibt.«

»Versprochen?«, hakt Marleen nach.

»Versprochen!«, erwidert Schwester Natalia ernst.

Donnerstag, 16. August

HEINRICH

Heinrich liegt wach.

Seine Nächte sind mit den Jahren immer kürzer geworden. Er braucht nur noch wenig Schlaf, oft nicht mehr als fünf Stunden pro Nacht. Wenn er aufwacht, fühlt er sich munter und ausgeruht. Es drängt ihn, aufzustehen und sein Tagwerk zu beginnen. Als sei sein Körper auf der Hut vor zu viel Ruhe. Lieber bewegt er sich, fährt im Untergeschoss der Villa eine halbe Stunde lang auf dem Hometrainer oder zieht im Schwimmbecken daneben seine Bahnen. Danach ein Frühstück mit Müsli, Früchten, zwei Tassen Tee, neben sich alle wichtigen Tageszeitungen, und am Samstag auch die Wochenzeitungen. All das, um Schlafes Bruder ganz deutlich zu machen, dass er sich von Heinrich Steinbeck noch ein paar Jahre fernzuhalten hat.

Heute jedoch ist es anders.

Er kann erst gar nicht einschlafen.

Und das nur, weil ihm eine Sache nicht aus dem Kopf gehen will. Diese vollkommen absurde Angelegenheit.

Einfach unmöglich.

Natürlich hat Florian sich in den letzten Jahren von seiner Familie abgenabelt – aber doch wohl nicht so sehr, dass er ihnen einen so weitreichenden Entschluss vorenthalten würde.

Er hatte sich von ihnen entfernt, wie das junge Männer nun einmal tun. Sie müssen ihren eigenen Platz im Leben finden, sollen nicht mehr an Mutters Rockzipfel hängen. Bei Paul war das damals auch nicht anders. Als er direkt nach seinem erstklassigen Abitur ein Ingenieursstudium begann, belegte er – rein aus Interesse – auch ein paar Juravorlesungen. Doch schon nach ein paar Monaten drohte er vom Kurs abzuweichen.

Zuerst waren es nur zarte Andeutungen. Dann sprach er es offen aus: Er wollte Strafverteidiger werden.

Nur mit einiger Mühe gelang es Heinrich, ihm diese Revolte gegen die Familientradition auszureden. Letztendlich musste Paul jedoch einsehen, dass sein Handicap jederzeit wieder durchbrechen konnte. Und ein Anwalt, der sein Plädoyer nur stotternd hätte vorbringen können, würde seinen Klienten keinen Gefallen tun.

Die Patente für eine neue Art von Gummihandschuh, einen Mikrochip oder eine chemische Formel für Haarfärbemittel verlangten dagegen nicht nach einem tadellos hervorgebrachten Vortrag. Und sollte einmal ein Fall beim Bundespatentgericht ausgefochten werden, konnte Paul problemlos von Heinrich, Klaasen oder Pettermann vertreten werden. Schließlich leuchtete es auch Paul ein, dass er unter Patentanwälten besser aufgehoben sein würde, und daran hatte sich bis heute nichts geändert.

Abgesehen von diesem kurzen, heftigen Emanzipationsversuch war Paul wirklich entschieden pflegeleichter als Florian. Er war der Tradition und der Familie in jeder Hinsicht treu ergeben.

Paul hatte mit Karin eine Ehefrau aus respektablem Hause gewählt, die als einzige Tochter eines schwerreichen Fabrikanten auch Geld mit in die Familie brachte. Und die beiden liebten sich, so wie sie es heute auch noch tun. An Karins Seite gewann Paul mehr und mehr Sicherheit und ließ bald alle seine ehemaligen Schwächen vergessen.

Alle miteinander lebten sie in der großen Villa hier draußen, die Heinrich 1961 für die Familie gekauft hatte. Nichts schien ihnen zu fehlen. Bis zu dem Tag, an dem Heinrich seinen Sohn weinend im Kaminzimmer antraf. Das war nach Karins zweiter Fehlgeburt gewesen. Karin war noch nicht aus dem Krankenhaus entlassen worden, als Paul zusammengekrümmt auf dem ausladenden Sofa saß, die Hände wie im Gebet auf dem Schoß verschränkt. Auf dem niedrigen Tisch vor ihm stand ein gerahmtes Foto von Helene, seiner Mutter, das er vom Kaminsims genommen hatte. Er schien versunken in ihr zauberhaftes Lächeln, das auf dem Bild vor so vielen Jahren eingefangen worden war, nur kurze Zeit vor ihrem Tod an Pauls zehntem Geburtstag.

Heinrich war damals klar geworden, wie fragil Pauls Gemütszustand war, wie leicht er jederzeit wieder aus dem Gleichgewicht gebracht werden konnte.

So wie im Moment.

Er muss daran denken, wie er gestern allein mit Karin in der Eingangshalle der Villa stand.

»Heinrich, eins noch«, hatte sie gesagt. »Ich glaube, es wäre besser, wenn wir Paul vorerst nichts von dieser ominösen Fremden erzählen, die bei Florian aufgetaucht ist. Ich weiß nicht, ob er einen weiteren Schock verkraften könnte.«

Ihre Stimme hörte sich besorgt und umsichtig an. Doch es schwang auch ein feiner Unterton mit, der in dieser Sache keinen Widerspruch duldete.

Heinrich starrt an die Zimmerdecke, an die das Licht der beiden großen Laternen unten im Garten ein vertrautes Schattenmuster wirft. Karin hat immer schon klare Vorstellungen davon gehabt, wie die Dinge zu organisieren sind, aber noch nie hat sie mit ihm so geredet.

Wieder beschleicht ihn das Gefühl, dass sie irgendetwas weiß, was sie keinem anderen mitzuteilen gedenkt, Paul nicht und ihm auch nicht. Auf eine ungewohnte und sonderbare Art fühlt er sich ausgeschlossen von den Dingen, die die Familie betreffen. Karin spricht nicht offen mit ihm, und sein Enkel hat womöglich ein Leben geführt, von dem sie alle keinen blassen Schimmer haben. Ein Leben, das noch weitreichende Konsequenzen für sie alle haben wird. Sofern die junge Frau tatsächlich die Wahrheit sagt. Und sofern Florian wieder aufwacht und klar bei Verstand sein wird, was momentan alles andere als selbstverständlich ist.

»Es ist leider nicht sicher zu sagen, ob er überhaupt wieder gesund wird«, hatte der Arzt gesagt.

Heinrich schlägt das dünne Laken zurück. Ihm ist heiß. All diese Gedanken lassen seinen Kreislauf auf Hochtouren arbeiten.

Dabei sollte er eigentlich darüber nachdenken, wie er Mr. Hampton und Mr. Donald heute Nachmittag dazu bringen kann, sich zur Anmeldung ihrer internationalen Patente exklusiv an *Steinbeck & Steinbeck* zu binden. Doch erstaunlicherweise ist dieses Problem plötzlich fast zu einem Nebenschauplatz geworden.

Er seufzt und schwingt die Beine aus dem Bett. Vom Radiowecker leuchtet ihm die Uhrzeit entgegen: 04:23.

Heinrich geht ins angrenzende Bad und wirft sich seinen

Morgenmantel über. Der dicke Teppich dämpft seine Schritte, als er die Treppe hinuntergeht.

Karin und Paul schlafen am anderen Ende der unteren Etage, seine morgendlichen Aktivitäten werden sie also kaum wecken. Aber vielleicht sind die beiden ja auch schon wach, genau wie er.

Heinrich brüht sich einen schwarzen Tee auf, den er rasch und in kleinen Schlucken trinkt. Danach ist an Schlaf sowieso nicht mehr zu denken.

Also geht er hinauf in sein Ankleidezimmer und sucht einen legeren Anzug heraus. Duschen. Zähne putzen. Anziehen. Alles dauert länger als noch vor ein paar Jahren, das ist ihm durchaus bewusst. Aber es ist ganz sicher kein Grund, nicht dieselbe Sorgfalt walten zu lassen. Im Spiegel sieht er, dass er trotz der lichter werdenden Haare, der Falten und vereinzelten Altersflecke im Gesicht immer noch eine gute Figur macht.

»Stattlich!«, hatte Helene immer gesagt.

Einen Moment lang starrt Heinrich sich im Spiegel an. Er denkt wirklich oft an sie in den letzten Tagen. Kein Wunder, oder? Kein Wunder.

Schließlich ruft er die Taxizentrale an. Martens kann er um die Zeit wirklich noch nicht aus dem Bett klingeln. Das Taxi bestellt er vorn ans Tor.

Als er in Anzug und Mantel die Eingangshalle durchquert, stutzt er und bleibt stehen. Steht hier nicht immer die große Palme? In dem riesigen Porzellantopf, der das schwarz-weiße Muster der alten Fliesen spiegelt. Hat Frau Dierksen sie vielleicht für die Geburtstagsfeier vorsorglich weggeräumt?

Er wirft einen Blick in das geräumige Wohnzimmer. Doch

auch hier steht sie nicht. Vielleicht wurde die Pflanze in den Wintergarten geräumt. Heinrich nimmt sich vor, Frau Dierksen später danach zu fragen, denn ihm wird plötzlich bewusst, wie sehr er an dieser Pflanze hängt, wie sehr Helene an ihr gehangen hat, bis zuletzt.

Am Tor wartet bereits das Taxi. Heinrich steigt ein und nennt die Adresse. Kurz nach sechs erreicht er die Klinik.

In einem leeren Aufzug fährt Heinrich in den vierten Stock. Eine Gruppe Schwestern steht auf dem Gang vor der Intensivstation um einen Metallwagen herum, auf dem sich Tabletts mit Medikamenten und jede Menge anderer Sachen türmen. Die Schwestern schauen verwundert auf, als er an ihnen vorbeigeht.

»Herr Steinbeck, guten Morgen«, spricht ihn eine der Schwestern an. Es ist die dunkelhaarige von gestern, mit der harten Aussprache. Natalia heißt sie, soweit er sich erinnert.

»Guten Morgen«, erwidert Heinrich. »Wie geht es meinem Enkel?«

»Unverändert, soweit ich weiß«, sagt Schwester Natalia. »Ich war selbst noch nicht bei ihm. Meine Schicht hat gerade erst angefangen.«

»Frau Herzog ist bei ihm«, wirft eine andere Schwester ein, die übernächtigt und müde aussieht.

»Dann warte ich«, sagt Heinrich. Wenn eine Ärztin bei Florian ist, will er lieber nicht stören.

»Das könnte aber dauern«, Schwester Natalia lächelt ihn vielsagend an.

Heinrich hebt die Brauen.

»Kommen Sie, ich helfe Ihnen eben mit dem Kittel und

dem Mundschutz«, entscheidet Schwester Natalia und winkt ihn hinter sich her durch die Milchglastür auf die Station.

Das Prozedere mit den eingeschweißten Einwegsachen und dem Desinfizieren der Hände kommt Heinrich schon fast vertraut vor. Gestern Abend war es jedoch eine andere Schwester, die ihm geholfen hatte. Eine kleine, aschgraue, die ihn nicht mit so einem scharfen Blick bedacht hatte.

Schwester Natalia öffnet die Tür für ihn, lässt ihn hinein und entschuldigt sich dann.

Als sich die Tür hinter ihm schließt, dreht sich die Frau, die sich über Florian gebeugt hat, zu ihm herum. Heinrich blinzelt irritiert. Dort am Bett steht keine Ärztin, sondern die junge blonde Frau von gestern. Ihre dunklen Augen, die ihn über den Mundschutz hinweg anblicken, sind gerötet.

»Guten Morgen«, sagt Heinrich fast reflexartig.

Wieso hat er plötzlich das Gefühl, dass er hier einen sehr intimen Moment stört? Schließlich ist er der Großvater, mit allen Rechten und Pflichten. Ja, er ist ein pflichtbewusster Großvater, der seinen schwer verletzten Enkel besucht. Wieso also sieht ihn diese junge Frau an, als sei er ein Eindringling?

»Guten Morgen«, antwortet sie dann, um sich sofort wieder Florian zuzuwenden.

Auch wenn Heinrich nur ihre Augen und die Stirn sehen kann, bemerkt er, wie weich und liebevoll ihre Züge werden, als sie auf das Gesicht dort in den Kissen hinabblickt.

»Ich bin Heinrich Steinbeck«, sagt er entschlossen, tritt näher an das Bett heran und reicht der jungen Frau die Hand. »Florian ist mein Enkel.«

Sie schaut erst ihn, dann seine Hand an. Zögert.

Heinrich deutet mit der anderen Hand zur Tür. »Ich hab sie draußen gründlich desinfiziert«, sagt er und merkt sofort, wie unfreiwillig komisch seine Bemerkung wirken muss.

Natürlich weiß er, dass die Frau am Bett seines Enkels nicht aus Angst vor Bakterien gezögert hat, seine Hand zu nehmen. Doch noch bevor er seine Bemerkung korrigieren kann, sieht er, dass die junge Frau lächelt. Er kann es an ihren Augen erkennen, um die sich winzig kleine Fältchen bilden. Auch ihre Stimme klingt anders als gestern noch, als sie ihm hoch und schrill erschien.

»Ich bin Marleen Herzog«, sagt sie jetzt freundlich. Ihre Hand fühlt sich angenehm warm an. Sie blickt ihm über ihre Mundschutzmaske hinweg direkt in die Augen. »Flo ist mein Lebensgefährte.«

MARLEEN

Irgendetwas muss seit gestern Morgen geschehen sein.

Flos Großvater hat ihr doch tatsächlich die Hand gereicht. Die sie erst nicht nehmen wollte, weil er in ihren Augen durch sein Verhalten eigentlich die Chance auf einen zweiten Ersten Eindruck bereits vergeben hatte. Und dann diese Bemerkung über das Desinfizieren der Hände. Gestern war er ganz der Familienpatriarch, der sie in ihre Schranken weisen wollte. Heute aber wirkt er wie ein alter, verunsicherter Mann, der sich ehrlich um das Wohlergehen seines Enkels sorgt.

Zuerst dachte sie, er würde sie auffordern, den Raum zu verlassen. Aber nichts dergleichen geschieht. Stattdessen zieht er sich jetzt einen Stuhl heran und setzt sich neben Marleen ans Bett.

»Es geht ihm wohl unverändert«, bemerkt er dann.

Marleen nickt. »Er ist stabil. Dafür sollten wir dankbar sein.«

»Sie haben recht«, sagt er.

Dann sprechen sie eine Weile nicht. Beide betrachten sie still Flos ruhiges Gesicht unter dem Kopfverband.

Es ist verrückt. Aber Marleen spürt es ganz deutlich. Jetzt, wo sie hier so nebeneinandersitzen, steigt in ihr ein Gefühl auf wie ein blasser Ballon.

Ist das Hoffnung?

Hoffnung, weil das schier Unmögliche eingetreten ist.

Heinrich Steinbeck sitzt hier Seite an Seite mit ihr neben seinem Enkel. Das hätte sich Flo sicher nie träumen lassen. Aber nun ist es Realität.

Und wenn das geschehen kann, wenn das möglich ist, wieso sollte dann Flo nicht auch wieder aufwachen und gesund werden?

Ja, so fühlt sich Hoffnung an.

Seit gestern Morgen, seit sie den Zeitungsartikel gesehen hat, ist sie durch einen schwarzen Tunnel gegangen, allein, angsterfüllt, untröstlich.

Sie folgte dem Rat von Schwester Natalia und rief Caroline an, die sofort zu ihr kam. Und zwar auf ihre typische Caroline-Art: Sie schmiss die gesamte Probe, stritt sich deshalb lauthals mit dem Regisseur und verbrachte schließlich den ganzen Tag mit Marleen, verwöhnte sie mit Essen und kühlen Getränken. Ja, sogar eine Fußmassage gab es für Marleen. Es hätte ein wunderbarer Tag sein können, aber nichts von alledem konnte sie genießen, denn eine schwarze Wolke der Trauer und der tiefen Sorge hing über allem.

Wenn in Marleen wieder einmal die Panik aufstieg, nahm Caroline sie in den Arm, bis sie nicht mehr nach Luft schnappte, sondern einfach weinen konnte. Schwester Natalia behielt recht: Es war gut, dass sie nicht allein war.

Am Nachmittag rief Schwester Natalia vor Schichtende kurz an. Bevor sie nach Hause ging, hatte sie Marleen darüber unterrichten wollen, dass Florians Zustand immer noch stabil sei. Die Eltern des Patienten hätten eine ganze Weile bei ihm gewacht. Aber jetzt seien sie gegangen, um sich auszuruhen. Sie würden erst gegen Abend wiederkommen.

Marleen verstand den Wink sofort und fuhr mit Caroline zur Klinik. Caroline begleitete sie bis auf die Station und verschwand dann im Besucherzimmer.

»Hase, sei mir nicht böse. Aber das ist nichts für mich. All diese Schläuche und so. Du willst doch nicht, dass ich neben dem Bett deines Verlobten zusammenklappe«, sagte sie und knuffte Marleen vorsichtig in die Seite.

Marleen musste gegen ihren Willen lächeln. Sie hatte ihrer besten Freundin natürlich von ihrer neuen Rolle als Verlobte erzählt. Und für eine Sekunde rief ihre Bemerkung die Erinnerung an eine Zeit in ihr wach, die ihr schon so weit entfernt schien. Eine Zeit, in der sie über solche Scherze unbeschwert hatte lachen können. Doch jetzt war alles anders, denn hier kämpfte der wichtigste Mensch in ihrem Leben, der Vater ihres Kindes, mit dem Tod.

Und als sie schließlich wieder an Flos Bett saß, ganz allein, sein Dahindämmern mit ihren leise gemurmelten Worten begleitete, glitt sie wieder in dieses kummervolle Tal, in dem nur noch die Angst regierte. Was, wenn sie ihr Kind allein großziehen musste? Würde der Gedanke an den grässlichen Streit an jenem Abend sie fortan begleiten? Würde sie jemals in ihrem Leben wieder glücklich sein können, wieder lachen?

Und ausgerechnet jetzt, wo sie neben Heinrich an Flos Bett sitzt, gelingt es ihr, einige dieser lauernden Schatten zurückzudrängen.

Nein, er wird nicht sterben.

Nein, er wird keine Behinderung davontragen.

Ja, er wird wieder gesund!

Ja, er kommt zurück zu ihr – zu ihr und dem Baby!

Und er wird der wunderbarste Vater der Welt sein!

Endlich lockert sich diese abscheuliche Klammer um ihr Herz, und sie kann wieder freier atmen.

Ausgerechnet jetzt, während sie hier mit Flos Großvater stumm sitzt. Das Leben ist manchmal wirklich verrückt.

Irgendwann scheint Herr Steinbeck das Schweigen nicht mehr auszuhalten. Er räuspert sich mehrmals, bevor er fragt: »Wie kommt es, dass wir uns bisher noch nicht kennengelernt haben?«

Ein wohlüberlegter Satz ist es, als habe Herr Steinbeck lange über die richtige Formulierung nachgedacht.

Sie könnte jetzt einfach lügen. Sie könnte es sich leicht machen, sich diesen Mann auf Distanz halten. ›Ich weiß es selber nicht!‹ oder ›Ich wusste nicht mal, dass seine Familie hier in Hamburg lebt!‹.

Dann wirft sie einen Blick auf den alten Mann neben sich. Sieht ihm in die Augen. Herr Steinbeck mag zwar alt sein, aber er wirkt nicht so, als würde er sich leicht hinters Licht führen lassen. Flo hat ihr einiges von seinem Großvater erzählt. Er leitet immer noch das Familienunternehmen. Er spielt einmal in der Woche Tennis und schwimmt beinahe täglich in dem kleinen Schwimmbad im Keller ihrer großen Villa. Und er findet noch die Zeit, gehobene zeitgenössische Literatur zu lesen. Doch auch ohne all diese Informationen hätte Marleen sofort gespürt, wie beweglich dieser Mann geistig noch ist. Er ist nicht der Opa, der seine Urenkel auf den Knien schaukelt und ihnen Bonbons zusteckt.

»Ich bin Schauspielerin«, sagt sie also und überlässt es ihm, daraus seine eigenen Schlüsse zu ziehen.

Heinrich Steinbecks Brauen heben sich kurz über der grünen Mundschutzmaske. Seine blauen Augen mustern sie eindringlich.

»Flo hat vermutet, dass Sie nicht besonders glücklich mit seiner Wahl wären«, fügt Marleen erklärend hinzu.

Der alte Mann wendet den Blick ab und schaut auf Flo hinab, der vor ihnen im Bett liegt. Er seufzt tief. »Sie bringen die Dinge wirklich auf den Punkt, das muss man Ihnen lassen«, sagt er dann.

Marleen zuckt mit den Schultern. »Ich rede eigentlich nie gern um den heißen Brei herum. Gerade jetzt nicht. Wir haben andere Sorgen, oder?«

Flos Großvater nickt langsam. »Wie lange waren Sie beide denn ein Paar?«, will er wissen, ohne seinen Blick von Flo abzuwenden.

»Wir *sind* seit eineinhalb Jahren zusammen«, antwortet Marleen. Plötzlich schnürt ihr wieder etwas die Kehle zu. Eineinhalb Jahre. Viel zu kurz. Viel zu wenig Zeit.

»Und verlobt?«

»Erst seit Kurzem«, sagt sie vorsichtig, wohl wissend, wie wichtig das für den alten Mann sein muss. Ein einziger Blick auf ihn reicht aus, um zu wissen, wie stark Konventionen sein Leben bestimmen.

Flo würde wahrscheinlich lachen, wenn er sie hören könnte. Erst kürzlich haben sie darüber gescherzt, dass es doch langsam Zeit für eine Verlobung sei, dass das Kind schließlich nicht unehelich aufwachsen dürfe. In Wahrheit haben sie sich über diese Dinge nie Gedanken gemacht, so sicher waren sie beide, dass ihre Liebe stärker sein würde als alle gesellschaftlichen Regeln. Niemals hat es auch nur den Anflug eines Zweifels gegeben, dass sie bald eine kleine

Familie sein würden, Verlobung hin oder her. Aber Flos Eltern und vor allem sein Großvater, das war ihnen beiden klar gewesen, hätten das sicher anders gesehen.

Sie sieht, wie Herr Steinbeck ein wenig den Kopf neigt; ihre Antwort scheint ihn nicht zufriedengestellt zu haben.

»Seit Anfang Juli«, konkretisiert Marleen ihre Aussage schnell.

Herr Steinbeck blickt ihr direkt in die Augen. »Sie müssen verstehen, dass das für Florians Eltern und mich, für seine Familie, ziemlich überraschend kommt. Wir hatten keine Ahnung, dass er sein Leben mit jemandem geteilt hat. Wir wussten nicht, dass er ...« Sein Blick gleitet kurz zu Marleens gewölbter Körpermitte. »... Pläne hatte.«

»Hat«, korrigiert ihn Marleen.

»Bitte?«

»Er *teilt* sein Leben immer noch mit mir. Und er *hat* immer noch Pläne. Sie haben versehentlich in der Vergangenheit gesprochen«, erklärt sie ihm freundlich.

»So? Habe ich das?«, fragt er, und Marleen sieht, wie seine blauen Augen ein wenig schmaler werden.

Ein Zeichen des Misstrauens? Aber vielleicht, denkt Marleen hoffnungsvoll, vielleicht lächelt er ja auch.

HEINRICH

In der Kanzlei ist heute ein besonders ruhiger Tag.

Es ist, als wüsste die ganze Welt der Erfinder und Forscher, dass der Erbe von *Steinbeck & Steinbeck* im Koma liegt.

Dabei wäre Heinrich ganz froh über ein wenig Ablenkung.

Den ganzen Vormittag denkt er nun schon über seinen Besuch bei Florian nach. Nun, zugegebenermaßen ist es nicht nur Florian, über den er nachgrübelt. Das gibt es doch nicht, dass ihn die Begegnung mit dieser jungen, von sich eingenommenen Schauspielerin derart beschäftigt.

Wie sie ihn korrigiert hat, als er in der Vergangenheit über Florian sprach. Mit einer freundlichen Bestimmtheit, hinter der sich wahrscheinlich ein knallharter Wille verbirgt.

Die weiß, was sie will. Ganz sicher. Und ohne Zweifel ist bei ihnen ja auch so einiges zu holen. Das wird ihr nicht entgangen sein.

Als Frau Petersen irgendwann hereinkommt und ihm mitteilt, dass die Texaner morgen zur Vertragsbesprechung in die Kanzlei kommen möchten, kann er sich kaum darauf konzentrieren. Und genauso wenig kann er sich darauf einlassen, als sie ihm stolz eine Erstausgabe irgendeines alten Gartenbuchs präsentiert, das sie als Geburtstagsgeschenk für Karin in einem Antiquariat besorgt hat. Dabei ist ein seltenes Buch wirklich eine gute Wahl. Also nickt er zustimmend.

»Noch frischen Tee?«, fragt Frau Petersen im Hinausgehen.

»Ja, bitte«, antwortet Heinrich und trifft spontan einen Entschluss: »Ach, Frau Petersen, wissen Sie zufällig, wo Paul seine Mittagspause verbringen will?«

Frau Petersen hebt kurz die Augenbrauen. »Ich glaube, er ist schon aufgebrochen, Herr Steinbeck. Soviel ich weiß, wollte er in die Klinik. Soll ich versuchen, ihn zu erreichen?«

»Nein, nein, vielleicht ist das auch besser so. Rufen Sie stattdessen doch bitte meine Schwiegertochter an, und sagen Sie ihr, dass ich gern mit ihr zu Mittag essen würde. Im *Admiral.* In einer halben Stunde, wenn es ihr recht ist.«

Falls Frau Petersen sich wundert, kann sie es hervorragend verbergen. Sie nickt und zieht die Tür hinter sich zu.

Karin ist schon da, als Heinrich das Restaurant betritt. Sie sieht müde aus und wirkt nervös.

»Ich komme direkt von Florian«, erklärt sie ihm. »Paul hat mich gerade abgelöst. Flos Zustand ist glücklicherweise weiterhin stabil. Die Ärzte wollen dazu natürlich nichts sagen, aber ich finde, er sieht schon etwas besser aus. Ich bin optimistisch, dass er sich langsam erholen wird. Aber Paul … Er sorgt sich so schrecklich um Flo, er hat so wenig Zuversicht, und die muss man doch haben in einer solchen Situation. So ist es doch, nicht wahr?«

»Ja, man darf sich nicht gehen lassen, das wissen wir beide«, antwortet Heinrich, und doch kann er nicht verhindern, dass das Bild von Helene vor seinem inneren Auge erscheint.

»Die Schwester hat mir gesagt, dass du heute Morgen auch schon dort warst?! Zusammen mit dieser … dieser …« Offenbar fällt es ihr ebenso schwer wie Heinrich, die junge

Frau an Florians Seite einzuordnen. »Gott sei Dank scheint die Schwester Paul nicht darauf angesprochen zu haben.«

»Genau darüber wollte ich mit dir reden«, sagt Heinrich, während er sich die Stoffserviette auf den Knien zurechtlegt. Möglichst kurz und prägnant versucht er seine Eindrücke vom Morgen zusammenzufassen. Wie Frau Herzog sich ihm vorgestellt hat. Wie sie über Florian spricht und wie selbstbewusst sie ihm gegenüber aufgetreten ist. Karin hört ihm angespannt zu. Und als die Salatteller kommen, die sie bestellt haben, beginnt sie lustlos darin herumzupicken.

Eine Weile herrscht Stille an ihrem kleinen Zweiertisch, so ungeheuerlich ist es für sie, dass Florian ihnen verschwiegen haben könnte, dass er solch eine enge Verbindung eingegangen ist. Das drohende Szenario, das dieser Bruch mit der Familie heraufbeschwört, steht zwischen ihnen wie eine Wand.

»Wir müssen eine gemeinsame Linie verfolgen, wie wir mit der Situation umgehen wollen«, sagt Heinrich schließlich. »Wir müssen an einem Strang ziehen, verstehst du?«

»Wie bei einem Vertragsabschluss zu einem neuen Patent«, sagt Karin, ohne ihn anzusehen.

Er kann ihren Tonfall nicht deuten. Schwingt Bitterkeit darin mit?

»Was hältst du von ihr?«, will Karin dann plötzlich wissen.

Heinrich schnaubt. »Was soll ich von ihr halten. Sie ist eine junge, hübsche Schauspielerin. Eine von diesen Frauen, die immer im Rampenlicht stehen wollen. Hätte mir für meinen Enkel wirklich eine angemessenere Partie vorgestellt.«

Er schaut sie an, sucht in ihrem Gesicht nach Zustimmung, doch Karin senkt rasch den Blick. Sie schiebt ein

Salatblatt auf ihrem Teller hin und her und betrachtet es von allen Seiten.

»Und das ist noch nicht alles«, Heinrich holt tief Luft. Er möchte Karin nicht noch mehr belasten, aber was getan werden muss, muss getan werden. »Sie erwartet ein Kind.«

Karin hebt ruckartig den Kopf und schaut Heinrich entsetzt an. »Bitte?«

Heinrich nickt. »Ich hab sie natürlich nicht gefragt, aber da sie gesagt hat, dass sie seit eineinhalb Jahren ein Paar sind … wird Florian wohl der Vater sein, denke ich.« Zumindest hofft er das. Alles andere wäre indiskutabel. Die Sache an sich ist ja schon verwickelt genug.

Karin blickt ihn immer noch erschrocken an. »Ach, du meine Güte«, stammelt sie verwirrt.

»Tja«, sagt Heinrich. »Und ich würde sagen, unter diesen Umständen sollte auch Paul von ihr erfahren. Nicht, dass er ihr unvorbereitet im Krankenhaus begegnet. Ihr Zustand ist nämlich nur allzu offensichtlich. Kümmerst du dich darum?«

»Natürlich«, sagt sie rasch.

»Wie alt ist sie denn?«, erkundigt sie sich dann beinahe scheu.

»Blutjung«, erwidert Heinrich. »Und hat schon die falsche Entscheidung getroffen.«

»Weil sie mit Florian eine Beziehung eingegangen ist?« Karin wirkt verblüfft.

»Ich meinte ihren Beruf«, bemerkt Heinrich kühl. »Natürlich ist Florian für jede junge Frau ein fetter Brocken. Ich an ihrer Stelle hätte auch sofort behauptet, mit ihm verlobt zu sein, solange er uns nichts Gegenteiliges erzählen kann.«

Karin stutzt. »Du meinst, es könnte sein, dass die beiden gar nicht verlobt sind?«

Heinrich zuckt mit den Achseln. »Das würde mich nun wirklich nicht überraschen. Ich denke, wir müssen damit rechnen.«

»Aber ich dachte …« Karin sieht ihn zögernd an. »Du hattest doch den Eindruck, dass sie ihn wirklich gernhat, nicht wahr?«

Heinrich betrachtet einen Augenblick das Muster der Tischdecke. Dann sagt er: »Natürlich hatte ich den Eindruck, dass sie ihn gern mag. Sie ist schließlich Schauspielerin.« Er betupft sich die Mundwinkel mit der Serviette und erhebt sich. »Du entschuldigst mich kurz?«

Als er zwischen den Tischen hindurch den Gang zu den Waschräumen ansteuert, ist er alles andere als zufrieden mit sich. Das diffuse Gefühl, der jungen Frau unrecht getan zu haben, hat sich leise angeschlichen und sitzt ihm jetzt im Nacken. Heinrich tritt kräftiger auf als nötig, und prompt meldet sich sein linkes Knie.

Freitag, 17. August

MARLEEN

»Jetzt hör mal zu, mein Herzchen«, sagt Caroline am nächsten Morgen und betrachtet besorgt die beiden schlaffen Scheiben Toast, die vor Marleen auf dem Teller liegen. »Wenn du nichts isst, hilfst du Flo ganz sicher nicht. Du musst bei Kräften sein, wenn er aufwacht, denn dann wird er dich wirklich brauchen. Ganz davon abgesehen, dass es da sehr bald noch jemanden geben wird, um den du dich kümmern musst. Das siehst du doch wohl ein, oder?«

Um Carolines Kopf ist ein Handtuch geschlungen, und der Geruch von Duschgel umgibt sie. Sie legt die Arme um Marleens Schultern, nimmt ein Toast von ihrem Teller und beißt hinein. Dann verzieht sie das Gesicht.

»Okay, das würde ich auch nicht mehr essen wollen. Ich mach dir neues.« Sie dreht sich herum und wirft zwei weiße Scheiben in den Toaster.

»Wie soll ich das nur hinkriegen?«, seufzt Marleen und betrachtet kummervoll die sorgfältig gefalteten Kartons, die Caroline gestern besorgt und an die einzige freie Wand in der kleinen Küche gelehnt hat.

»Ich hab doch gesagt, ich helfe dir. Ich bin Weltmeisterin im Einpacken. Und wenn ich nachher im Theater bin, hau ich ein paar von den Jungs an. Arndt kann bestimmt einen Lieferwagen besorgen. So viele Klamotten hast du ja gar nicht.« Caroline grinst aufmunternd. »Das schaffen wir schon.«

Bis zum geplanten Umzugstermin sind es nur noch knapp zwei Wochen. Der Vermieter war betroffen, als Marleen ihn angerufen und die Situation geschildert hatte. Doch inzwischen gibt es schon eine Nachmieterin, die aus Berlin hierherziehen wird. Ab September gehört ihr diese kleine Wohnung. Es gibt also kein Zurück mehr.

Marleen stützt den Kopf in die Hände. »Ich habe kein gutes Gefühl dabei, weißt du. Die Wohnung in der Susettenstraße gehört offiziell Flo allein. Ich stehe noch nicht mit im Mietvertrag. Das wollten wir nach dem Umzug ganz in Ruhe regeln. Ich komme mir plötzlich vor wie ein Eindringling.«

»Aber du gehörst doch jetzt zur Familie. Wer sollte denn etwas dagegen haben, dass du die Pläne umsetzt, die du mit Flo gemacht hast? Und wenn er aus dem Krankenhaus kommt, braucht er doch jemanden, der ihn betüddelt. Er wird dich bei sich haben wollen.«

Wer weiß, denkt Marleen.

Sie hat Caroline nichts von dem Streit erzählt. Nichts von ihrer eigenen, überstürzten Flucht, nichts von Flos spurlosem Verschwinden. Und nichts von der fehlenden Seite Briefpapier.

»Wenn du mitbekommen hättest, wie unangenehm dieser Großvater ist. ›Steif‹ und ›frostig‹ sind da noch nette Umschreibungen. Jedenfalls weit entfernt von ›Herzlich willkommen in unserer Familie‹. Im Gegenteil. Ich komm mir vor, als wollte ich in diese schöne, große Wohnung einbrechen.«

Der Toaster wirft das Brot aus, und Marleen zuckt zusammen.

Ihre Freundin bedenkt sie mit einem skeptischen Blick

und balanciert rasch und mit spitzen Fingern die heiße Ware herüber.

»Weißt du was? Du klingst schon genauso wie Flo. Was ist das bloß mit diesem verdammten alten Knacker, der alle strammstehen lässt? Du wirst dich doch von dem nicht einschüchtern lassen?!«

Marleen sieht auf die frisch gebräunten Brotscheiben auf ihrem Teller hinab.

»Los! Iss!«, kommandiert Caroline freundlich.

Gehorsam bestreicht Marleen eine Scheibe mit Marmelade und beißt hinein. Langsam kaut sie. Bissen für Bissen. Jeder einzelne wird von Caroline genau überwacht.

»Findest du, ich sollte es ihm sagen?«, fragt Marleen schließlich.

»Was?«

»Na, dass ich in Flos Wohnung ziehe.«

»Unsinn!«, Caroline wischt Marleens Bedenken fort. »Du bist eine erwachsene Frau, die in die Wohnung ihres erwachsenen Lebensgefährten zieht. Wäre doch noch schöner, wenn du seinen Opa um Erlaubnis fragen würdest!«

Marleen weiß, dass Caroline das nur so überzeugt vorbringen kann, weil sie Heinrich Steinbeck noch nicht kennengelernt hat. Irgendwas ist an diesem Mann, das sie schaudern lässt.

Bestimmt ist er ein Mensch, der sich selbst nicht die kleinste Schwäche durchgehen lässt. Und wer sich selbst gegenüber so knallhart ist, der legt diesen Maßstab meist auch bei anderen an.

Wie er aussah so früh am Morgen. Herausgeputzt, als wolle er eine wichtige Konferenz leiten. Wie aus dem Ei gepellt.

Ihr selbst, stellt sie fest, ist seit Mittwoch vollkommen gleichgültig, wie sie nach außen wirkt. Auch heute Morgen hat sie sich einfach irgendetwas übergeworfen, das ihr samt Baby noch passt. Sie duscht und wäscht sich die Haare, weil es zur Routine gehört. Aber alles, was darüber hinausgeht, ist ihr schlichtweg egal.

Wenn doch Mama da wäre! Sie würde mit ihrer überfließenden Wärme allen Kummer und allen Zweifel schmelzen lassen. Sie würde Marleens Lieblingsessen kochen, ihr diese eine widerspenstige Strähne aus der Stirn streichen und Heinrich Steinbeck um ein Gespräch im Séparée bitten. Und Papa. Er würde den Umzug wuppen, alles organisieren, sie ›meine Kleine‹ nennen und mit zum Geburtsvorbereitungskurs kommen.

»Hey.« Als hätte sie gespürt, was in Marleen vorgeht, klingt Carolines Stimme plötzlich sehr weich. Sie setzt sich auf den Stuhl neben ihr – auf Flos Platz. Sie legt ihre Hand auf Marleens Arm und sieht sie aufmerksam an.

»Er wird wieder gesund. Das weiß ich«, sagt sie.

HEINRICH

Der August zeigt ihnen allen deutlich, wieso er zum Hochsommer gerechnet wird.

Heinrich ruckelt ein wenig an seiner Krawatte. Ganz öffnen kann er sie leider nicht, denn seine Besucher werden gleich da sein. Frau Petersen hat hier im Besprechungsraum schon alles vorbereitet.

Kühle Getränke stehen neben ein paar hübsch dekorierten Häppchen in der Mitte des runden Tisches. Heinrich hat Wert darauf gelegt, dass der Tisch im Besprechungsraum seiner Kanzlei rund ist, das ist psychologisch sehr wichtig. Die Geschäftspartner von *Steinbeck & Steinbeck* sollen sich vollkommen gleichberechtigt fühlen. Auch alle Stühle sehen gleich aus, sie sind mit einem hellen, feinen Leder bezogen und haben bequeme Armlehnen.

Florian hat die Möbel vor ein paar Jahren ausgesucht. Damals, als noch alles so aussah, als würde er selbst bald regelmäßig hier Platz nehmen, um Verträge abzuschließen.

Was ist nur passiert seitdem?

»Ist alles recht so, Herr Steinbeck?«, fragt Frau Petersen, die plötzlich hinter Heinrich auftaucht.

Nur mit Mühe kann er verhindern, dass er zusammenzuckt. Es ist alles ein wenig viel in der letzten Zeit, aber das sollte für einen Steinbeck nun wirklich kein Grund sein, die Nerven zu verlieren.

»Wunderbar, Frau Petersen«, sagt er also schnell. »Ich vermute, die Texaner werden gleich hier sein.«

Frau Petersen nickt und stellt mit einem Kippschalter an der Wand den großen Deckenventilator an, der über dem Tisch hängt. Leise murmelnd beginnt er, sich zu drehen. Fast sofort verbreitet sich eine angenehme Kühle im Raum. Gott sei Dank haben sie nicht so häufig derartige Hitzeperioden hier in Norddeutschland, das macht das alles wirklich nicht einfacher.

Hampton und Donald sind pünktlich auf die Minute, ganz so, wie es Heinrich gefällt. Überhaupt läuft die Besprechung ganz hervorragend. Die beiden Amerikaner verhandeln geschickt und charmant die Vergütung. Und da Heinrich in weiser Voraussicht ein Angebot mit einem erheblich höheren Stundensatz gemacht hat, einigen sie sich schließlich genau so, wie er es sich erhofft hatte. Endlich läuft etwas mal wieder genau nach seinen Vorstellungen. Heinrich ist voll und ganz zufrieden mit sich und den Verhandlungen. Er beherrscht sein Handwerk noch, auch ohne Paul an seiner Seite.

Den hat er gleich zu Anfang des Treffens entschuldigt. Die Texaner haben nur kurz und unverbindlich genickt. Mehr nicht. Daher ist Heinrich verwundert, dass Donald jetzt, kurz bevor Heinrich ihn verabschieden will, noch einmal darauf zu sprechen kommt. Der Texaner zieht sein Jackett aus und öffnet die beiden oberen Knöpfe an seinem mit Lederbändern verzierten Hemd, wie um zu zeigen, dass nun der inoffizielle Teil des Treffens beginnt.

»Können die Ärzte Ihres Enkels schon etwas mehr sagen?«, fragt er in seinem breiten Südstaaten-Akzent.

Heinrich stutzt. Damit hat er nun wirklich nicht gerechnet. Das hier ist ein Geschäftstreffen. Jäh wird er in die verwirrende Realität der letzten Tage zurückgeworfen.

»Nein«, sagt er. »Mein Enkel ist stabil, und im Augenblick können wir nur abwarten. Es ist eine große Belastung für die Familie, das können Sie sich sicher vorstellen.«

Heinrich betrachtet kurz das sonnengebräunte, vitale Gesicht ihm gegenüber. Donalds Partner Hampton lehnt sich in seinem Ledersitz zurück und schaut aus dem Fenster auf die Wasserstraße unter ihnen. Heinrich räuspert sich. Er sollte seine Geschäftspartner wirklich nicht mit solch unerfreulichen, privaten Geschichten belasten.

Doch Donald blickt ihn weiterhin offen und interessiert an. Es ist etwas Weiches, Mitfühlendes in seinem Blick. Und plötzlich hört sich Heinrich von den ungeklärten Umständen des Unfalls berichten, von dem massiven Schädel-Hirn-Trauma und den dadurch entstandenen Blutungen im Gehirn. Er spricht vom künstlichen Koma, das seinen Enkel vor weiteren Schäden bewahren soll.

Donald hört ihm aufmerksam zu.

Kurz blickt Heinrich auf den frischen Vertragsentwurf, der vor ihm liegt. Es ist erstaunlich. Geschäftspartner sind Geschäftspartner. Man redet mit ihnen nicht über solch intime Dinge. Hier geht es doch im Grunde um nichts anderes als eine Menge Dollars, die in Euros umzurechnen sind.

Ja, vielleicht plaudert man ein wenig über die Familie. Auch das gehört zu den unabänderlichen Regeln der Verhandlungsführung. Doch niemals, wirklich niemals hatte er dabei etwas wirklich Privates preisgegeben. Es wäre ihm vorgekommen, als trüge er den falschen Anzug oder womöglich überhaupt kein Kleidungsstück.

Und jetzt erzählt er Dinge über seinen Enkel, die er selbst noch nicht einmal wirklich verarbeitet hat. Wie ist das möglich?

»Geben Sie die Hoffnung nicht auf!«, sagt Donald schließlich. »Er hat den Unfall überlebt. Das ist das Wichtigste. Er wird sich ganz sicher erholen. Man muss in solchen Fällen Geduld haben.«

Heinrich lächelt verwirrt. Er ist überrascht, wie gut ihm die Worte dieses Mannes, den er doch kaum kennt, tun.

Schließlich rettet er sich in den ihm vertrauten Ablauf und sagt: »Sie haben sicher recht. Wenn wir uns nächste Woche zur Unterschrift sehen, gibt es bestimmt schon gute Neuigkeiten. Machen Sie doch bitte mit meiner Sekretärin direkt einen Termin aus.«

»Das machen wir«, erwidert Donald mit seiner ruhigen Stimme. »Bestimmt geht es Ihrem Enkel bis dahin schon besser. Man muss für die Familie da sein, wenn so etwas passiert, man muss zusammenhalten wie … wie sagen Sie in Deutschland … wie Pech und …?«

»Wie Pech und Schwefel«, hilft Heinrich ihm.

»Right! Ja, die Familie ist schließlich das Wichtigste, was man hat, nicht wahr?«

Nachdenklich schaut Heinrich den Texanern hinterher, während Frau Petersen sie zum Aufzug begleitet. Dann geht er in sein Büro und schließt die Tür hinter sich. Hastig greift er an den Krawattenknoten, um ihn zu lockern, und geht zur Fensterfront hinüber, von wo aus er hinaus auf die Speicherstadt blickt.

Donalds letzte Äußerung erzeugt in seinem Kopf ein vielfaches Echo.

Er hat soeben den dicksten Fisch seit Jahren an Land gezogen und einen perfekten Geschäftsabschluss hingelegt. Und doch sind es nur diese letzten Worte vollkommen privater Natur, die ihn nun beschäftigen.

Man muss für sie da sein. Die Familie muss zusammenhalten. Sie ist das Wichtigste.

Er wirft einen Blick zum Telefon hinüber, zögert kurz, doch dann geht ein Ruck durch ihn hindurch. Ja, er wird sich um seine Familie kümmern.

In seinem privaten Adressbuch sucht er nach der Nummer von Johann Weigel. Er hat Johann vor Jahren über ihre gemeinsame Leidenschaft fürs Tennisspielen kennengelernt. Und dabei haben sie auch festgestellt, dass sie beide Juristen sind – Johann war Staatsanwalt und ist inzwischen im Ruhestand. Heinrich und er spielen jeden letzten Samstag im Monat Tennis. Und manchmal auch außer der Reihe. Erst letzte Woche haben sie sich bei einem Herren-Doppel gesehen. Johann wird sich der Sache annehmen, er ist der richtige Mann.

»Mein Gott, Heinrich«, meldete sich Johann fast sofort, »ich habe von dem schrecklichen Unfall gehört. Es tut mir so leid, ich hätte mich sofort bei dir melden sollen …«

Heinrich lässt ihn nicht weitersprechen. Es geht jetzt nicht um sein Gefühlsleben, es geht um die Familie. Also kommt er gleich zur Sache.

»Marleen Herzog?«, wiederholt Johann, nachdem er schweigend Heinrichs Bericht gelauscht hat. »Noch nie gehört. Aber ich gehe auch nicht mehr gern ins Theater. Dieses stundenlange Stillsitzen … Soll ich mich für dich umhören, Heinrich?«

»Hast du da irgendwelche Möglichkeiten?«, erkundigt sich Heinrich.

»Selbstverständlich«, hört er Johanns sonore Stimme.

»Könnten wir uns vielleicht in Bälde treffen? Ich wüsste gern, was wir notfalls unternehmen können, wenn sie ihre Behauptungen nicht beweisen kann. Ich meine, falls Florian nicht wieder …« Es gelingt ihm nicht, den Satz zu beenden.

»Kein Problem. Ich könnte direkt morgen.«

An Karins Geburtstag. Doch da sie ja sowieso nicht feiern will, kann er sich auch genauso gut mit Johann verabreden. Schließlich sollte das auch in Karins Sinne sein. Und Pauls. Es sollte im Sinne der ganzen Familie sein.

»Versteh mich nicht falsch«, sagt er und räuspert sich. »Frau Herzog ist bestimmt eine reizende junge Dame. Aber natürlich müssen wir sicher sein, ob ihre Behauptungen Hand und Fuß haben. Und wir müssen uns wappnen für den Fall, dass sie uns hinters Licht führen will.«

Sonntag, 19. August

MARLEEN

Heute Morgen war sie wieder von grässlichen Rückenschmerzen geweckt worden. Nach einer Nacht, in der sie wieder einmal Albträume geplagt hatten. Immer ist es Flo, der in einer verzweifelten Lage nach ihr ruft, dem sie nicht helfen kann, weil sie ihn nicht einmal erreichen kann.

Und die Realität ist doch genauso schlimm. Wie er so still und stumm dort liegt und mit dem Tod kämpft. Die schier endlosen Stunden, die sie seit dem Unfall an seinem Bett verbracht hat. Stunden, in denen sie auf seine Hände geschaut hat, deren zärtliche Berührungen sie so gut erinnert und die nun reglos in den ihren liegen.

Aber so unangenehm diese Rückenschmerzen auch sind, sie erinnern sie an das Baby. Und manchmal – so wie heute Morgen, als sie aufwachte – zeichnet sich ein Füßchen oder eine Hand als kleine Erhebung auf ihrem Bauch ab, so lebendig, so nah, dass sie meint, bereits danach greifen zu können. In diesen Momenten ist sie so unsagbar glücklich, dass dieser kleine Mensch bei ihr ist und ihr Mut gibt, den nächsten Tag anzugehen.

Heute ist Sonntag, und Flo liegt schon seit vier Tagen im Koma. Auch, wenn für sie keine Veränderung sichtbar ist, sind die Ärzte mit seinem Zustand zufrieden. Das tägliche CT zeigt, dass keine weiteren Blutungen aufgetreten sind. Nun muss er einfach nur gesund werden, sagen sie. Gestern war der Geburtstag seiner Mutter. Und obwohl Marleen sie immer noch nicht kennengelernt hat, empfindet sie Mitleid mit der Frau, die sie vor zwei oder drei Tagen zusammen mit Flos Großvater über den Flur der Station gehen sah. Flo hatte ihr Fotos von seiner Mutter gezeigt, und Marleen hatte sie gleich erkannt. Doch trotz ihrer aufrechten Haltung, der gepflegten Erscheinung, war sie Marleen so niedergeschlagen vorgekommen, dass sie es nicht gewagt hatte, sie anzusprechen.

Gestern wäre auch Carolines Party gewesen. Doch sie hatte sich entschieden, nicht zu feiern. Sie hatte nur kurz bemerkt, dass es ja wohl völlig unangebracht sei, die Trennung von ihrem Freund zu feiern, während Marleen um das Leben *ihres* Freundes bange.

Heute Morgen hat Marleen noch mit Caroline in ihrer kleinen Wohnung gefrühstückt.

»Bist du sicher, dass du allein hinwillst?« wollte Caroline wissen.

Marleen hatte ihr erzählt, dass sie noch in Flos Wohnung vorbeischauen wollte. Schon mal ein wenig Platz für die Umzugskartons schaffen, die noch um sie herumstanden, fest verschlossen oder erst halb gefüllt.

»Wenn ich mitkomme, kann ich doch schon mal ein paar schwere Möbel hin und her schieben. Du dirigierst, und ich schleppe, okay?«

»Du musst Text lernen!«, erwiderte Marleen. »Wenn du ihn bei der nächsten Probe wieder nicht kannst, brauchst du Arndt nie wieder unter die Augen zu treten. Und ich brauche wirklich keine Hilfe. Ich räum ja nur ein bisschen was zusammen und bereite die Wohnung für meinen Einzug vor.«

»Versprich mir, dass du dich nicht übernimmst! Bitte keine Sturzgeburt beim Möbelrücken, klar?!«

»Jawoll!«, sagte Marleen und verschwieg dabei, dass sie eigentlich nur dorthin wollte, um sich Flo irgendwie näher zu fühlen, in den schönen Erinnerungen zu baden, die an der Wohnung haften.

Und jetzt ist sie hier.

Die Wohnung ist groß, hoch und wirkt leer. Und das, obwohl überall die hellen, geschmackvollen Möbel stehen, mit denen Flo sich umgeben hat. Viel Weiß und helles Holz. Die vor den weit geöffneten Flügeln der Terrassentür wehenden cremefarbenen Vorhänge wirken leicht und unbeschwert.

Doch anstatt die Helligkeit und Großzügigkeit der Wohnung zu genießen, wie sie es sonst immer konnte, kommt sich Marleen klein und verloren vor. Wie in Trance räumt sie ein paar Schubladen für ihre Sachen frei. Kurz überlegt sie, das Bett neu zu beziehen. Lässt es dann jedoch, weil in der alten Wäsche noch Flos Geruch hängt.

Im Wohnzimmer schiebt sie trotz der Rückenschmerzen die bequemen Sessel an die hohen Wände. Hier soll Platz für die Umzugskisten sein. Erschöpft lässt sie sich in einem der Sessel nieder, stopft sich ein Kissen in den Rücken und streckt die Füße aus. Wenn Flo jetzt hier wäre, würde er sein Ohr auf ihren Bauch legen und den Herzschlägen des Babys lauschen, die inzwischen deutlich zu hören sind, und ›seinem Mädchen‹ die verrücktesten Kosenamen zuflüstern. Marleen spürt, wie ihr die Tränen in die Augen steigen. Was, wenn Flo nie wieder in diese schöne, große Wohnung zurückkehrt?

Abrupt setzt sie sich auf. Solche Gedanken darf sie gar nicht erst zulassen.

Ihr unruhiger Geist lässt sie hinaus in den Garten fliehen. Dort draußen, auf der Terrasse, hält sie es besser aus. Die große Birke neben dem Haus spendet Schatten, und ein leichter Wind bewegt die Blätter.

Sie stellt sich vor, wie Flo drinnen in der Wohnung an einem neuen Stück schreibt, während sie es sich an dem Tischchen auf der Terrasse gemütlich macht und ›einfach nur schwanger ist‹. So hat er es immer genannt, wenn sie hier in den letzten Wochen mit einem Buch oder dem Laptop gesessen und die Ruhe genossen hat.

Marleen streichelt über ihren Bauch, wie sie es schon so oft getan hat, seit sie das Kleine zum ersten Mal gespürt hat. Und als würde das Baby ihre Stimmung erspüren, fühlt sie, wie sich ihr Bauch in ihrer Hand sanft wölbt. Ist es ein Händchen, ein Fuß, oder kuschelt sich das Kleine mit dem Rücken in ihre warme Hand?

»Wenn wir uns endlich sehen, wird dein Papa wieder gesund sein«, flüstert sie ihrem Kind zu.

Wieder einmal erinnert sie sich daran, wie ihre Ärztin ihnen bei der ersten Ultraschalluntersuchung strahlend verkündete, es werde ein Junge. Wochen später, bei der nächsten Untersuchung, hatte sie jedoch beim Anblick des Bildschirmes den Kopf geschüttelt, gelacht und gemeint, ein Mädchen sei doch wahrscheinlicher. An diesem Tag hatte Flo hier draußen auf dem Rasen vor Freude einen Purzelbaum geschlagen. Er wünscht sich eine Tochter. Und findet es wahnsinnig spannend, dass ›die‹ Kleine sie beide so an der Nase herumführt.

Marleen lächelt.

Ihr Blick fällt auf den Nistkasten an der Birke, und sie erinnert sich, wie dort vor ein paar Wochen noch ein Kohlmeisenpaar eifrig ein- und ausgeflogen war. Jedes Mal, wenn eine der Meisen mit einer Raupe oder einer Spinne im Schnabel herangesaust kam, erhob sich im Kasten ein mehrstimmiges, schrilles Gepiepe. Jetzt hängt der Kasten still und verlassen an seinem Ast.

Es ist so ruhig hier im Garten. So still, dass jedes kleinste Geräusch zu hören ist. Und da, plötzlich, hört Marleen tatsächlich etwas. Aus der Wohnung hinter ihr. Rasch schaut Marleen sich um.

Sie spürt, wie ihr Herz sich verkrampft. Für eine Sekunde glaubt sie, es könnte Flo sein, und der Unfall sei nur ein schlimmer Traum gewesen. Doch dann wird ihr klar, dass es etwas anderes sein muss.

Jemand anderes.

Sofort fällt ihr ein, dass sie ihr Handy im Flur auf das kleine Tischchen gelegt hat, als sie hereingekommen ist. Die nette Familie Lehmann von oben, die bei solchem Wetter sonst den ganzen Tag auf dem Balkon sitzt, ist verreist. Verdammt.

Hektisch schaut sie sich auf der Terrasse um. An der Gartenmauer lehnt eine Harke. Besser als nichts. Möglichst leise windet sie sich aus dem Lehnstuhl, greift nach dem Gartengerät und schleicht Richtung Terrassentür.

Als sie vorsichtig in den Raum späht, kann sie im Gegenlicht des Durchgangs zur Küche eine Silhouette erkennen. Der Mann steht mit dem Rücken zu ihr.

»Was tun Sie hier?!«, ruft Marleen laut, um ihre eigene Angst zu überspielen, und der Mann fährt erschrocken herum.

Durch die Terrassentür fällt das Licht auf sein Gesicht, und im selben Augenblick weiß Marleen, wen sie vor sich hat. Die Ähnlichkeit verschlägt ihr den Atem. Die hohe, schlanke Gestalt, das braune, zerzauste Haar. Es ist Flos Vater.

»Oh«, macht Marleen und lässt die Harke sinken.

Flos Vater steht dort wie vom Donner gerührt. Er scheint kein Wort herausbringen zu können.

Sofort beschleicht Marleen wieder das Gefühl, dass sie der Eindringling in dieser Wohnung ist. Doch dann ruft sie sich Carolines Worte ins Gedächtnis und ist plötzlich fest entschlossen, sich das Heft nicht aus der Hand nehmen zu lassen.

»Hallo, ich bin Marleen, Flos Lebensgefährtin«, sagt sie und streckt ihm die Hand entgegen. »Sie müssen sein Vater sein, nicht wahr? Sein Großvater hat Ihnen sicher von mir erzählt.«

Sie sieht, wie er erschrocken den Mund öffnet, ohne ein Wort hervorzubringen. Schnell fügt sie hinzu: »Es tut mir leid, wenn ich Sie erschreckt habe. Ich war draußen im Garten und habe ein Geräusch gehört. Und da dachte ich …« Rasch lehnt sie die Harke ans Bücherregal.

»Ha… hallo«, erwidert der Mann und nimmt ihre Hand. »Sehr er… erfreut. Paul Stei… Steinbeck.«

Ein paar Sekunden lang starren sie einander an. Er sieht nicht so aus, als habe er mit ihr gerechnet. Und sie selbst ist auch vollkommen verblüfft.

Flo hat nie erwähnt, dass sein Vater stottert. Und er hat nie erwähnt, dass er einen Schlüssel zu dieser Wohnung besitzt.

»Tja … jetzt hat es uns wohl beiden ziemlich die Sprache verschlagen«, sagt Marleen schließlich und lächelt. »Wollen Sie einen Eistee? Ich habe gerade welchen kalt gestellt.«

»Sehr … sehr gern«, antwortet Paul Steinbeck und wirkt fast erleichtert über ihr Angebot.

»Prima. Wie wäre es, wenn wir uns auf die Terrasse setzen? Im Schatten ist es schön kühl. Ich hol nur schnell den Tee.«

»Gern«, sagt er, bleibt aber wie angewurzelt stehen und sieht ihr zu, wie sie in der großen Wohnküche hin und her läuft, den Kühlschrank öffnet, die Karaffe auf ein Tablett stellt, aus dem Schrank zwei Gläser und aus dem Gefrierfach Eis nimmt.

Als sie vorsichtig lächelnd mit dem Tablett an ihm vorbeigehen will, streckt er die Hände aus.

»La… lassen Sie mich das ma… machen«, sagt er, nimmt das Tablett und lässt ihr den Vortritt auf die Terrasse. Das ist also Flos Vater. Hinter mir geht sein Vater, denkt sie. Ihre Hände kribbeln nervös.

Er stellt das Tablett auf dem kleinen Tischchen ab und wartet, bis Marleen sich gesetzt hat. Dann nimmt er auf dem anderen Stuhl Platz, den Marleen vorhin wie selbstverständlich an den Tisch gestellt hat. Erst jetzt wird ihr bewusst, dass sie in diesem Moment gedacht haben muss, Flo würde gleich herauskommen, um sich für ein paar Minuten zu ihr zu setzen. So wie er es immer getan hat, wenn er eine kleine Pause vom Schreiben brauchte.

Marleen gibt Eis in die Gläser. Es klingelt leise, als sie aus der Karaffe den Eistee dazugießt.

»Den habe ich selbst gemacht. Ist nicht gezuckert«, sagt sie.

Flos Vater nimmt sein Glas und nippt daran. »Se… sehr gut«, sagt er.

Dann sitzen sie einen langen Moment schweigend hier draußen.

Paul Steinbeck schaut zu dem Nistkasten hinüber, genau wie sie gerade eben.

»Im Frühling hatten sie sechs Junge«, sagt Marleen. »Sechs kleine Kohlmeisen. Wir waren zufällig hier draußen und haben gefrühstückt, als die Kleinen ausgeflogen sind. Wirklich süß. Eins saß in der Öffnung und guckte in die Welt hinaus. Und die anderen haben es von hinten geschubst.«

Flos Vater schaut sie erst erstaunt an, dann breitet sich plötzlich ein Lächeln auf seinem Gesicht aus. »Sehr n… niedlich«, sagt er schmunzelnd. Es ist Flos Lächeln. Das markante Grübchen am Kinn. Der Schwung der Brauen. Sogar der verträumte Ausdruck in den Augen.

»Sie wussten, wer ich bin?«, fragt Marleen dann ganz unvermittelt.

Er nickt. »Mein Va… Vater hat uns un… un… unterrichtet.« Sein Blick fällt auf ihren Bauch. Aber es wirkt ganz anders als bei Flos Großvater. Nicht skeptisch oder gar ablehnend. Der Blick von Flos Vater ist voller Interesse und Neugier.

»Tja«, macht Marleen und legt ihre Hände auf die Kugel unter ihrem Sommerkleid. »Es sieht ganz so aus, als würden Sie gerade zum ersten Mal Ihrem Enkelkind begegnen.«

Paul Steinbecks Augen leuchten auf. Er betrachtet Marleens Hände und ihren gewölbten Leib darunter mit einem warmherzigen Blick.

»Da… damit ha… habe ich nicht ge… gerechnet. Ich woll… wollte nur nach der W… Wohnung sehen«, sagt er und setzt rasch hinzu: »A… aber ich bin sehr froh, dass wir uns getro… troffen haben.«

Marleen erwidert sein Lächeln.

Vielleicht ging es ihm heute Morgen ganz ähnlich wie ihr. Vielleicht hat auch er einen Grund gesucht hierherzukommen. Um Flo nahe zu sein. Auf eine andere Art nahe, als es neben seinem tief schlafenden Körper im Krankenhausbett möglich ist.

»Ich freue mich auch, Sie zu treffen, Herr Steinbeck«, stimmt Marleen ihm zu. »Ich bin wirklich sehr froh darüber! Ich hätte Sie gern schon längst kennengelernt. Aber Flo wollte wohl auf den richtigen Zeitpunkt warten.«

»Er wäre s… sicher gern da… dabei gewesen, wenn wir …«, seine Stimme bricht, und er muss schlucken. »Es ist sch… schrecklich, ihn so zu sehen. Wir hatten so we… wenig Kontakt. W… wussten nicht einmal, dass …« Sein Blick wandert wieder zu Marleens Bauch. »… dass er V… Vater wird.«

Marleen würde ihm so gern etwas Tröstendes sagen, aber sie bringt kein Wort über die Lippen.

»Wo… wollte er … wollte er am Dienstag zu uns?«, fragt Flos Vater dann. In seinem Gesicht mischen sich Furcht und Hoffnung. Als sei der Gedanke, dass Flo seine Eltern hatte sehen wollen, bevor er verunglückte, ein kleiner Trost.

Einen Moment lang überlegt Marleen. Soll sie lügen?

Ihm zuliebe?

Doch dann sagt sie leise: »Ich weiß es nicht.«

Tränen steigen ihr in die Augen. Und sie weiß nicht, ob sie Flo gelten oder seinem Vater.

Wie schön wäre es gewesen, sich unter anderen Umständen kennengelernt zu haben. Er ist ihr sympathisch mit seiner warmen, zurückhaltenden Art.

Marleen merkt, dass sie ihm etwas geben möchte. Etwas von dem, was Flo in den letzten Jahren lieber für sich behalten hat. Also erzählt sie ihm von dem Stück, an dem Flo in den letzten Monaten geschrieben hat. Sie erzählt ihm auch, wo sie gern essen gehen und welche Stücke er ihr auf dem Klavier im Wohnzimmer besonders gern vorspielt. Sie erzählt von dem Baby. Dass sie es gar nicht geplant hatten. Dass sie aber beide ganz spontan in Freudengeheul ausbrachen, als der Teststreifen ›schwanger‹ anzeigte.

Flos Vater entspannt sich bei ihren Worten mehr und mehr, und sein Gesicht nimmt einen ruhigen Ausdruck an. Als sie schließlich mit ihren Erzählungen endet, sitzt er eine ganze Zeitlang gedankenverloren an dem kleinen Tisch auf der Terrasse.

»Ich muss mich auf den Weg machen«, sagt er schließlich bedauernd.

»Ja, klar. Ich hab Sie ziemlich lange aufgehalten«, erwidert Marleen rasch und steht mit ihm zusammen auf.

»Sagen Sie das nicht«, widerspricht er und sieht sie aufmerksam an. »Ich möchte, dass Sie uns besuchen. Dass Sie mit uns essen. Vielleicht morgen schon? Sie könnten meine Frau kennenlernen, und wir könnten in Ruhe über alles sprechen …«

Marleen blickt in das Gesicht dieses Mannes, in dessen Zügen sie Flo wiedererkennt.

»Das mache ich gern, Herr Steinbeck«, sagt sie, ohne auch nur eine Sekunde darüber nachzudenken.

»Ich heiße Paul«, erwidert er mit einem Lächeln.

Erst als Flos Vater die Wohnung schon längst wieder verlassen hat, fällt ihr auf, dass er gar nicht mehr gestottert hat.

Montag, 20. August

HEINRICH

Heinrich schäumt.

Eigentlich wollte er den Abend dazu nutzen, mit Karin und Paul ihr gemeinsames Vorgehen zu besprechen.

Er hatte heute noch einmal mit Johann Weigel telefoniert. Natürlich hatte der noch nichts Wesentliches über die junge Frau herausfinden können. Doch er hatte ein paar Vorschläge für den weiteren Umgang mit ihr zur Hand gehabt. Zunächst einmal kommt es nur darauf an, nicht zu viele Zugeständnisse zu machen. Und immer höflich zu bleiben. Vorerst kann sie ruhig bei Florian am Krankenbett sitzen, bis er wieder aufwacht und seine Familie ihn selbst zu ihrer haarsträubenden Geschichte befragen kann. Der Himmel möge verhüten, dass das aus irgendwelchen Gründen nicht möglich sein wird. Gründe, an die Heinrich lieber nicht denken möchte. Denn falls Florian das Bewusstsein nicht wiedererlangen würde, ja, falls er sterben würde, wäre das Gesetz auf jeden Fall auf der Seite des Kindes. Es hätte den vollen Anspruch aufs Erbe, die finanzielle Versorgung des Kindes müsste aus Florians Anteil am Familienvermögen gedeckt werden. Vorausgesetzt, das Kind ist tatsächlich von Florian. Aber diese Frage lässt sich ja heute glücklicherweise eindeutig klären.

Das alles hatte er besprechen wollen, um dann eine gemeinsame Strategie zu entwickeln. Dieser gemeinsame Abend wäre so immens wichtig gewesen.

Und stattdessen nun dies! Er war einfach vor vollendete Tatsachen gestellt worden.

Sie würde zum Abendessen kommen.

In genau einer Stunde.

Frau Dierksen steht bereits seit dem Mittag in der Küche und bereitet ein kleines Menü zu. Karin, die den ganzen Nachmittag in der Klinik gewesen ist, deckt den großen Tisch im Wohnzimmer mit dem guten Porzellan und wirkt nervös und fahrig.

Und ihn, Heinrich, hat man einfach im Unklaren gelassen, während er den notwendigen, alltäglichen Geschäften in der Kanzlei nachging. Er war völlig ahnungslos, während sein eigener Sohn hinter seinem Rücken dieses hirnverbrannte Komplott schmiedete.

Einfangen lassen hatte der sich von diesem Mädchen. Sentimental und gutgläubig wie er ist. Als ob nicht auch eine Schwangere in der Lage sein kann, eine faustdicke Lüge aufzutischen, wenn es um ihren eigenen Vorteil geht.

Paul hatte sie in Florians Wohnung in der Susettenstraße angetroffen. Und sie behauptete natürlich, dass sein Enkel damit einverstanden gewesen sei, dass sie sich dort aufhielt. Und Paul war darauf reingefallen. Dabei ist so etwas genau das, was sie dieser Person jetzt auf keinen Fall durchgehen lassen dürfen. Dass sie sich in ihrer aller Leben breitmacht und sich womöglich Florians Besitz unter den Nagel reißt.

Und jetzt hat Paul sich auch noch aus dem Staub gemacht. Sich irgendwo in seine Räumlichkeiten zurückgezogen. Angeblich, um sich auszuruhen. Aber Heinrich kennt ihn besser. Paul ist und bleibt nun mal ein Feigling, der Auseinandersetzungen lieber aus dem Wege geht.

Heinrich schnaubt und greift zu seinem braunen Anzug. Eigentlich hatte er sich nach diesem heißen Tag im grauen Dreiteiler auf Leinenhose und Polohemd gefreut. Aber das kommt jetzt natürlich gar nicht mehr infrage.

Wenn es der jungen Dame schon gelingt, sich einen Platz an ihrem Tisch zu erschleichen, soll ihr wenigstens deutlich werden, in welcher Klasse sie sich hier bewegt. Also steigt Heinrich erst einmal unter die Dusche und lässt danach beim Anziehen Sorgfalt walten.

Als er um kurz vor sieben mit elastischen Schritten die Treppe hinuntergeht, hört er aus dem Wohnzimmer bereits Stimmen. Er strafft die Schultern. Höflich, aber zurückhaltend, ist die Devise.

Dann öffnet er die Tür und tritt ein.

Paul steht mit Frau Herzog am Vitrinenschrank. Sie halten Gläser mit Eistee in der Hand und betrachten gerade die Auszeichnungen, die Florian als Schüler für seine Klavierauftritte bekommen hat. Urkunden, Pokale. All die Gegenstände, die beweisen, dass Florian mal ein fleißiger, strebsamer Schüler war.

Heinrich räuspert sich.

Die junge Frau fährt herum, sieht ihn und … lächelt. Nein, sie strahlt. Sie macht doch tatsächlich den Eindruck, als würde sie sich freuen, ihn wiederzusehen.

Für einen winzigen Augenblick starrt Heinrich sie an.

Ihre helle Erscheinung leuchtet ihm entgegen. Mit hochgesteckten hellblonden Haaren und blitzenden Augen steht sie da in einem fröhlich geblümten Sommerkleid. Unglaublich, dass Frauen in ihrem Zustand heute solch eng anliegenden Kleider tragen.

»Guten Abend«, sagt Heinrich mit seiner verbindlichsten Stimme und geht mit ausgestreckter Hand auf sie zu.

Paul tritt zur Seite, als befürchte er einen Rippenstoß.

»Hallo«, erwidert sie und nimmt seine Hand, diesmal ohne zu zögern. »Vielen Dank für die Einladung.«

Heinrich schaut sie prüfend an. Doch noch ehe er etwas erwidern kann, betritt auch Karin den Raum. Sie hat sich so sorgfältig zurechtgemacht und geschminkt, wie sie es seit Florians Unfall nicht mehr getan hat. Und doch wirkt ihr Gesicht starr, als sie sich jetzt zu ihnen gesellt.

Die beiden Frauen geben sich die Hand, und Frau Herzog lächelt immer noch. Herzlich. Als könne sie sich nichts Schöneres vorstellen, als hier bei ihnen zu sein.

»Ich freue mich wirklich sehr, dass ich Sie endlich kennenlerne!«, strahlt ihr Gast. »Das wollte ich schon so lange.«

Karins Lächeln erreicht ihre Augen nicht, als sie erwidert: »Ich wünschte, ich könnte das auch sagen, Frau Herzog. Aber leider haben wir ja erst vor ein paar Tagen von Ihrer Existenz erfahren.«

Heinrich atmet erleichtert auf. Wenn schon Paul sich durch Florians Unfall zu derartigen Rührseligkeiten wie dieser Einladung hinreißen lässt, ist es doch beruhigend zu sehen, dass zumindest Karin einen klaren Kopf behält.

Die junge Frau wirkt kurz irritiert. Doch dann blickt sie Karin fest in die Augen.

»Ich weiß, was Sie meinen, Frau Steinbeck. Die ganze Situation ist tatsächlich ein wenig surreal. Ich wünschte auch, es wäre anders gelaufen, ganz ehrlich. Aber leider ist das jetzt nicht mehr zu ändern. Wenn ich die Zeit zurückdrehen könnte …«

»Ich denke, wenn wir die Zeit zurückdrehen könnten, würde Florian jetzt nicht in der Klinik liegen, und wir müssten uns hier nicht ohne ihn treffen«, unterbricht Heinrich sie.

Die junge Frau sieht ihn an, verunsichert. Ihre dunklen Augen spiegeln ihre Traurigkeit.

»Da haben Sie natürlich recht«, sagt sie dann leise.

Verflixt. Sie hat etwas an sich, das Heinrich nicht greifen kann. Trotz der angespannten Situation strahlt sie eine unglaubliche Ruhe aus, besitzt sie eine eindrucksvolle Präsenz.

»Wo… wollen wir uns ni… nicht setzen?«, schlägt Paul vor, der sich sichtlich unbehaglich fühlt.

Frau Dierksen steckt den Kopf zur Tür herein und nickt Karin zu.

»Ich hoffe, Sie haben Appetit mitgebracht. Stella hat sich selbst übertroffen, glaube ich«, sagt Karin und erwidert Frau Dierksens Nicken.

Sie geleitet Frau Herzog die wenigen Schritte zum Tisch, wo Paul ihrem Gast einen Stuhl zurechtrückt. Heinrich beobachtet, wie die junge Frau sich umständlich setzt und dabei eine Hand in ihren Rücken stützt. Ihr Blick wandert dabei durch den ganzen Raum.

»Hier ist Flo also aufgewachsen?«, fragt sie.

Paul nickt und öffnet den Mund, doch Heinrich kommt ihm zuvor: »Er hat hier mit uns gelebt, bis er sein Studium abgeschlossen hatte.«

»Dann hatte er o… offenbar den ty… typischen Drang junger Männer, die hei… heimische Scholle zu … zu verlassen«, ergänzt Paul und lächelt die junge Frau dabei gefühlsduselig an.

»Und zwar so weit zu verlassen, dass wir von seinem Leben

so gut wie nichts mehr mitbekommen haben«, setzt Heinrich verärgert hinzu. Er kann es nicht leiden, wenn Paul so naiv über dieses unangenehme Thema daherredet.

Karin räuspert sich. »Mögen Sie einen kleinen Salat vorweg, Frau Herzog?«, fragt sie schnell.

»Ja, sehr gern, danke«, erwidert ihr Gast.

Als Frau Dierksen mit dem Salat erscheint, bemerkt Heinrich, wie auffallend hübsch die Teller arrangiert sind. Auch das beste Silberbesteckt liegt parat. Als würden sie heute mit hohem Besuch speisen.

Er muss später unbedingt mit Paul über das alles hier sprechen.

»Erzählen Sie doch ein bisschen von sich!«, hört er Karin zu Frau Herzog sagen. »Woher kommen Sie?«

»Ich komme ursprünglich nicht aus Hamburg. Die Familie meines Vaters besaß schon seit Generationen einen kleinen Hof im Allgäu. Dort bin ich aufgewachsen«, berichtet die junge Frau, und Heinrich muss zugeben, dass sie eine sehr schöne Stimme hat, die den Raum wie von selbst zu füllen scheint.

»Wie … wie schön!«, stottert Paul, der schon immer eine sonderbare Schwäche für Almromantik hatte. Obwohl doch jeder weiß, dass das provinzielle Allgäu mit einer Hansestadt so viel gemein hat wie ein Paddelboot mit einem Viermaster.

»Nun ja«, die junge Frau lächelt. »Für mich war es ganz normal. Aber ich habe mich dort sehr wohl gefühlt. Die Nähe zur Natur, der selbstverständliche Umgang mit den Tieren, ich war immer mittendrin.«

Vor Heinrichs innerem Auge zieht das Bild eines Kindes mit schmutzverkrusteten Füßen auf, das die Kühe melkt und auf dem Feld die Kartoffeln erntet. So ganz anders als Florians Kindheit abgelaufen ist.

»Und wo sind Sie zur Schule gegangen?«, will er sofort wissen.

»Wissen Sie, es war ein großes Glück, dass es in der nahen Stadt eine Waldorfschule gab. Ich habe schon immer gern gemalt, gesungen und Musik gemacht. Und meine Liebe zum Theater habe ich dort auch entdeckt. Aber eigentlich denke ich, dass es nicht so wichtig ist, wo wir unsere Kindheit verbringen. Hauptsache, das Umfeld stimmt. Ich meine, Familie und Freunde und so. Hauptsache, man wird geschätzt, so wie man ist.«

Waldorfschule. Ach herrje. Das sind doch diese Schulen, an denen es keine Noten gibt, wo die Schüler jederzeit den Klassenraum verlassen können? Was für ein Unfug. Als ob es egal wäre, welchen Einflüssen ein Kind ausgesetzt ist. Kulturell. Sozial. Er weiß nur zu gut, wie wichtig es ist, seinen Einfluss als Eltern geltend zu machen. Nur so kann man schließlich dem Nachwuchs zu einem angemessenen Platz in der Gesellschaft verhelfen.

Heinrich spießt eine Garnele auf die Gabel.

»Haben Sie Geschwister?«, erkundigt sich Karin, der offensichtlich nicht an einem tiefergehenden Diskurs zu diesem Thema gelegen ist.

»Leider nicht. Ich bin Einzelkind, genau wie Flo.«

Ob Florian ihr erzählt hat, dass er zwei Geschwister hätte haben können, wenn es anders gelaufen wäre, überlegt Heinrich kurz. Dass er der kleine Bruder von zwei älteren Schwestern gewesen wäre? Paul zumindest denkt jetzt sicher daran. Nach den zwei Fehlgeburten war Florian wie eine lang ersehnte Erfüllung für die Familie gewesen. Ob es für Karin auch noch so präsent ist, kann Heinrich nicht einschätzen. Sie kann Dinge gut wegschieben und sich den Weg nach vorn wieder frei kämpfen. Im Grunde ist sie ihm ähnlicher als sein eigener Sohn.

»Und wie sind Sie vom Bauernhof zur Schauspielerei gekommen?«, möchte Karin jetzt wissen. Heinrich ist nicht entgangen, wie sie beim Wort ›Bauernhof‹ kurz die Augenbrauen hochzog. »Das scheint mir ein enormer Schritt zu sein.«

Frau Herzog lächelt, und ihre Augen blitzen lebhaft, als sie anfängt zu erzählen.

»Klingt ziemlich verrückt, ich weiß. Aber es war von Anfang an mein Weg. Schon als Kind habe ich schrecklich viel gelesen. Im Laufe der Zeit habe ich mich quer durch unsere kleine Dorfbücherei gelesen. Es waren die Geschichten der vielen verschiedenen Menschen und Tiere in all den Büchern, die mich interessiert haben. Ich konnte mich in jedes einzelne dieser Schicksale hineinfühlen. Glücklicherweise hat das Theaterspielen an meiner Schule immer eine große Rolle gespielt, es war eine wichtige Möglichkeit, sich auszuprobieren. Wir haben jedes Jahr ein Stück aufgeführt.«

Na wunderbar, denkt Heinrich, ein Leben in einer Fantasiewelt. Theaterspielen, was hat das schon mit dem wirklichen Leben zu tun. Mit der Entwicklung und Patentierung neuer Wirtschaftsprodukte.

»Die Schule pflegte Kontakt zu einer örtlichen Laiengruppe. Es war ein Glücksfall für mich, dort gab es ein Künstlerpaar, das die Truppe leitete. Die beiden hatten sich das Allgäu als Alterswohnsitz ausgesucht. Sie haben wirklich wunderbare

Sachen gemacht, es waren tolle Aufführungen. Ich habe dort jede Menge gelernt.«

»Und Ihre Eltern?«, hakt Heinrich nach. »Was haben die dazu gesagt? Auf so einem Hof kann man doch bestimmt jede Hand gebrauchen. Wie fanden sie es, dass Sie als Künstlerin in die große Welt hinauswollten?«

Auf dem Gesicht der jungen Frau liegt plötzlich ein Ausdruck, den Heinrich kaum zu deuten weiß. Eine seltsame Mischung aus tiefem Glück und unglaublicher Traurigkeit. Rasch senkt er den Blick und schaut auf seinen Teller.

»Sie haben mich immer unterstützt«, sagt sie schließlich nachdenklich und betrachtet ihre Serviette. »Es hat sie gefreut, dass ich etwas gefunden hatte, das so gut zu mir passte. Und schon so früh. Ich meine, wer hat schon das Glück, seine Kindheitsträume leben zu dürfen? Für meine Mutter war es sowieso selbstverständlich, dass man seinen eigenen Weg gehen soll. Sie ist aus Zürich in unser kleines Nest gezogen, aus Liebe zu meinem Vater. Und dann hat sie dort Yoga unterrichtet. Yoga! Im Allgäu! Können Sie sich das vorstellen? Aber sie hat Erfolg damit gehabt.«

Wieder zeigt sich dieser verträumte Ausdruck auf dem jungen Gesicht. Ein Bauer und eine Yogalehrerin, denkt Heinrich. Verrückter geht es ja kaum noch.

Frau Herzog räuspert sich, dann fährt sie fort. »Wir hatten immer ein wirklich gutes Verhältnis zueinander. Auch als ich dann wegzog, um die Schauspielschule zu besuchen. Meine Eltern wollten unbedingt, dass ich so lebe, wie ich es richtig finde. So wie ich bin. Das Beste, was man seinen Kindern mitgeben kann, ist doch das Gefühl, geliebt zu werden – egal, für welchen Weg sie sich entscheiden. Und das haben meine

Eltern getan. Ich bin ihnen sehr dankbar dafür.« Sie blickt auf und schaut ihm direkt in die Augen.

Er kann beobachten, wie sie plötzlich unsicher wird. Auch Paul wirkt verstört. Karin räuspert sich.

Die junge Frau sieht sie alle rasch der Reihe nach an.

»Ich wollte damit nicht sagen, dass Sie etwa nicht ...«, stammelt sie dann, sichtlich verlegen.

»Gewiss wollen Sie uns nicht unterstellen, wir würden unseren Sohn und Enkel nicht so lieben, wie er ist«, kann Heinrich nicht umhin zu sagen.

»Natürlich nicht«, bestätigt sie rasch und wirkt nun zutiefst erschrocken.

Karin und Paul schweigen, und die Stille breitet sich im Raum aus wie ein neu hinzugekommener, ungebetener Gast.

Heinrich sieht zu, wie sein Gegenüber verlegen mit dem Salat kämpft, während Frau Dierksen bereits mit einer großen Platte Antipasti hereinkommt. Ein Bild steigt vor ihm auf. Er sieht, wie Frau Herzog sich über Florian in seinem Krankenhausbett beugt und ihm sehr sanft über die Stirn streicht. Die Aura von Zärtlichkeit und Verzweiflung, die sie umgibt. Mit einem leichten Kopfschütteln vertreibt Heinrich die Erinnerung.

»Florian war immer sehr stolz auf seine Familie«, erklärt er der jungen Frau dann, während Paul die Gläser noch einmal nachfüllt. »Es gibt natürlich in dieser geschichtsträchtigen Stadt so einige Familien, die sich einen Namen gemacht haben. Er hat es durchaus genossen, dazuzugehören.«

Ausdruckslos schaut sie ihn an. Offenbar hadert sie noch mit ihrem dummen Fauxpas, den sie soeben begangen hat.

Eine gute Gelegenheit, sie darüber aufzuklären, mit wem sie es hier eigentlich zu tun hat.

»Wussten Sie, dass mein Vater und ich direkt nach dem Krieg eigenhändig das Haus wieder aufgebaut haben, in dem sich unsere Kanzlei befand?«, beginnt er und legt sich ein paar Scheiben eingelegte Zucchini, Aubergine und Paprika auf. »Das war im Herbst fünfundvierzig, ich war gerade mal vierzehn. Vierzehn! Da war keine Zeit zum Theaterspielen, das können Sie mir glauben. Die Leute haben über uns geredet. Ein Anwalt kann doch kein Haus bauen, haben sie gesagt, allein mit dem Jungen. Aber wir haben es geschafft. Wir haben den ganzen Schutt weggeräumt und Mauern und Wände wieder hochgezogen. Und dann hat mein Vater die Kanzlei wieder eröffnet. Er hat sechzehn Stunden am Tag gearbeitet. Das kann man sich heutzutage gar nicht mehr vorstellen.«

Heinrich schüttelt den Kopf und nimmt einen Bissen. Die Zucchini ist herrlich, sie zergeht auf der Zunge.

»Einen einzigen guten Anzug hat mein Vater retten können. Den trug er bei jeder Gelegenheit, die das erforderte. Er war immer korrekt gekleidet, verstehen Sie? Wissen Sie, was das in der Nachkriegszeit bedeutete? Aber so hat er es geschafft. Er hat es geschafft, die Kanzlei wieder groß zu machen. Er hat mir die höhere Schule finanziert und dann das Studium. Ich habe neben dem Studium schon in der Kanzlei mitgearbeitet. Ich habe alles gemacht. Laufbursche, Korrespondenz bearbeiten, Buchhaltung, einfach alles. Und dann der Abschluss mit Auszeichnung. Als Jahrgangsbester.«

Heinrich legt eine kleine Pause ein, um seinem Gegenüber Gelegenheit zu geben, etwas dazu zu bemerken, sein Durchhaltevermögen und seinen enormen Willen zu würdigen. Doch sie sagt nichts. Sieht ihn nur mit großen Augen an. Die herrlichen Vorspeisen, die Karin ihr auf den Teller gelegt hat, hat sie kaum angerührt.

Stattdessen meldet sich Paul zu Wort. »Ich gla… glaube kaum, dass Marleen sich fü… für die… diese Details inte… inte… inte…«

»Stimmt das?«, wendet Heinrich sich an sie. »Interessieren Sie sich nicht dafür, aus welcher Familie Florian stammt?«

Frau Herzog sieht Paul an, sucht mit den Augen den Kontakt zu ihm. Als wären sie Verbündete. Doch der schaut weg, blickt auf seinen Teller.

»Natürlich interessiert mich das«, erwidert sie dann. »Aber …«, wieder der unerwiderte Blick zu Paul hinüber, »… es wäre schön, ein bisschen mehr über Florian selbst zu erfahren. Darüber haben wir noch gar nicht gesprochen.«

Heinrich hebt die Brauen. »Nun, er hat sein Abitur gemacht, ist Ingenieur geworden mit dem festen Vorsatz, Jura zu studieren und danach in die Firma einzusteigen. Er ist ein Steinbeck! Wir haben mit nichts anderem gerechnet. Nicht wahr, Karin? Paul?«

Karins Lippen sind fest zusammengepresst.

Paul schüttelt stumm und blass den Kopf und nickt dann.

»Er hatte auch Freundinnen, natürlich«, fährt Heinrich fort. »Kommilitoninnen. Eine von ihnen wollte auch Patentanwältin werden. Stammte aus einer angesehenen Familie. Der Vater ist Stadtrat. Aber es ging wieder auseinander. Und dann hat er leider – wie hast du es genannt, Paul? – ›die heimische Scholle verlassen‹. Was Florians neuere Vergangenheit angeht, können wir also leider nicht mehr mitreden.

Da scheint er mit Ihnen weit mehr geteilt zu haben als mit uns.«

Ihr Gast macht eine knappe Bewegung mit der Hand. Einen verwirrenden Moment lang glaubt Heinrich, sie wolle ihre schmalen Finger auf seinen Arm legen. Doch dann landet ihre Hand einfach auf dem weißen Tischtuch.

»Ich wünschte, es wäre anders gewesen«, sagt sie. »Ich wünschte es wirklich. Aber er ist so ein Dickkopf. Und ich wollte ihn nicht zu etwas drängen, was er selbst entscheiden sollte.«

Die Tür wird leise geöffnet, und Frau Dierksen blickt herein, um von Karin sofort wieder hinausgeschickt zu werden.

»Ich will genauso offen sein wie Sie, Frau Herzog«, sagt Heinrich. »Ich kann nicht verhehlen, dass es mir sehr viel lieber gewesen wäre, wenn Florian uns von seiner Beziehung und seinen Heiratsplänen unterrichtet hätte. Aber nun ist es so gekommen, und wir müssen alle das Beste daraus machen. Da wir nicht wissen, wann Florian wieder gesund sein wird, würde es uns sehr helfen, zu wissen, welche Ansprüche Sie momentan an unsere Familie zu stellen gedenken.«

»Va... Vater!«, stößt Paul hervor.

»Was denn?«, erwidert Heinrich unwirsch. »Wird doch Zeit, dass wir mal Tacheles reden. Wir können hier doch nicht heiter plaudernd zusammensitzen und die wichtigsten Fragen unter den Tisch fallen lassen.«

»Haben wir heiter geplaudert?«, fragt Frau Herzog da plötzlich und legt ihr Besteck geräuschvoll auf dem Teller ab.

Heinrich sieht sie scharf an.

Aber merkwürdigerweise reagiert sie nicht darauf, so wie er es von den Menschen in seiner Umgebung gewohnt ist.

Nein, sie hebt eine Augenbraue und erwidert seinen Blick herausfordernd.

»Nun, es wird Sie ja nicht überraschen, wenn ich Ihnen sage, dass wir uns für Florian eine andere Partnerin vorgestellt haben«, sagt Heinrich. »Florian wusste das selbstverständlich auch. Er hat Ihre Beziehung ja nicht ohne Grund so lange vor uns verheimlicht. Das hat er im Übrigen mit seiner skurrilen Neigung zum Theater auch getan. Doch ich hätte, ehrlich gesagt, nicht gedacht, dass er mit seiner Revolte gegen sein Elternhaus so weit gehen würde.«

»Heinrich«, versucht Karin einzulenken.

»Eine Schauspielerin!«, brummt Heinrich.

Da erhebt sich die junge Frau abrupt von ihrem Platz. Ihr Bauch berührt die Tischkante, und der Stuhl fällt polternd zu Boden.

»Wissen Sie was?«, sagt sie mit vor unterdrückter Wut bebender Stimme. »Ich habe mich immer gefragt, wieso Flo mit seinem Großvater nichts mehr zu tun haben will. Ich habe immer auf ihn eingeredet, einen anderen Weg zu gehen. Ihn gebeten, wieder mit Ihnen zu sprechen. Damit Sie sehen, wer er wirklich ist und dass er ein außergewöhnlicher Schriftsteller ist. Seine Stücke sind so gut. Aber jetzt sehe ich, dass er wohl recht hatte. Sie sind tatsächlich nichts anderes als ein verbitterter alter Mann, der Moral und Tradition hochhält. Ein kalter Stein, sonst nichts.«

Heinrich traut seinen Ohren nicht. Noch niemals, nicht ein einziges Mal in seinem Leben, hat irgendjemand es gewagt, so mit ihm zu sprechen.

Doch noch ehe er etwas erwidern kann, ergreift Paul das Wort. »Marleen«, sagt er und faltet energisch seine Serviette zusammen, um sie dann betont ruhig auf den Tisch zu legen. »Als i… ich Sie hier… hierher eingeladen habe, ha… habe ich das getan, damit wir uns näher kenn… kennenlernen können. Finden Sie ni… nicht, dass Sie in Ihrer Kri… Kri… Kritik etwas zu weit gehen? Sie sind Gast in die… diesem Haus.«

Heinrich wirft seinem Sohn einen zustimmenden Blick zu.

Erstaunt stellt er fest, dass Frau Herzog Paul sprachlos mustert. Mit einem Ausdruck im Gesicht, der von bodenloser Enttäuschung spricht. Eine Schauspielerin eben.

»Ich fasse es nicht!«, sagt sie dann zu niemand Bestimmtem. »Ich fasse es wirklich nicht. An dem Abend, als er verunglückt ist, da hat Flo zu mir gesagt, dass es gut sein könnte, dass Sie mich hier einfach rauswerfen.«

»Ich wo… wollte Sie nicht rau… raus…«, beginnt Paul mühsam.

»Niemand wirft Sie hinaus«, erklärt Heinrich.

»Das ist auch nicht mehr nötig. Ich gehe schon selbst«, sagt sie, erhebt sich, nickt Karin zu und verlässt den Raum.

Sie können hören, wie ihre Schritte in der Eingangshalle allmählich leiser werden. Dann fällt die Tür ins Schloss.

Die Familie ist wieder unter sich.

Frau Dierksen schaut verwundert in den Raum und zieht sich dann rasch zurück.

»Ganz hervorragend«, sagt Karin säuerlich und schiebt ihren Teller fort. »Wenn Florian bisher noch nicht verloren war, jetzt ist er es bestimmt.«

Paul starrt sie einen Moment lang an. »Er wi… wird wieder au… aufwachen!«

Karin seufzt. »Das meine ich nicht! Natürlich wird er

wieder aufwachen. Und dann erzählt seine Freundin ihm, wie sie hier behandelt worden ist. Vielleicht macht es dann gar keinen Unterschied mehr für uns, ob er lebt oder stirbt?«, sagt sie, um ebenfalls den Raum zu verlassen.

Paul hält den Blick gesenkt. Auch er erhebt sich vom Tisch, und Heinrich tut es ihm nach. »Gut, dass wenigstens wir einer Meinung waren«, sagt Heinrich schließlich zu Paul, weil er gern etwas Versöhnliches sagen möchte an diesem chaotischen Abend.

»Ach, hö… hör doch auf!«, knurrt Paul nur, dreht sich um und folgt Karin.

Ein Tollhaus, denkt Heinrich griesgrämig. Alle spielen völlig verrückt. Als wäre Florians tragischer Unfall eine Entschuldigung dafür, das gute Benehmen komplett über Bord zu werfen.

Dienstag, 21. August

MARLEEN

»Ich hab es total versaut, Flo«, sagt Marleen leise, während sie sanft seine Hand streichelt. »Das Essen gestern Abend war eine einzige Katastrophe. Und ich dachte, es könnte gut gehen.« Marleen seufzt und hängt einen Augenblick lang ihren Gedanken nach. »Ich meine, deine Mutter war ziemlich nervös«, fährt sie dann fort, »was ja auch nicht so verwunderlich ist. Und dein Vater … Er war so nett zu mir, als wir uns in deiner Wohnung getroffen haben. Mein Gott, ich habe wirklich nicht geglaubt, dass man in seinem Alter noch solche Manschetten vor seinem Vater haben kann. Aber ich kann ihn gut verstehen. Ich dachte auch, dass dein Großvater mich frisst. Du hast mich so oft gewarnt, und ich habe dir nicht geglaubt.«

Eine Zeitlang betrachtet sie Flos vertrautes, jetzt so blasses Gesicht unter dem Kopfverband.

So viel Zeit hat sie jetzt schon damit verbracht, bei ihm am Krankenbett zu sitzen und mit ihm zu reden. Von lauter Nichtigkeiten aus ihrem Alltag berichtet sie ihm, wenn sie bei ihm ist. Dass die elektrische Zahnbürste den Geist aufgegeben hat. Wie geschlaucht sie nach der Odyssee durch die Stadt war, als sie eine neue erstehen wollte.

Aber auch über die wichtigen Dinge hält sie ihn auf dem Laufenden. Sie hat ihm von der neuesten Ultraschalluntersuchung erzählt, bei der ihr Baby wieder einmal alles dafür getan hat, sein Geschlecht zu verbergen. Stattdessen hatte sie ganz deutlich gesehen, wie das Kleine am Daumen nuckelte. Und von den Umzugsvorbereitungen hat sie ihm berichtet, von Neuigkeiten aus dem Theater, die Caroline ihr immer auf ihre unnachahmliche Art überbringt.

»Pass mal auf«, hatte sie gesagt und mit dem Finger vor Marleens Nase herumgefuchtelt. »Sag deinem schicken Typen mit dem sexy Kopfverband, dass er sich hier gefälligst wieder blicken lassen soll. Das neue Stück von diesem Holländer geht gaaar nicht! Ich meine, wie sollen wir Schauspieler ordentlich spielen, wenn die wirklich guten Autoren sich einfach zu einem mehrwöchigen Nickerchen hinlegen?«

»Du kennst sie ja«, hatte Marleen zu Flo gesagt und liebevoll gelächelt. »In Wahrheit macht sie sich schreckliche Sorgen um dich. Sogar Mirko ist kein Thema mehr. Ich bin schon gespannt, wann ihr der nächste attraktive Mann in die Arme läuft. Irgendwann muss es doch auch für sie mal der Richtige sein, findest du nicht?«

Und sie hatte innegehalten. Weil ihr plötzlich wieder schmerzhaft bewusst wurde, dass für sie Flo genau dieser Richtige ist.

Sie spricht mit ihm, um ihre eigene Angst in Schach zu halten. Diese Angst, dass er nie wieder die Augen öffnen und sie ansehen wird. Auf diese Weise lässt sie einfach nicht zu, dass er sich aus ihrem gemeinsamen Leben stiehlt, sie allein mit dem Baby zurückzulässt.

Doch seit gestern hat sich ein unbekannter Zweifel in ihr Herz geschlichen. Und der macht es ihr schwer, heute hier zu sitzen und unbeschwert mit Flo zu plaudern. Es ist, als hätte der gestrige Abend eine Kluft aufgerissen.

Und ausgerechnet gestern Abend war sie allein zu Hause, hatte Caroline eine besonders lange Probe. So lang, dass sie anschließend lieber in ihre eigene Wohnung fuhr, um dort zu übernachten. Sie wollte Marleen beim Heimkommen nicht wecken.

Als ob sie nicht sowieso die ganze Nacht wachgelegen hätte.

Ich hätte nicht gedacht, dass er mit seiner beständigen Revolte gegen sein Elternhaus so weit gehen würde, hatte Heinrich Steinbeck gesagt.

All seine anderen Unverschämtheiten hätte sie mit einem resignierten Seufzen hinnehmen können, aber dieser Stachel steckt ihr seit gestern tief im Fleisch.

Kaum zu fassen. Aber dieser alte, knorrige Mann hat es tatsächlich geschafft, den Finger genau in die einzige wunde Stelle zu bohren, die es in ihrer Beziehung gibt. Und hat damit einen dummen, idiotischen Zweifel in ihr gesät.

Schon in dem Moment, in dem sie sich zum ersten Mal begegneten, musste Flo gewusst haben, dass Marleen all das verkörpert, was seine Eltern und sein Großvater NIEMALS würden akzeptieren können. Ihre Herkunft, ihre ländlichen Wurzeln, ihre Hingabe an die Schauspielerei und ihre Unbeugsamkeit, was Freiheit und Selbstbestimmung angehen. Es muss ihm sofort klar gewesen sein, dass Marleen das genaue Gegenteil von dem repräsentiert, was die Familie Steinbeck, standesbewusst wie sie ist, von einer Schwiegertochter erwartet.

Und vielleicht hatte Flo sie gerade deswegen ausgewählt?

Natürlich nicht bewusst. Aber doch.

Denn damit hat er seiner Revolte die Krone aufgesetzt.

Ob es ihm plötzlich klar geworden ist? Dadurch, dass sie ihm keine Wahl mehr lassen wollte? Dass sie versucht hat, ihn dazu zu bewegen, sich vor seiner Familie zu ihr zu bekennen? Zu ihr und dem Baby.

Hat ihn womöglich plötzlich der Mut verlassen, all das aufzugeben, was ursprünglich für ihn vorgesehen war? Wollte er zu seiner Familie zurückkehren?

Hat er diese Entscheidung an jenem Abend getroffen, bevor er sich ins Auto setzte und losfuhr? Und hatte er ihr das vielleicht in dem Brief mitgeteilt, der mit Flo zusammen verschwunden war?

»Ach, Flo, wenn du doch bloß mit mir sprechen könntest«, flüstert Marleen. Doch im nächsten Augenblick kommt Schwester Natalia herein und reißt sie aus ihren trüben Gedanken.

»Hallo«, sagt sie lächelnd. Ihre kleine, schlanke Gestalt ist Marleen inzwischen so vertraut.

»Hallo. Er sieht besser aus heute, finden Sie nicht?«, sagt Marleen, während die Schwester eine Spritze aufzieht.

»Auf jeden Fall!«, strahlt sie. »Und es gibt noch mehr gute Neuigkeiten. Dr. Ulmer hält seinen Zustand für so gut, das künstliche Koma zu beenden!«

Schlagartig wird Marleen in die Gegenwart zurückgeholt. So oder so. Es spielt keine Rolle, was gewesen ist. Jetzt muss sie für Flo da sein. Sie werden alles klären, wenn er wieder gesund ist.

»Wie, etwa jetzt gleich?« Marleen hört selbst, wie ihre Stimme bebt. Sie kann immer noch nicht gut damit umgehen, dass sie nicht über Flos Zustand auf dem Laufenden gehalten wird. Schließlich war sie doch die wichtigste Person in seinem Leben vor dem Unfall!

»Das ist gut, nicht wahr?«, fragt sie dann.

»Na klar. Dann können Sie vielleicht heute Nachmittag schon das erste Mal kurz mit ihm reden.«

Marleens Herz klopft so heftig, dass sie glaubt, die Schwester müsste es sehen können. »Meinen Sie, ich darf dabei sein?«

Schwester Natalia hebt die Brauen. »Nein, das wird nicht gehen. Außerdem wird es eine Weile dauern, bis er wieder richtig bei Bewusstsein ist. Das überlassen Sie besser den Ärzten. Aber Sie können gern im Besucherzimmer auf der Station warten. Und sorgen Sie gut für sich, damit Sie bei Kräften bleiben. Essen Sie doch etwas in der Kantine. Ist zwar kein Fünf-Sterne-Restaurant, aber Sie sehen aus, als könnten Sie was zwischen die Zähne gebrauchen.«

Schwester Natalia lächelt und legt ihre Hand auf Marleens Schulter.

»Nun aber mal raus hier.«

Marleen schaut noch einmal zurück, als sie zur Tür geht. Auf Flos geliebtes Gesicht, seine schlanken Hände auf der Bettdecke. Vielleicht schon am Nachmittag …

Im Besucherzimmer ist sie lange Zeit allein. Trotzdem ist eine Weile an Ruhe gar nicht zu denken. Sie setzt sich auf ein Sofa, erhebt sich nach ein paar Minuten wieder, geht zum Fenster, schaut hinaus, knetet ihre Hände. Unendliche Erleichterung und Furcht wechseln sich ab. Kurz überlegt sie, Caroline anzurufen und sie hierherzubitten, dann wieder will sie auf die Intensivstation rennen und sich einfach weigern, wieder zu gehen – bis Flo die Augen öffnet und sie endlich – ENDLICH – wieder ansieht.

Ob er schon erste Reaktionen zeigt?

Vielleicht ist er zunächst verwirrt? Sicher hat er keine Vorstellung davon, wie viele Tage er schlafend hier gelegen hat.

Irgendwann fällt ihr ein, dass der Arzt bestimmt auch Flos Eltern informiert hat. Sicher werden sie bald hier sein. Wie soll sie dann reagieren? Wie soll sie nach dem gestrigen Abend mit ihnen umgehen?

Wie eine bedrohliche Wolke steigt die Erinnerung an Heinrich Steinbecks Vorwurf in ihr auf. Als sei sie eine Erbschleicherin, als könne sie eine derart entsetzliche Situation einfach zu ihrem Vorteil nutzen. Was muss dieser Mann für schreckliche Erfahrungen gemacht haben, um zu solchen Überlegungen imstande zu sein?

Während Marleen diese düsteren Gedanken zu verscheuchen versucht, wird es draußen auf dem Gang plötzlich unruhig. Zwei Ärzte und eine Schwester eilen vorüber und verschwinden hinter der Milchglastür der Intensivstation.

Obwohl dort drinnen ja noch andere schwer Kranke liegen, ergreift eine heftige Unruhe von Marleen Besitz.

Sie steht auf und wandert wieder im Zimmer umher.

Als die Tür der Intensivstation sich erneut öffnet, ist sie sofort auf dem Gang.

Und da ist er. Flo. Tief schlafend in seinem Bett, flankiert von Ärzten, Schwestern, dem Beatmungsgerät, dem Infusionsständer.

Die kleine Gruppe von Ärzten und Schwestern rund um das rollende Bett beachtet sie nicht, eilt an ihr vorüber und verschwindet in einem der Aufzüge.

Marleen steht starr und stumm, unfähig, auch nur ein Wort zu sagen, unfähig zu fragen.

Da erscheint Schwester Natalia in der Tür und kommt auf sie zu.

»Marleen, ich dachte mir schon, dass Sie immer noch warten. Oje, Sie sind ja weiß wie eine Wand. Kommen Sie, setzen Sie sich!« Sie zieht Marleen mit sich ins Besucherzimmer, wo sie sie auf einen Stuhl manövriert und ihre Beine kurzerhand auf einen anderen hebt. Am Wasserspender in der Ecke füllt sie einen Becher und reicht ihn Marleen.

»Was ist mit ihm? Er ist doch jetzt wach, oder? Warum wird er dann immer noch beatmet?«, will Marleen wissen und greift mit zitternden Fingern nach dem Becher.

Schwester Natalia sieht sie mitfühlend an. »Machen Sie sich nicht zu viele Sorgen. Die Ärzte tun alles, was sie können.«

»Aber … wieso …?«

»Er wird nicht wach«, sagt Schwester Natalia da. Und obwohl es ganz schlichte Worte sind, dröhnen sie schrecklich in Marleens Kopf. »Sie haben alles versucht, aber er wacht nicht auf.«

Er wacht nicht auf?

Marleen bekommt für einen Moment keine Luft. Dann zwingt sie sich zur Ruhe.

»Was heißt das?«, will sie wissen und versucht, sich zu beherrschen, damit ihre Stimme sich nicht überschlägt. »Ich dachte, das Koma sei einfach eine Art Narkose. Warum wacht er nicht auf?«

Schwester Natalia lächelt beruhigend, doch sie kann nicht verbergen, dass in ihren Augen ein besorgter Schimmer liegt. »Er wird jetzt in die Radiologie gebracht, es wird ein MRT gemacht. Da kann man einige Dinge besser erkennen als im CT, was wir heute Morgen gemacht hatten. Das kann ein wenig dauern, aber wenn die Bilder da sind, wissen wir mehr.«

»Oh Gott«, haucht Marleen. Gerade noch hatte sie erwartet, dass jemand sie zu Flo hereinholt. Dass sie seine wunderschönen Augen wiedersehen, sein Lächeln wiedererkennen würde.

Und nun …

»Wollen Sie nicht nach Hause fahren, Marleen?«, schlägt Schwester Natalia vor. »Ich rufe Sie an, sobald wir Neuigkeiten haben, ja?«

»Nein!«, entfährt es Marleen. Auf keinen Fall kann sie jetzt fort. Irgendetwas ist ganz und gar nicht richtig. Sie kann es spüren wie ein nahendes Unwetter. »Nein«, wiederholt sie, etwas weniger heftig. »Ich warte. Ich muss wissen …«

Schwester Natalia nickt und streicht ihr sanft über den Arm.

»Ist okay«, sagt sie leise. »Ich muss wieder auf die Station. Aber wir sehen uns dann gleich, ja? Brauchen Sie noch irgendetwas?«

Marleen schüttelt mechanisch den Kopf.

Dann ist Schwester Natalia wieder verschwunden. Und es beginnt eine neue Zeit des Wartens. Eine ganz und gar andere Zeit des Wartens, voll quälender Ungewissheit.

Das Sitzen tut ihr nicht gut. Die Rückenschmerzen melden sich zurück und zwingen sie aufzustehen. Unruhig geht sie den langen Gang auf und ab.

Dann die Treppe hinunter. Den dortigen Gang auf und ab. Noch eine weitere Treppe hinunter. Obwohl sie es nicht geplant hat, steht sie plötzlich vor der Radiologie. Die Türen sind beschriftet mit angsteinflößenden Worten: Mammografie. MRT. Computertomografie. Röntgen. Sie setzt sich auf einen der Stühle vor der breiten Tür mit der Aufschrift »MRT«. Sobald sie still sitzt, kehren die Gedanken zurück.

Daran, was diese unerwartete Wendung bedeuten könnte. Daran, dass bestimmt auch jeden Augenblick Flos Eltern und vielleicht auch sein Großvater hier auftauchen werden. Daran, dass Flo sich womöglich für seine Familie und gegen sie entschieden haben könnte. Dass ihm klar geworden ist, dass Marleen so überhaupt gar nicht in diese vornehme Anwaltsfamilie hineinpasst. Könnte er eine Entscheidung getroffen haben an jenem Abend?

Marleen schüttelt den Kopf, als könnte sie diese Vorstellung wie eine lästige Fliege vertreiben. Nein! Unmöglich ... Marleen weiß, dass er sie liebt. Dass er sie genau so liebt, wie sie ist. Dass er sie liebt, gerade weil sie ist, wie sie ist. Flo hat sich entschieden! Für sie, für das Baby, für eine neue Familie.

Vielleicht hatte er das schon, als sie sich zum ersten Mal begegneten? Liebe auf den ersten Blick. Wenn man im Bruchteil einer Sekunde erfasst, wen man vor sich hat. Als würde die Essenz eines Menschen in einem einzigen Blick, einem scheuen Lächeln, einem unbewussten Nicken gebündelt wie in einem Laserstrahl.

Ja, es gibt keinen Zweifel daran, dass alles in ihm gesagt hat: Das ist sie! Das ist die Frau, mit der ich meine Familie hinter mir lassen kann. Mit der ich meine Familie hinter mir lassen muss ...

Irgendwann weiß Marleen kaum noch, wie lange sie hier auf und ab gelaufen ist, sich wieder gesetzt hat, bis die Rückenschmerzen sie gezwungen haben, sich erneut zu bewegen.

Als die Tür zum MRT-Raum sich plötzlich öffnet, springt Marleen sofort von ihrem Platz auf. Kurz ist ihr schwindelig, und Schwester Natalias freundlicher Hinweis, in der Kantine vorbeizuschauen, fällt ihr wieder ein.

Doch als ein dynamischer Mann in weißem Kittel und mit kahl rasiertem Kopf auf den Flur tritt, ist alles andere vergessen. Sie muss wissen, wie es Flo geht. Ohne lange zu überlegen, tritt sie dem Arzt in den Weg, so dass er beinahe mit ihr zusammenstößt.

»Guten Tag, ich bin Marleen Herzog«, sagt sie mit einer Stimme, die ihr flattrig erscheint wie ein kleiner Vogel. »Sie sind der Arzt von Florian Steinbeck, nicht wahr?«

Er nimmt ihre Hand und sagt mit gerunzelter Stirn: »Ja, richtig, Dr. Ulmer.«

»Ich bin Florian Steinbecks Verlobte«, erklärt sie, und diesmal geht es ihr schon ganz leicht über die Lippen. »Was ist mit ihm? Geht es ihm gut?«

Der Arzt schaut sie immer noch irritiert an.

»Tut mir leid, Frau Herzog. Aber … ich kenne Sie ja gar nicht. Ich kann Sie nicht einfach über Untersuchungsergebnisse informieren. Gibt es eine Patientenverfügung?«

»Eine …?«

»Patientenverfügung. Hat Herr Steinbeck Sie als Person bestimmt, der wir Auskunft geben dürfen?«, erklärt Dr. Ulmer.

Marleens Beine geben nach. Der lange Gang mit seinen Fenstern, durch die die helle Augustsonne hereinscheint, droht sich auf die Seite zu neigen.

Marleen schluckt. Dann reißt sie sich zusammen.

»Nein«, sagt sie leise und dann ein wenig fester: »Nein. An so etwas haben wir nie gedacht. Es bestand kein Grund dazu.

Damit konnte doch niemand rechnen. Es war ein Unfall. Aber ich …«

»Es tut mir sehr leid, Frau Herzog«, unterbricht Dr. Ulmer sie. »Aber wenn das so ist, darf ich Ihnen leider keine Auskunft geben.«

»Aber ich bin seine Verlobte!« Marleen hört selbst, dass ihre Stimme schrill klingt.

»Es tut mir leid«, wiederholt Dr. Ulmer. Er schaut ihr voller Mitgefühl in die Augen. Aber sie weiß genau, dass sie ihn nicht wird umstimmen können.

»Sprechen Sie mit seiner Familie«, rät er ihr, tätschelt kurz ihren Arm und weht mit offenem Kittel den Gang hinunter.

HEINRICH

Das sind ja mal erfreuliche Nachrichten.

Florian geht es so gut, dass sie ihn aus dem künstlichen Koma holen wollen. Schon früh heute Morgen hat sich die Intensivstation wie vereinbart bei ihnen gemeldet. Nun sitzen er, Karin und Paul wie auf glühenden Kohlen und warten auf den Anruf, dass Florian wach und ansprechbar ist – dann werden sie sofort in die Klinik fahren.

Wie erleichtert er sich plötzlich fühlt.

Endlich hat das Warten ein Ende. Zur Passivität verurteilt zu sein, ist für Heinrich ein nahezu unerträglicher Zustand. Sein ganzes Leben lang hat er selbst in den schlimmsten Situationen einen Ausweg gefunden, und immer nur, weil er aktiv geworden ist.

Nur ein einziges Mal war das nicht möglich. Ein einziges Mal musste er dabeisitzen und zuschauen und abwarten. Und hat am Ende verloren.

Doch dieses Mal ist es anders, sagt er sich. Florian wird schon bald wieder wach sein. Dann muss er nur noch wieder richtig auf die Beine kommen. Diesmal haben die Ärzte helfen können. Es wird nicht so ausgehen wie damals!

Ob Frau Herzog es wohl auch schon weiß? Davon ist wohl auszugehen, denn sie ist sehr häufig im Krankenhaus. Was, wenn sie sich dort begegnen? Nun, er wird sie einfach höflich grüßen. Sicherlich möchte auch sie nicht über gestern Abend reden. Nicht jetzt, wo Florian wieder die Augen aufschlagen und hoffentlich auch recht bald wieder mit ihnen reden können wird.

Im Prinzip gibt es ja auch nichts weiter zu sagen.

Frau Herzog hat schließlich sehr deutlich gemacht, was sie von ihm hält. Nein, er hat wirklich nicht vor, mit ihr mehr als das Nötigste zu sprechen.

Heinrich schaut aus dem Fenster bis hinunter ans Wasser. Die alte Weide wirft einen einladenden Schatten auf die kleine Sitzgruppe unten am Ufer. Als Florian noch klein war, haben sie dort oft zu Abend gegessen. Er war immer fasziniert vom Fluss. Aus dem Bootshaus kommt soeben der Gärtner, die Schubkarre beladen mit Gartengeräten, und steuert eines der Staudenbeete an.

Schon heute früh hat die Sonne sanft einen guten Tag angekündigt. Jetzt, zur Mittagszeit, strahlt sie kräftig. Heinrich nickt. Das ist ein Tag, der optimistisch und zuversichtlich stimmt. Bald wird auch Florian diese Sonne wieder genießen können, das weiß er ganz sicher. Heinrich versucht, sich vorzustellen, wie Florian über das satte Grün des Rasens geht, womöglich noch gestützt von Karin und Paul. Doch da schiebt sich unerwartet das Bild der jungen blonden Frau dazwischen.

Vielleicht wird Frau Herzog später im Krankenhaus versuchen, ihm aus dem Weg zu gehen? Diese Auseinandersetzung war für sie bestimmt ebenso unangenehm wie für ihn selbst. Warum musste sie auch so heftig reagieren? Schließlich hat er ihr nur seine Sicht der Dinge geschildert. Seine berechtigte Sicht der Dinge. Auch ihm liegt vor allem Florians Wohl am Herzen. Das wird ja wohl auch eine Frau

Herzog verstehen. Die Familie Steinbeck ist doch nicht irgendeine Familie. Selbst wenn die junge Dame einen juristisch fundierten Anspruch auf Florian und auf sein Vermögen haben sollte. Sie und ihr Baby. Sie sollte wissen, mit wem sie es zu tun hat.

Und wenn sie sich entschuldigen will für ihr unmögliches Verhalten? Schließlich würde sie sich mit Florians Familie sicherlich weiterhin gut stellen wollen, da ist er sich sicher. Würde er ihre Entschuldigung annehmen?

Nun ja, es handelt sich natürlich wirklich um eine besondere, ja, man kann durchaus sagen, eine Ausnahmesituation.

Damals, als Helene im Krankenhaus lag, war er selbst aus irgendeinem haarsträubenden Grund mit dem Hausmeister der Kanzlei in Streit geraten. Mit dem Hausmeister!

Er kann sich gar nicht mehr erinnern, worum es bei dieser Sache überhaupt ging. Dieses Ereignis gehört bestimmt nicht zu seinen favorisierten Erinnerungen. Aber er weiß noch, wie sie eines Morgens voreinanderstanden und wie er die Fäuste geballt hatte. Er war zu allem bereit gewesen. Ja, er wollte es wirklich. Zuschlagen. Ohne Besinnung. Einfach auf jemanden losgehen und mit aller Kraft wieder und wieder zuschlagen.

Ein letzter Rest von Anstand hatte ihn zurückgehalten.

Und der Mann? Hatte ihm merkwürdigerweise nichts nachgetragen.

Das hatte er ein paar Wochen später feststellen können. Als es ausgestanden war. Als Heinrich hinter der Eingangspforte plötzlich strauchelte. Wahrscheinlich wäre er schwer gestürzt. Wäre da nicht der Hausmeister gewesen, der ihn ohne ein Wort gestützt und zu einem Stuhl geführt hatte. Ohne ein einziges Wort über ihren heftigen Streit zu verlieren. Als gäbe es nichts, worüber man hätte reden müssen.

Heinrich blinzelt, um die Bilder zu vertreiben.

Hier und heute, das ist etwas anderes. Damals war es eine Krankheit. Die über sie kam wie ein Orkan, der sich aus einem leisen Windhauch erhebt.

Jetzt geht es um die Folgen eines Unfalls. Andere Vorzeichen. Florian hat das Schlimmste überlebt, von jetzt an wird es bergauf gehen. Er muss nur gesund werden.

Das Handy vibriert in der Brusttasche seines Anzugs – es ist Johann Weigel.

»Wo erwische ich dich, Heinrich?«, fragt er.

»Ich bin zu Hause. Mein Enkel wird heute aus dem künstlichen Koma geholt. Wir warten auf den Anruf aus der Klinik und hoffen auf gute Neuigkeiten. Was gibt es?«

»Das klingt ja sehr gut. Ja, die Ärzte können heute wahre Wunder bewirken, nicht? Dann wünsche ich, dass alles gut verläuft!«, sagt Johann. »Warum ich anrufe: Es geht um Marleen Herzog. Ich habe mich ein bisschen für dich umgehört. Schön zu wissen, dass die alten Kontakte alle noch funktionieren.« Er lacht leise glucksend.

»Gute Männer vergisst man eben nicht«, erwidert Heinrich. Johann soll ein starker Typ gewesen sein, knallhart, von den Anwälten gefürchtet. Beim Tennis ist er auf jeden Fall ein beachtlicher Gegner.

»Diese junge Dame«, sagt Johann. »Sieht so aus, als sei sie bisher lupenrein. Allerdings eine ganz andere Liga als deine

Familie, wenn ich mir die Bemerkung erlauben darf. Ein echtes Landkind aus dem Allgäu, durchschnittliche schulische Leistungen, aber auf der Schauspielschule eine Überfliegerin. Alle sind voll des Lobes. Eine echte Vollblutkünstlerin, wie es scheint. Beherrscht offenbar ihr Handwerk. Und was erfreulich ist: Es gibt keine Hinweise auf wechselnde Beziehungen oder bekannte Feindschaften. Alle scheinen sie für ein liebes Mädchen zu halten, hilfsbereit, freundlich. Allerdings ist auch immer wieder zu hören, dass sie ihren eigenen Kopf hat. Die weiß, was sie will.«

»Das Gefühl habe ich auch«, murmelt Heinrich.

»Tja, wie gesagt: Mein Eindruck ist, dass sie eine weiße Weste hat. Das Einzige, was vielleicht erwähnt werden sollte, sind ihre Eltern.«

»Ach?«, macht Heinrich interessiert. »Sie hat uns weismachen wollen, dass sie wahre Heilige sind.«

Johann stutzt. »Das kann ich nicht beurteilen. Meiner Quelle nach scheinen sie ein ganz normales, bürgerliches Leben geführt zu haben. Haben einen kleinen Hof bewirtschaftet – obwohl man die Mutter wohl durchaus als Querdenkerin bezeichnen könnte. Aus der Stadt zugezogen. Hat offenbar einen kleinen indischen Tempel aufgebaut, wo sie ein Grüppchen um sich geschart hat, dem sie irgend so eine Gymnastik beigebracht hat.«

»Yoga«, sagt Heinrich.

»Meinetwegen«, antwortet Johann, für den es außer Tennis nur Segeln gibt. Er lacht, als handele es sich dabei um einen guten Witz.

»Was haben die Eltern denn angestellt? Du sagst, sie *haben* einen kleinen Hof bewirtschaftet. Tun sie das denn nicht mehr? Haben sie Schulden gemacht? Sie sind auf Geld aus, habe ich recht?«, will Heinrich wissen.

Irgendwie hat er es von Anfang an gewusst. Natürlich ist sie auf den ersten Blick eine überzeugende, reizende junge Frau. Wahrscheinlich liebt sie Florian sogar. Aber ihre Familie! Ihre Familie ist der Schwachpunkt.

»Na ja, sie sind tatsächlich nicht mehr da, aber nicht auf diese Weise«, sagt Johann und räuspert sich kurz. Seine Stimme klingt wieder ernst. »Sie sind vor vier Jahren beim Wandern in eine Lawine geraten. Sie sind tot.«

Heinrich spürt, wie sein Gesicht versteinert. Ihre Eltern. Sind tot?

In diesem Moment klopft es laut und hektisch an die Tür. Karin öffnet, ohne auf sein ›Herein‹ zu warten. Sie ist leichenblass und ignoriert, dass er sein Handy ans Ohr hält.

»Das Krankhaus hat angerufen, Heinrich«, sagt sie statt einer Entschuldigung. Ihre Stimme bebt. »Es gibt Komplikationen. Wir sollen sofort hinkommen.«

MARLEEN

Das Essen in der Kantine wirkt gar nicht so übel. Sie weiß, dass sie essen sollte, schon wegen des Babys. Aber Marleen hat Schwierigkeiten, etwas herunterzubekommen, ihr Magen rebelliert. Umso mehr, als sie sieht, dass Dr. Ulmer den Speisesaal betritt und an einem Tisch in der Nähe Platz nimmt. Da sitzt er und unterhält sich mit einem Kollegen. Kurz ist sein Blick dem ihren begegnet, doch jetzt schaut er nicht mehr herüber. Er weiß alles, was Marleen wissen will.

Und wird es ihr nicht sagen.

Patientenverfügung.

Wer denkt auch an so etwas.

Sie sind jung. Gesund. Wenn man davon absieht, dass Flo gerade mit einem Schädel-Hirn-Trauma kämpft, so dass er aus irgendeinem Grund nicht aufwachen kann.

›*Sprechen Sie mit seiner Familie*‹, hat Dr. Ulmer gesagt. Wenn der wüsste. Auf diesem Weg wird sie garantiert nie erfahren, was mit Flo ist.

Wenn sie doch nur ein bisschen angepasster, ein bisschen weniger ehrlich gewesen wäre, sich nicht so angegriffen gefühlt hätte. Dann könnte sie jetzt einfach hingehen und Flos Eltern nach all dem fragen, was sie wissen möchte. Doch diese Chance hat sie wohl ein für alle Mal vertan.

Vielleicht wird Schwester Natalia es ihr sagen? Sie wird doch sicher etwas mitbekommen. Natürlich nicht so detailliert wie die Ärzte. Aber zumindest wird sie etwas über das weitere Vorgehen erfahren. Ja, Marleen wird sich an Schwester Natalia halten.

Trotzdem sieht sie immer wieder verstohlen zu Dr. Ulmer hinüber. Er beendet seine Mahlzeit und verlässt, ins Gespräch mit seinem Kollegen vertieft, den Speisesaal. Ob sie sich wohl über Florians Fall unterhalten? Marleen wirft er jedenfalls einen kurzen, mitfühlenden Blick zu, als er an ihr vorbeigeht.

Marleen schiebt ihr Tablett mit dem fast unberührten Essen zur Seite.

Sie möchte jetzt einfach nur bei Flo sein. So verrückt es auch klingt, aber sein Zimmer, dieses sterile Krankenzimmer, ist im Moment der einzige Ort auf der Welt, an dem sie sich zu Hause fühlt.

Als die Fahrstuhltüren sich öffnen, sieht sie Schwester Natalia über den Flur zur Intensivstation eilen.

Rasch schließt sie zu ihr auf.

»Ach, da sind Sie ja wieder«, sagt Schwester Natalia und lächelt sie herzlich an. »Haben Sie etwas gegessen?«

»Ein bisschen. Es gab Nudelauflauf«, antwortet Marleen ausweichend.

»Sehr gut. Dann dürfen Sie auch wieder zu Ihrem Freund hinein. Er ist gerade wieder heraufgebracht worden.«

Marleen darf wie selbstverständlich mit auf die Station. Sie durchqueren den offenen Bereich vor der kleinen Zentrale. Die Schwester, die dort Dienst tut, hebt nur kurz den Kopf und nickt ihr zu. Schwester Natalia verschwindet in einem der anderen Räume.

Der Kittel. Das gründliche Desinfizieren der Hände.

Flos Bett steht wieder an seinem angestammten Platz. Doch der Anblick seines bleichen Gesichts auf dem Krankenhauskissen ist in diesem Moment beinahe unerträglich. Jetzt, wo sie weiß, dass er einfach nicht aufgewacht ist. Dass er immer noch auf diese Maschinen angewiesen ist.

Ein paar Minuten steht sie dort und betrachtet ihn. Seine Wangen sind glatt und weich. Eine der Schwestern muss ihn heute Morgen rasiert haben, obwohl normalerweise seine Mutter oder Marleen das übernehmen.

Er sieht gepflegt aus. Als würde er friedlich schlafen. Nicht wie jemand, der seit einer Woche nicht mehr selbstständig die Augen geöffnet hat.

Jetzt, da die blauen, gelben, grünen Flecken langsam verblassen und keine Schwellungen ihn mehr entstellen, scheint es umso verwirrender, dass er nicht aufwacht.

Wieder kommt ihr der gestrige Abend in den Sinn, und sie seufzt tief. Würde er überhaupt aufwachen wollen, wenn er wüsste, dass sie gestern seine Revolte gegen sein Elternhaus in einer Art und Weise unterstützt hat, die sogar ihm zu weit gehen würde?

Oh nein, so etwas darf sie einfach nicht denken!

Sie zieht sich einen Stuhl heran, setzt sich, nimmt seine Hand und versucht ihre Gedanken ganz bewusst auf etwas anderes zu lenken. Etwas Schönes.

Wie sie sich neulich ein langes Wochenende in dem kleinen Haus an der Schlei gestohlen haben. Einfach alle Arbeit und die Umzugsvorbereitungen hier in der Stadt hinter sich gelassen haben. Marleen liebt es, dort zu sein. Flo ist dann immer etwas anders. Es ist, als ob er dort eine Freiheit spüren würde, die ihm hier – in der Nähe seiner Familie – nicht vergönnt ist.

Als sie das erste Mal mit ihm dorthin fuhr, stand er lange vor dem kleinen hölzernen Gartentor und sah das Haus einfach nur an. Marleen hatte ihn still beobachtet. Wie er alles in sich aufnahm. Die blühenden Rosenstöcke. Den wilden Wein, der die Südseite vor der Sonne schützt. Die weiß gestrichenen Holzfenster, hinter denen Marleen und Caroline kleine Spitzengardinen aufgehängt oder hübsche Kerzenhalter aufgestellt hatten. Die roten Schlagläden, die mit der lavendelblauen Tür um die Wette leuchteten.

Flo hatte tief Luft geholt. Und als er langsam wieder ausatmete, hatte Marleen gewusst, was dieser leise Seufzer bedeutete. Er sah in ihrem kleinen Haus genau das Gleiche wie sie. Einen Ort, um anzukommen. Ein Zuhause.

Seitdem waren sie oft dort gewesen. Jedes Mal erkundeten sie die Umgebung ein wenig mehr, entdeckten weitere Lieblingsplätze in den Wäldern und an den Seen. Als sie das letzte Mal dort gewesen waren, hatte Flo ein kleines Boot mieten wollen, um sie auf einen ruhigen Teil der Schlei hinauszurudern. Dabei hatte er sich so ungeschickt angestellt, dass sie vor Lachen fast das Boot zum Kentern gebracht hätten.

Abends dann hatte er ihr im Garten sein neues Stück vorgelesen. In ihrem Kopf war dabei ein Film entstanden. Und mit jedem Auftritt der weiblichen Hauptrolle war ihr deutlicher geworden, dass er diese Rolle mit ihrem Bild vor Augen geschrieben hatte.

Atemlos vor Liebe zu ihm hatte sie seine Hand genommen und gewusst, dass die Verbindung zwischen ihnen niemals abreißen würde.

Marleen blinzelt, kehrt zurück in die Gegenwart. Zurück in dieses unpersönliche Krankenhauszimmer, in dem ihr mittlerweile alles so vertraut ist.

Sie schaut hinab auf Flos Hand. Und plötzlich weiß sie es. Ganz sicher ist sie, dass sie Flo erreichen kann, wenn sie sich nur ganz und gar auf diese Verbindung zwischen ihnen konzentriert.

Fest umschließt sie seine schlanke Hand mit ihren beiden Händen. Versucht, all ihre gute Energie, all ihre Liebe dorthin zu schicken.

»Flo«, flüstert sie. »Ich weiß, dass du mich hören kannst. Ich weiß, dass du zu mir zurückkommen willst. Bitte. Streng dich an. Beweg nur einen einzigen Finger, mein Schatz. Nur ein bisschen. Ich weiß, du kannst das.«

Minutenlang sind alle ihre Sinne nur auf ihre Hände gerichtet. Um jede winzige Bewegung, jedes noch so kleine Zucken in Flos Fingerspitzen wahrzunehmen.

Doch je länger es dauert, desto deutlicher verrinnt die eben noch so starke Gewissheit. Flos Hand liegt noch immer reglos in der ihren. Und ihr wird klar, dass sich das nicht ändern wird.

Das Piepsen eines der Geräte reißt sie aus ihren Gedanken. Sie zuckt zusammen und hört das Echo vorn an der Zentrale. Aber niemand erscheint. Offenbar nichts Beunruhigendes. Sie muss Schwester Natalia unbedingt danach fragen, wozu all diese Dinger eigentlich da sind. Damit sie nicht jedes Mal in Panik gerät, wenn eines von ihnen aus der Reihe tanzt.

Als sie sich umdreht, sieht sie durch die Scheibe hindurch, dass die Tür vorn an der Station geöffnet wird, und einen Moment lang wird ihr schwarz vor Augen, als sie erkennt, wer sich in frischen Kitteln über den glänzenden Linoleumboden Flos Zimmer nähert.

Sie stöhnt leise auf. Nun ist es also so weit.

Für einen kleinen, aberwitzigen Moment glaubt Marleen, dass sie es sich anders überlegen könnten, dass alle drei auf dem Absatz umkehren werden. Doch dann sieht sie, wie Herr Steinbeck auf Flos Eltern einredet, weil diese bei ihrem Anblick kurz stehen bleiben. Als er sich wieder umdreht, begegnet sie seinem Blick, und Heinrich Steinbeck setzt seinen Weg entschlossen fort. Flos Eltern folgen ihm.

Marleen erhebt sich von ihrem Stuhl, als die Familie den Raum betritt. Sie nicken sich förmlich zu, als seien sie Fremde, die sich zufällig in einem Fahrstuhl begegnen. Dann schiebt Paul seiner Frau den zweiten Stuhl ans Bett, und sie setzt sich zu Flo, nimmt seine Hand, ganz so wie Marleen es gerade noch getan hat. Mit geradem Rücken sitzt sie dort und sagt kein Wort, während Paul ihr die Hand auf die Schulter legt. Herr Steinbeck bleibt mit hinter dem Rücken verschränkten Händen an der Wand stehen und betrachtet Flo aus der Entfernung.

»Wie geht es ihm?«, fragt er Marleen, als sie sich wieder auf ihren Stuhl an der anderen Bettseite gesetzt hat.

»Ich kann keine Veränderung feststellen«, sagt sie mit belegter Stimme. »Er kann eben einfach nicht aufwachen.« Ungewollt trotzig klingt sie.

Herr Steinbeck nickt vage.

Kein Wort zu gestern. Natürlich nicht. Deswegen ist er nicht hier. Deswegen sind sie alle nicht hier. Es geht um Flo.

Aber bei seinem Großvater wirkt all das wie eine bescheuerte Pflichterfüllung. Nie spricht er mit Flo. Er berührt ihn nicht einmal. Auch jetzt nicht. Steht einfach nur da und starrt vor sich hin, scheint mit den Gedanken weit weg zu sein.

Ob er jemals einem Menschen anders begegnet ist als auf seine distanzierte, steife Art?

Als Schwester Natalia ihren Kopf zur Tür hereinsteckt, schauen sie alle rasch zu ihr hinüber, angespannt, wie sie alle vier sind.

»Frau und Herr Steinbeck? Dr. Ulmer ist im Arztzimmer auf der Station. Er hat jetzt Zeit.«

Flos Mutter springt auf, als hätte sie sich am Stuhl verbrannt. Marleen spürt, wie ihre Schultern sich verspannen.

»Ja, natürlich, wir kommen sofort«, hört sie Frau Steinbeck sagen.

Marleen könnte sie fragen. Jetzt. Vielleicht würde gerade Karin Steinbeck sie verstehen. Schließlich ist sie eine Mutter – wie auch Marleen bald eine sein wird.

Doch nein. Nach gestern Abend kann sie sie nicht mehr fragen. Niemanden aus dieser Familie. Es wäre sinnlos.

Kraftlos schaut Marleen zu, wie Flos Familie sich zur Tür begibt, während sie allein zurückbleibt.

Marleen dreht sich um und wendet ihnen den Rücken zu. Doch da hört sie plötzlich seine Stimme.

Heinrich Steinbeck räuspert sich vernehmlich.

»Möchten Sie vielleicht mitkommen?«, fragt der alte Mann seltsam kratzig.

Marleen braucht ein paar Sekunden, um zu begreifen, dass er immer noch in der Tür steht und zu ihr herübersieht.

Sie starrt ihn an.

Er blickt finster zurück.

»Nun machen Sie schon!«, sagt Schwester Natalia, als befürchte sie, dass dieser kostbare Augenblick ungenutzt verstreichen könnte. »Dr. Ulmer hat nicht ewig Zeit.«

HEINRICH

Es ist ganz sicher nicht sein Verstand gewesen, der ihm hierzu geraten hat.

Das spiegelt ihm auch Karins verwunderter Blick, als sie mit der jungen Frau Herzog im Schlepptau den Gang zum Arztzimmer hinuntergehen. Nur gut, dass alle Beteiligten wissen, was gutes Benehmen ist, und ihre Gedanken für sich behalten.

Im Grunde ist es das Dümmste, was er machen konnte. Noch dümmer als diese katastrophale Einladung zum Abendessen, die Paul losgetreten hat. Frau Herzog muss so ja geradezu den Eindruck bekommen, zur Familie zu gehören.

Aber natürlich weiß er, was ihn zu diesem Schritt bewogen hat.

Als Johann Weigel ihm von Frau Herzogs Eltern erzählte, hatte er das Gefühl, dass das ihre Schwachstelle sein könnte. Doch da hatte er noch nicht geahnt, dass der Tod von Frau Herzogs Eltern in Wahrheit seine eigene Schwachstelle aufdecken würde.

Es war die Erinnerung an Helene, der es nie gelungen war, über den Verlust ihrer Eltern hinwegzukommen. Bei allen großen Ereignissen in ihrem gemeinsamen Leben hatte sie davon gesprochen. Bei der Hochzeit. Weihnachten. Beim Umzug in die Villa und bei Pauls Geburt. Jedes Mal hatte sie es gesagt: ›Ich wünschte, Mutter und Vater wären hier, um das mitzuerleben.‹ Ihr trauriges Lächeln hatte tiefe Wunden in seinem Herzen hinterlassen. Hatte ihm vor Augen geführt, wie hilflos er war.

Er konnte es nicht besser machen für sie. Das Vermissen. Das Trauern. Er konnte ja nicht ändern, dass eine Bombe Helenes Elternhaus getroffen und ihre Eltern einfach unter sich begraben hatte. Während Helene mit der Kinderlandverschickung in Sicherheit gebracht worden war.

Und jetzt übermannen ihn dieselben Gefühle, wenn er an den Tod der Eltern dieser jungen Frau denkt. Natürlich ist das vollkommen verrückt, aber er kann sie einfach nicht so übergehen.

Bevor er sich noch länger über sich selbst ärgern kann, stehen sie bereits vor dem Arztzimmer. Karin und Paul wirken nervös. Und es entgeht ihm auch nicht, wie angespannt Frau Herzog ist. Sie legt beide Hände in ihren Rücken. Ob das alles hier dem Baby schaden kann? Dieser ganze Wirbel? Angeblich bekommen die ja schon jede Menge mit, auch vor der Geburt.

Er wirft ihr einen kurzen Blick zu.

Sie reagiert sofort und schaut zurück. Verwundert.

Als sie ins Besprechungszimmer eintreten, bemerkt Heinrich auf Dr. Ulmers Gesicht ein Lächeln des Wiedererkennens, als er die junge Frau sieht.

»Frau Herzog, da bin ich aber froh, dass wir uns jetzt doch noch sprechen können«, sagt der Arzt, nachdem er auch Karin und Paul begrüßt hat, und nickt ihr zu. »Schön, dass jetzt die ganze Familie versammelt ist!«

»Ja, ich habe …«, beginnt Frau Herzog und schaut sich zu Heinrich um. »Herr Steinbeck hat …«

»Sehr gut«, sagt Dr. Ulmer, »es ist wichtig, dass Sie alle darüber informiert sind, wie sich die Situation im Moment darstellt.«

Das klingt sehr ernst. Heinrich blickt zu der jungen Frau hinüber. Doch die starrt nur den Arzt an.

»Setzen Sie sich doch«, bittet Dr. Ulmer sie. Er deutet auf die drei Stühle, die vor dem Schreibtisch bereitstehen. Einen Moment lang stehen sie alle etwas ratlos da. Dann schiebt Dr. Ulmer einen weiteren Besucherstuhl an den Tisch, und Frau Herzog setzt sich neben Heinrich.

Hinter seinem Schreibtisch dreht der Arzt mit einer routinierten Handbewegung den Computerbildschirm zu ihnen herum. Darauf ist ein Bild zu sehen, das Heinrich mit seinen grellen Farben an ein abstraktes Gemälde erinnert.

»Das sind die Bilder aus dem MRT, die wir gerade gemacht haben. Die Untersuchung selbst ist komplikationslos verlaufen. Allerdings haben wir uns ein anderes Ergebnis gewünscht.«

Der ernste Blick des Arztes lässt nichts Gutes vermuten.

Und plötzlich begreift Heinrich, was es bedeutet, wenn man sagt, dass einem das Blut in den Adern gefriert. Ja, genauso fühlt es sich an. Eiskalt.

Als sein Blick zufällig auf Frau Herzogs Hände fällt, sieht er, dass sie ihre Finger so heftig ineinander verschränkt, dass knallrote und schneeweiße Stellen an den Knöcheln zu sehen sind.

»Durch den Aufprall beim Unfall wurde bei Herrn Steinbeck eine Blutung im äußeren Hirnbereich ausgelöst, die wir in der Operation vor einer Woche stoppen konnten. Die täglichen computertomografischen Untersuchungen und die Laborwerte haben ja erfreulicherweise gezeigt, dass keine weiteren Blutungen aufgetreten sind …«

»Das wussten wir doch schon gestern, oder nicht?«, kann Heinrich nicht umhin zu bemerken. Es ist einfach nicht auszuhalten, hier zu sitzen und nur zuhören zu müssen. »Sie haben uns doch bestimmt etwas Neues mitzuteilen?«

Dr. Ulmer holt tief Luft. »Allerdings, aber wie bereits gesagt, es sind leider keine guten Neuigkeiten. Leider sehen wir nämlich hier auf der Aufnahme«, er tippt mit dem Kugelschreiber auf einen farbigen Bereich des Bildschirms, »eine Wasseransammlung in der betroffenen Hirnregion. Es hat sich ein sogenanntes Hirnödem gebildet. Das Wasser gelangt von außerhalb des Kopfes über das Blutsystem in den Schädel. Den müssen Sie sich wie eine knöcherne Kapsel vorstellen, von der das Gehirn nur durch ein paar Häute und eine dünne Wasserschicht getrennt ist. Durch das Ödem entsteht Druck auf diesen Bereich des Gehirns.« Wieder hebt er die Hand und fährt mit der Spitze des Kugelschreibers auf dem Monitor von links nach rechts.

Heinrich blinzelt. Erkennt nichts, außer Farben, die sich gegenseitig aggressiv zu bedrängen scheinen.

»Ist das der Grund, wieso unser Sohn nicht aus dem Koma aufwacht?«, hört Heinrich Karin sagen.

»Das ist wahrscheinlich, ja«, nickt Dr. Ulmer. »Durch das Ödem wird Hirnstruktur gegen den Schädelknochen gedrückt. Offenbar mit Einfluss auf den Hirnstamm. Dort werden grundlegende Funktionen wie Atmung und Herzschlag gesteuert, aber auch Schlafen und Wachheit.«

»Ja, kann man denn nichts gegen dieses Ödem tun?«, erkundigt sich Heinrich.

Karin ist ganz offensichtlich um Fassung bemüht, während Paul wie versteinert neben ihr sitzt.

Dr. Ulmer presst kurz die Lippen zusammen, bevor er erneut betont verbindlich antwortet. »Es besteht in so einem Fall die Möglichkeit, ein Stück des Schädelknochens zu entfernen, um so den Druck auf das Gehirn zu vermindern …«

»Aber?«, hakt Karin nach. Auch Heinrich hat dieses Wort deutlich aus Dr. Ulmers Erläuterung herausgehört.

»Wir halten diesen Eingriff momentan für zu risikoreich. Der betroffene Bereich ist durch das Trauma hochsensibel.« Wieder deutet Dr. Ulmer auf den Monitor. Sie alle starren darauf. »Die Gefäße würden dem nicht standhalten. Es ist zu erwarten, dass eine weitere, dieses Mal tiefer liegende Blutung ausgelöst würde.«

»So eine Blutung konnten Sie doch schon einmal stoppen«, sagt Heinrich. Er will nicht glauben, dass es nicht doch eine Chance gibt.

»Hierbei handelt es sich um einen komplett anderen Bereich. Blutungen im inneren Hirn sind derzeit leider ohne größte Schäden noch nicht operabel«, erwidert Dr. Ulmer.

Eine Weile ist es ganz still im Raum.

»Was genau bedeutet das?«, fragt schließlich Frau Herzog leise.

Beim Klang ihrer zitternden Stimme fällt Heinrich der Sperling ein, der sich vor ein paar Wochen in sein Büro in der Kanzlei verirrt hat. Er flatterte panisch umher und prallte mehrmals gegen die Fensterfront. Bis eine der Praktikantinnen ihn vom Wandteppich pflückte, an dem er sich festgekrallt hatte, ihn in der hohlen Hand zum Fenster trug und wieder hinaus in die Luft warf.

»Ein solcher Eingriff würde wahrscheinlich schwerste, irreparable Schädigungen nach sich ziehen. Wenn nicht sogar den Tod«, antwortet Dr. Ulmer ihr.

Die junge Frau nickt apathisch. Auf ihrem Gesicht, das sonst stets lebendig wirkt, ist keine Regung zu erkennen. Sie sieht sehr blass aus.

»Frau Herzog?«, sagt Dr. Ulmer leise.

Sie zuckt zusammen, als hätte er mit der Hand auf den Tisch geschlagen.

»Tut mir leid, ich … Mir ist nicht so gut. Ich werde besser …« Vorsichtig erhebt sie sich von ihrem Stuhl, schwankt kurz.

Reflexartig streckt Heinrich die Hand aus, um sie zu stützen. Sie starrt ihn einen Moment lang aus ihren dunklen Augen an. Dann eilt sie hinaus und vergisst, die Tür zu schließen.

Dr. Ulmer seufzt.

Heinrich ist sich der offen stehenden Tür empfindlich bewusst. Ein sonderbares Gefühl breitet sich in ihm aus. Völlig verrückt und dennoch ganz deutlich: Seit die junge Frau, Florians Lebensgefährtin, den Raum verlassen hat, fühlt er sich plötzlich schrecklich allein. Schon viele Jahre hat er sich nicht mehr so allein und so hilflos gefühlt.

Dr. Ulmer schweigt eine Weile, um der Familie Zeit zu geben, sich zu sammeln.

Dann gibt Heinrich sich einen Ruck. »Wie wird es jetzt weitergehen?«, fragt er mit rauer Stimme.

»Ihr Sohn und Enkel ist bei uns weiterhin in den besten Händen«, antwortet Dr. Ulmer und wirkt ehrlich betroffen. »Ich weiß, dass Angehörige das nie gern hören, aber momentan müssen wir ein bisschen auf die Zeit bauen. Es besteht eine Chance, dass der Hirndruck nachlässt. Oder dass die notwendige Operation zu einem späteren Zeitpunkt weniger riskant zu sein verspricht. Wir werden den Verlauf auch weiterhin engmaschig kontrollieren.«

»A... aber die Z... Zeit ...«, beginnt Paul mühsam und bricht dann verzweifelt ab. Er schaut Karin auffordernd an, und sie legt ihre Hand auf die seine.

»Ist es nicht so, dass die Prognose für unseren Sohn immer schlechter wird, je länger er im Koma liegt?«, fragt sie. Heinrich ist immer wieder erstaunt darüber, wie genau sie weiß, was Paul sagen wollte.

Dr. Ulmer nickt langsam. Dann sagt er: »Und leider besteht auch die Möglichkeit, dass sich das Ödem ausweitet. Im ungünstigsten Fall entsteht eine sogenannte Einklemmung des Hirnstammes. Dann sind überlebenswichtige Funktionen betroffen.«

Heinrich wirft Karin und Paul einen raschen Blick zu. Doch die starren beide den Arzt an.

Ihnen allen ist klar, was seine Worte bedeuten. Sollte dieser Fall eintreten, werden die Ärzte operieren müssen. Egal, wie riskant der Eingriff wäre. Denn dann würde sowieso alles auf dem Spiel stehen.

Wieder herrscht für eine kleine Weile Stille. Weiter entfernt auf dem Flur ist das Klappern von Metall zu hören. Eine Tür wird zugeschlagen. Schritte entfernen sich.

»Wir wollen hoffen, dass alles gut ausgeht«, erwidert Heinrich schließlich und erhebt sich von seinem Stuhl.

»Ja, Aufgeben kommt nicht infrage!«, stimmt Karin ihm zu, strafft die Schultern und erhebt sich ebenfalls.

Paul gibt Dr. Ulmer nur still die Hand, bevor er Karin aus dem Raum hinaus folgt.

»Herr Steinbeck«, sagt Dr. Ulmer, als Heinrich gerade die Tür hinter sich schließen will, »die junge Frau Herzog steht doch nicht völlig allein da, oder?«

Heinrich wendet sich noch einmal um und sieht dem Arzt direkt in die Augen.

Ein diffuses Gefühl der Scham überkommt ihn, als ihm klar wird, dass er auf diese Frage keine Antwort weiß.

Samstag, 25. August

MARLEEN

Marleen zieht ein weiteres T-Shirt aus dem Stapel und betrachtet es kurz. Dann stopft sie es achtlos in den Beutel mit den Altkleidern. Es ist doch völlig egal, was sie mitnimmt und was nicht. Was für eine Rolle spielt das jetzt noch?

Als sie nach dem entsetzlichen Arztgespräch vor ein paar Tagen wieder in ihre kleine Wohnung zurückkehrte, hatte sie der Anblick der vielen Kisten und Kartons geradezu erschlagen. Wie grauenhaft das alles war. Flo, gefangen zwischen Leben und Tod. Vielleicht nie wieder ihr springlebendiger, fröhlicher, kluger Flo. Vielleicht ein Mann, der in sich zusammengesunken und hilflos in einem Rollstuhl sitzen wird? Er, der stets in und von der Sprache gelebt hatte, sollte vielleicht nie wieder ein sinnvolles Wort äußern können? Oder schlimmer noch … Ja, er könnte einfach fortgehen, nicht mehr da sein.

All diese Gedanken quälten sie, seit sie aus dem Krankenhaus nach Hause gekommen war. Für ein paar Stunden wollte sie nichts weiter tun, als alles aus den Umzugskisten wieder auszupacken, in die Schränke zu räumen und so zu tun, als sei nichts passiert. Sie hätte sich gerne selbst vorgemacht, dass alles in bester Ordnung sei. Hätte gern so getan, als würde nicht in einem anderen Teil der Stadt eine große unbewohnte Wohnung darauf warten, dass sie ihre Sachen hinüberbringt.

Momentan weiß sie noch nicht mal mehr, aus welchem Grund sie das eigentlich überhaupt noch tun sollte.

Doch ihre Wohnung ist gekündigt, eine Nachmieterin steht fest.

Und so fühlt Marleen sich endgültig wie eine Vertriebene.

Dabei ist der Umzug morgen nur ein kleineres Problem bei all den Dingen, die im Moment über sie hinwegrollen.

Sie fühlt sich elend, die ganze Zeit über, schwach und hilflos. Immer noch hat sie keinen Appetit und isst viel zu wenig. Manchmal bleibt sie bis zum Mittag im Bett, und ihr ist schwindelig, wenn sie aufsteht. Wie eine dunkle Wolke schwebt der Gedanke, dass Flo tatsächlich sterben könnte, über ihr.

Und natürlich macht sie sich Sorgen um das Kind. Sie wird die Vorstellung nicht los, dass ihre eigenen Sorgen, ihre eigene Schwäche, dem Kleinen schaden könnten. Allein der Gedanke daran stürzt sie in eine schier unfassbare Panik.

Da reißt sie das Klingeln des Telefons jäh aus ihrer Lethargie.

»Bin schneller!«, ruft Caroline und stürzt stolpernd durch die kleine Küche, in der man sich vor lauter herumstehenden Kartons eigentlich gar nicht mehr bewegen kann.

»Falls es dieser neue Beleuchter ist, geh bloß nicht heut Abend schon mit ihm aus«, ruft Marleen ihr nach und denkt, wie fantastisch es ist, eine solche Freundin zu haben.

Dann hört sie, wie Caroline sich kurz räuspert, tief einatmet und dann das Gespräch annimmt.

»Ja, hallo?«, gurrt sie in den Hörer.

Nach einem kurzen Moment der Stille hört Marleen, wie ihre Freundin irritiert sagt: »Nein, ich bin Caroline, eine Freundin. Ach, was sag ich! *Die* Freundin natürlich! Möchten Sie Marleen sprechen?«

Mit vor Erstaunen hochgezogenen Augenbrauen kommt sie zwischen den Kisten hindurch ins kombinierte Schlaf- und Wohnzimmer, wo Marleen auf dem Bett sitzt.

»Ja, natürlich, wenn Sie mir versprechen, nett zu ihr zu sein. Hier ist sie.«

Caroline wirkt wie am ganzen Körper elektrisiert. Sie reicht Marleen den Hörer und formt mit den Lippen Worte, die wohl einen Hinweis auf den Namen des Anrufers geben sollen, die Marleen aber nicht deuten kann. Fragend legt sie den Kopf schief. Caroline versucht es noch einmal. Ihre Grimassen sind so komisch, dass Marleen tatsächlich grinsen muss.

Sie nimmt den Hörer und sagt: »Ja, hier Marleen?«

»Guten Abend, Frau Herzog. Hier spricht Heinrich Steinbeck. Florians Großvater.«

Oh.

Sofort ist die Erinnerung an den Dienstagmorgen wieder da. Als sie aus der Damentoilette, wo sie sich hatte übergeben müssen, auf den Gang wankte. Geradewegs in Herrn Steinbecks Arme.

Er musterte sie mit strenger Miene und fragte dann überaus höflich, ob er ihr helfen könne.

Doch sie antwortete nicht, kein Wort brachte sie hervor. Hysterisch schluchzend stolperte sie in den Aufzug. Stützte sich an der Wand ab, so schwach hatte sie sich gefühlt. Durch die sich schließende Metalltür sah sie Flos Großvater dort stehen. Mitten auf dem Gang, wo er sie angesprochen hatte. Wie versteinert hatte er gewirkt, und mindestens hundert Jahre alt.

Seitdem haben sie sich nicht mehr gesehen.

Inzwischen achtet Marleen darauf, die Zeiten zu meiden, in denen jemand von Flos Familie bei ihm ist. Schwester Natalia ist die wichtigste Verbündete in dieser Sache geworden. Und sie hat ein paar Schwestern aus den anderen Schichten mit auf ihre Seite gezogen. Ein heimliches Netzwerk, das nur zu dem Zweck existiert, Marleen möglichst ungestörte Momente mit Flo zu verschaffen.

»Frau Herzog?« Heinrich Steinbecks Stimme klingt nicht halb so förmlich, wie er immer aussieht.

»Ja«, sagt sie rasch. Verstört. Sie versucht Caroline anzudeuten, dass sie sie allein lassen soll, doch die missversteht ihre Gesten absichtlich und bleibt mit einem entschlossenen Gesichtsausdruck im Türrahmen zur Küche stehen. »Ja, ich bin da. Ich war nur so …«

»Überrascht?«, hilft er ihr.

»Genau.«

»Ich bin selbst etwas überrascht. Wie muss es Ihnen da erst gehen«, sagt Herr Steinbeck, und fast glaubt sie ein Lächeln durch seine Worte hindurch wahrzunehmen.

Marleen ist so verblüfft, dass sie vergisst zu antworten.

»War das gerade eine Verwandte von Ihnen?«, fragt er.

»Caroline? Oh, nein, sie ist eine Freundin, meine … beste Freundin. Ich wüsste nicht, was ich ohne sie machen würde.« Caroline tut, als könne sie sich vor Verlegenheit nicht halten, und rutscht am Türrahmen hinunter auf den Boden. Marleen versucht nicht hinzusehen, so komisch sieht das aus.

»Aha«, murmelt Flos Großvater.

»Wir kennen uns vom Theater«, erklärt Marleen, um etwas zu sagen. »Sie ist auch Schauspielerin.«

Oh nein. Wie dumm von ihr. Flos Großvater ruft hier an, wer weiß weswegen. Und sie hat nichts Eiligeres zu tun, als ihn mit der Nase auf das zu stoßen, was ihm an ihr am meisten zu missfallen scheint.

Doch zu ihrer Erleichterung geht er nicht darauf ein.

»Wie geht es Ihnen denn?«, fragt er stattdessen.

Marleen stutzt. Hat sie sich verhört? Der alte Tyrann erkundigt sich nach ihr? Aus welchem Grund?

»Mir? Oh, mir geht's ganz gut. Danke«, sagt sie rasch.

»Das war eine schlimme Nachricht, die Dr. Ulmer da für uns hatte, nicht wahr?«, sagt er und fährt, ohne eine Antwort abzuwarten, fort: »Kein Wunder, dass Sie sich nicht wohl gefühlt haben.«

›Nicht wohl gefühlt‹ ist nicht ganz die passende Formulierung, denkt Marleen.

»Ja, das war wirklich ein Schock«, sagt sie. »Aber ich habe seitdem noch einmal mit Dr. Ulmer gesprochen. Und mit den Schwestern. Ich denke, wir dürfen die Hoffnung einfach nicht aufgeben. So ist es doch?«

»Ich werde die Hoffnung ganz sicher nicht aufgeben«, sagt Herr Steinbeck fest. Als sei Aufgeben etwas, das sich für ihn ganz von allein verbietet.

Marleen bemerkt, dass sie zum ersten Mal seit vier Tagen wieder das Gefühl hat, tief Luft holen zu können.

Heinrich Steinbeck mag ein alter Mann mit verstaubten Ansichten über die Schauspielerei sein. Und er ist ganz offensichtlich mehr als besorgt um den guten Ruf der Familie. Aber offensichtlich hält er auch genauso starrköpfig an dem

Glauben fest, dass Flo wieder gesund werden kann. Da haben sie doch tatsächlich etwas gemeinsam.

»Ich auch nicht«, sagt Marleen also leise.

»Dann sind wir ja schon zwei«, erwidert er mit diesem grimmigen Unterton, den Marleen inzwischen so gut kennt. Er wird nicht klein beigeben. Plötzlich interessiert es sie gar nicht mehr, wieso er angerufen hat. Das Einzige, was zählt, ist, dass er Flo unterstützen wird.

»Und Ihnen geht es wirklich gut? Ich meine, auch dem …«

»Dem Baby?«, hilft diesmal sie ihm.

Carolines Augen sind mittlerweile riesengroß vor Staunen.

»Ja, dem Baby geht's gut. Es hat zwar kaum noch Platz dadrinnen, aber es tut, was es kann, um mich auf Trab zu halten. Wahrscheinlich bekommt es die ganze Unruhe hier draußen auch mit.«

»Dann stimmt es also?!«, brummt Herr Steinbeck. »Dass sie schon vor der Geburt mitbekommen, was um sie herum so geschieht?«

Marleen stutzt kurz. Moment mal. Kann das sein? Unterhält sie sich gerade mit dem alten Giftzahn über ihr Baby?

»Da bin ich sicher«, sagt sie vorsichtig. »Sie mag es nicht, wenn etwas laut ist. Manchmal zuckt sie richtig zusammen, und danach hat sie ganz sicher eine Stunde lang Schluckauf.« Marleen muss lächeln. Das Baby ist jetzt schon so groß, dass sie das ganz genau spüren kann.

Herr Steinbeck antwortet nicht sofort. Scheint ihren Worten nachzulauschen.

»Sie?«, fragt er dann. »Wird es denn ein Mädchen?«

Marleen muss schlucken. »Oh, das ist mir so rausgerutscht. Eigentlich wissen wir es gar nicht. Aber Flo tut immer so, als käme gar nichts anderes infrage. Er wünscht sich einfach eine Tochter, und ...« Sie hält inne. Ist gefangen in einer Flut von Erinnerungen, die über sie hereinbricht. Flo, der mit einem rosafarbenen Strampler nach Hause kommt. Flo, der im Namenslexikon stundenlang nach einem Mädchennamen sucht. Flo, der ihren Nacken küsst und raunt: ›Wie geht's denn meinen beiden Mädels?‹

»Hören Sie«, sagt Herr Steinbeck in diesem Moment. Plötzlich wirkt er sehr aufgeräumt. »Weswegen ich angerufen habe ...«

»Ja?«

»Ich würde gern etwas mit Ihnen besprechen. Aber gerade merke ich, dass das am Telefon zu schwierig ist. Ich bin von der alten Schule, verstehen Sie? Ich sehe gern, mit wem ich rede.«

Marleen unterdrückt ein Stöhnen. Wenn sie etwas heute so gar nicht gebrauchen kann, dann einen weiteren Streit mit Flos Familie.

»Falls es wieder um meine Ansprüche an Sie geht«, beginnt sie rasch. »Ich hab nie im Leben daran gedacht ...«

»Nein, keine Angst. Darum geht es gar nicht. Es hat etwas mit Florian zu tun«, sagt er.

Sie zögert. Blickt sich im Chaos des Raumes um.

Caroline, unten auf dem Teppichboden, ist anzusehen, dass sie jedes Wort versteht. Sie ist wirklich eine Meisterin im Mithören von Telefongesprächen. Sie macht eine eindeutige Geste mit der Hand, die besagt, dass sie das bisschen Einpacken problemlos auch allein schafft.

»Okay«, hört Marleen sich also sagen. Und sofort ist ihr klar, dass es natürlich sein kann, dass sie gerade wieder einen dieser Fehler macht, die man noch wochenlang bereut. Aber irgendwie kann sie nicht anders. Hier ist jemand, der Flo sein ganzes Leben lang kennt. Der ebenso wie sie alles dafür geben würde, dass er wieder gesund wird.

»Warum gehen wir nicht ein bisschen spazieren?«, schlägt sie vor.

»Gute Idee!«, antwortet Herr Steinbeck ohne Zögern. Er klingt verwundert. Als hätte er mit ihrer Zusage nicht gerechnet. »Treffen wir uns doch an der Krugkoppelbrücke und gehen von dort aus an der Außenalster entlang.«

Das ist eine Strecke, die auch Flo besonders mag.

HEINRICH

Es ist schon eine ganze Weile her, dass er einfach nur spazieren gegangen ist.

Hier an der Außenalster sind jede Menge Leute unterwegs. Jogger, die unbeirrt an ihnen vorbeilaufen. Frauen mit kleinen Kindern, die das Wasser bestaunen. Auf einer Wiese neben dem Weg tollen ein paar Hunde. Alle Lokale, an denen sie vorüberkommen, sind voll besetzt. Auf dem Uferstreifen, dem Weg und in den Bäumen sitzen Vögel. Enten, Schwäne, Möwen, Tauben. Und Wolken von Spatzen.

Wäre ihm wahrscheinlich gar nicht aufgefallen, wenn die junge Frau Herzog sie nicht so intensiv beobachten würde.

Sie sind schon eine Weile miteinander unterwegs. Sprechen über das Wetter. Den Wasserstand. Die Vögel. Darüber weiß sie offenbar einiges. Welche Art sich mit welcher versteht und welche nicht. Warum manche Enten auf einem Bein stehen. Eine Frau mit einem Kinderwagen kommt ihnen entgegen. Sie hat diesen typischen stolzen Gang, den junge Mütter an sich haben. Auch Helene wirkte so auf ihn, damals, als Paul noch klein war. Sie strahlte etwas aus, das aller Welt zeigte, wie glücklich sie war, und das jedem sagte, dass sie ihm augenblicklich ins Gesicht springen würde, wenn er es wagen sollte, ihrem Baby etwas anzutun.

Er bemerkt, wie Frau Herzog aufsieht und der jungen Mutter zulächelt.

Als sie vorbei ist, wendet Frau Herzog sich an ihn: »Sie wollten etwas mit mir besprechen?«

»Ja, richtig«, sagt Heinrich und räuspert sich.

Er ist es gewohnt, hin und wieder an Helene zu denken. Doch seit Florians Unfall scheint etwas im Gefüge seiner Erinnerungen derart durcheinandergeraten zu sein, dass aus dem ›Hin und Wieder‹ inzwischen ein ›Sehr häufig‹ geworden ist. Es ist, als sei sie allgegenwärtig. Neulich hatte er sogar das Gefühl, dass sie ihm etwas sagen wollte. Natürlich eine völlig verrückte Idee, die er niemals jemandem anvertrauen würde. Und an die er jetzt gerade auch gar nicht denken möchte. Schließlich sollte er für dieses Gespräch seinen Verstand beisammenhaben.

»Frau Herzog«, sagt er. »Mir ist sehr wohl bewusst, dass wir alles andere als einen guten Start miteinander hatten.«

Sie schaut ihn verdutzt von der Seite an. Damit hatte sie offenbar nicht gerechnet.

»Vielleicht können Sie für die Zeit unseres kleinen Treffens darüber hinwegsehen.« Er sieht sie fragend an. Sie erwidert seinen Blick und erhebt keinen Einspruch. Also fährt er fort: »Der Zufall wollte es, dass ich gerade zum Zeitpunkt von Florians Unfall einen neuen Mandanten aus den USA gewinnen konnte. Ein sehr sympathischer Mensch. Ich habe ihm von Florians Zustand erzählt. Einfach weil …«

Ja, warum eigentlich?

»Ich habe ihm jedenfalls von Florian erzählt«, wiederholt Heinrich rasch. »Florians Schicksal hat Mister Donald sehr bewegt, er hat selber Kinder, und … Nun, es ist mehr als ein glücklicher Zufall. Sein Schwager ist Gehirnchirurg. Und zwar nicht irgendeiner, sondern ein international gefragter Spezialist. Mein Gott, ich konnte es kaum fassen, als Donald sich gemeldet hat, um mir davon zu erzählen. Es scheint, dass er sehr viel Erfahrung mit Operationen hat, wie Florian sie benötigen würde.«

»Oh mein Gott!« Frau Herzog schlägt sich die Hand vor den Mund und schüttelt den Kopf. »Gibt es eine Chance?«, fragt sie atemlos.

»Nun, dieser Chirurg arbeitet offenbar in der ganzen Welt, er ist sehr gefragt. In zehn Tagen wird er in München sein, um dort eine Operation durchzuführen. Er wäre bereit, nach Hamburg zu kommen und sich Florian anzusehen. Könnte mit den Ärzten sprechen, sich alle Ergebnisse anschauen. Und uns dann sagen …«

»Ja?«

Ach herrje, die junge Frau ist ganz blass geworden. Was, wenn sie wieder zusammenbricht, wie neulich im Arztzimmer? Da vorn ist eine freie Bank. Vielleicht können sie sich dort ein wenig ausruhen?

»Tja, dann wird er uns sagen können, wie die Chancen für eine Operation stehen«, sagt Heinrich und steuert eilig die Bank an.

Frau Herzog scheint gar nicht mitbekommen zu haben, dass sie immer flacher atmet. Ihr Gesicht ist weiß wie eine Wand. Sie folgt Heinrich zu der Bank.

»Operation? Heißt das, dieser Chirurg kann diesen komplizierten Eingriff machen? Ohne dass Flo zu Schaden kommt? Er kann vielleicht wieder ganz gesund werden?«, haucht sie.

»Ja, vielleicht könnte es das bedeuten«, antwortet Heinrich und versucht zu verdrängen, wie skeptisch Dr. Ulmer geklungen hatte. Er will sich erleichtert auf die Bank sinken lassen, doch seine Begleiterin macht keinerlei Anstalten, sich zu setzen, sie bleibt einfach vor der Bank stehen, starrt auf den Rasen jenseits des Weges.

»Setzen Sie sich doch«, bittet er sie. »Sie sollten sich schonen.«

Sie blinzelt, sieht ihn benommen an, doch dann setzt sie sich. So ist es besser, denkt Heinrich. Erleichtert nimmt er neben ihr Platz.

»Es ist nur so …«, beginnt er vorsichtig.

Die junge Frau starrt ihn an.

»Ich habe bereits mit diesem Spezialisten gesprochen. Was gar nicht so einfach war. Mein Englisch ist zwar gut. Aber diese ganzen Fachbegriffe sind mir natürlich nicht geläufig. Wenn er sich etwas hätte patentieren lassen wollen, wäre das kein Problem gewesen. Aber so. Es hat eine Weile gedauert, doch ich denke, jetzt habe ich so weit alles verstanden.«

Er lächelt die Frau neben ihm schief an. »Also, es ist so. Diese Operation birgt nicht nur eine enorme Chance, sondern auch ein großes Risiko, ganz so wie Dr. Ulmer es uns schon gesagt hat. Dieser Spezialist, Dr. Goldman, hat derartige Eingriffe schon oft durchgeführt. Wenn es jemand schaffen kann, dann er. Aber natürlich kann auch so ein hochspezialisierter Fachmann uns keine Garantie geben. Sollte es bei der Operation zu einer tiefer liegenden Blutung kommen, wären die Folgen … nun … schwerwiegend. Womöglich könnte Florian nie wieder zu Bewusstsein kommen. Und er könnte auch …«

Frau Herzog nickt rasch. Ihr Blick huscht über den Weg, zu den Vögeln, hinaus aufs Wasser.

»Daher haben wir, Florians Eltern und ich, auch noch

nicht entschieden, ob wir Dr. Goldman hinzuziehen sollen«, sagt Heinrich schließlich.

»Warum erzählen Sie mir das alles?«, will die junge Frau schließlich wissen, während sie ein kleines Ruderboot draußen auf dem Wasser, in dem zwei Menschen miteinander lachen, mit dem Blick verfolgt. »Ich meine, wenn Sie noch gar nicht wissen, was Sie tun wollen.«

Heinrich legt die Hände gegeneinander.

Dass es so schwer sein könnte, hätte er nicht gedacht.

Es kommt nicht oft vor, dass er über seinen eigenen Schatten springen muss. Aber da ist Paul, der gestern zum ersten Mal mit glänzenden Augen über sein Enkelkind gesprochen hat. Da sind Dr. Ulmer und diese energische Schwester Natalia, die ihm immer wieder deutlich machen, dass sie bei der Familie Steinbeck eine Verantwortung für Frau Herzog und ihr Baby sehen. Und schließlich ist da Helene, die ihm in den letzten Tagen wieder näher gerückt ist als in all den Jahren zuvor. Und er ist sich sicher, dass Helene Florians Lebensgefährtin gegenüber eine wesentlich offenere Haltung an den Tag gelegt hätte, als er es bisher getan hat.

Er räuspert sich und sagt dann: »Nun, die Sache ist die … Ich möchte wissen, was Sie darüber denken. Über diesen Eingriff, meine ich.«

Frau Herzog dreht sich zu ihm herum. Der feste Blick ihrer braunen Augen beschämt ihn. Er kann ihm nicht standhalten. »Sie fragen mich nach meiner Meinung?«, sagt sie dann.

Heinrich räuspert sich. »So ist es.«

Sie sieht ihn so lange unbewegt an, dass es ihm allmählich unangenehm wird.

»Nun, ich nehme an, der Spezialist wird nicht gerade billig sein ...«, sagt sie endlich langsam.

»Florian ist mein Enkel«, sagt Heinrich mit Nachdruck. »Er ist der Erbe der international angesehenen Kanzlei *Steinbeck & Steinbeck*, und daher ist dieser Aspekt absolut irrelevant.«

Kurz blitzen Frau Herzogs Augen auf. Dann nimmt ihr Gesicht einen entschlossenen Ausdruck an. Heinrich kann sich nicht erinnern, jemals jemanden getroffen zu haben, der so sehr mit dem ganzen Gesicht spricht wie sie. Wahrscheinlich auch so ein Schauspielertick. Aber nicht unangenehm, stellt er gerade fest.

»Dann gibt es doch nichts zu überlegen«, sagt die junge Frau, und in ihrer Stimme liegt so wenig Zweifel wie in seiner eigenen. »Wenn tatsächlich die Chance besteht, dass dieser Spezialist es schaffen könnte, wenn auch nur die kleinste Chance besteht, dass Flo nach der Operation wieder gesund werden kann, dann müssen wir ... dann müssen Sie diesen Arzt kommen lassen. Ich weiß, dass Flo auch so denken würde. Er ist nicht für halbe Sachen.«

Da hat sie wohl recht. Florian hat immer schon das getan, was er für richtig hielt, mit ganzer Kraft und starkem Willen. Das muss Heinrich wirklich zugeben – auch wenn es manchmal Dinge waren, die er nicht befürworten konnte.

Wenn es möglich ist, müssen sie diese Operation wagen!

Das hatte Heinrich selbst auch von Anfang an gesagt. Aber Karin und Paul reagierten zögerlich, diskutierten unzählige Male das Für und Wider. Dem ganzen Hin und Her haftete so viel Zweifel an. Ganz und gar untypisch für Florian.

Erstaunlich, da steht doch plötzlich Frau Herzog auf seiner Seite. Vielleicht ist es wirklich nicht so verwunderlich, dass Florian sie als Partnerin gewählt hat.

Und plötzlich hört er sich etwas sagen, das ihn selbst überrascht: »Wissen Sie, was da bei unserem gemeinsamen Abendessen geschehen ist, sollten wir vielleicht einfach vergessen. Natürlich hatten Sie nicht das Recht dazu, solche Dinge über uns zu sagen. Aber ich muss zugeben, dass ich vielleicht auch ein wenig übers Ziel hinausgeschossen bin, das tut mir leid. Wir werden wohl alle akzeptieren müssen, dass Sie die Mutter von Florians Kind sind. Egal, wie es mit Florian weitergeht, werden wir dafür sorgen, dass der Unterhalt des Kindes geregelt ist. Und sollte es zum Erbfall kommen, können Sie natürlich damit rechnen, dass Ihr Kind Florians vollen Anteil erhält …«

»Herr Steinbeck«, unterbricht die junge Frau ihn und schaut ihm offen ins Gesicht. »Sie sind der Jurist von uns beiden. Sie wissen über diese Dinge mehr als ich. Momentan, kann ich Ihnen sagen, ist so etwas wirklich das Letzte, worüber ich mir Gedanken mache. Ich will Ihr Geld nicht, verstehen Sie? Eines weiß ich aber genau: Flo wäre glücklich darüber, wenn er wüsste, dass Sie mich nach meiner Meinung gefragt haben.«

Heinrich erwidert kurz ihren Blick und sieht dann aufs Wasser hinaus. Sie ist wirklich ganz anders, als er sich Schauspielerinnen immer vorgestellt hat.

Als er eine halbe Stunde später die Eingangshalle der Villa betritt, ist Heinrich immer noch beeindruckt von der Entschlossenheit und Willensstärke, die die junge Frau Herzog an den Tag gelegt hat.

Paul kommt sofort aus der Küche, als die Haustür ins Schloss fällt. »Wo warst du denn?«, will er verwundert wissen. »Ich hab versucht, dich auf dem Han… Handy zu erreichen, aber das war aus. Jetzt ha… haben wir ohne dich gegessen.«

»Ich war spazieren«, sagt Heinrich knapp. Paul muss ja nicht alles wissen. »Über die Sache mit dem amerikanischen Arzt nachdenken.«

Paul seufzt. »Karin und ich haben auch weiter drü… drüber gesprochen.«

Das klingt nicht gerade, als ob sie zu einem Entschluss gekommen wären. Dabei liegt die Sache doch ganz klar auf der Hand.

»Wir werden ihn herkommen lassen!«, sagt Heinrich fest.

Paul öffnet den Mund, sagt aber nichts.

»Florian ist kein Typ für halbe Sachen, oder? Er würde sich bestimmt dafür entscheiden, wenn er dazu in der Lage wäre. Meinst du nicht?«, erklärt Heinrich.

Sein Sohn fährt sich durchs Haar, während sein Blick über das schwarz-weiße Muster der alten Fliesen huscht. Dann hebt er den Kopf, und in seinem Gesicht glimmt leise und vorsichtig etwas auf.

»Du ha… hast recht, Vater. Er wür… würde es so wollen«, sagt er schließlich.

»Es ist ein Fingerzeig des Schicksals, dass Donald diesen Chirurgen kennt und mit ihm über Florian gesprochen hat. Solch eine Chance schlägt man nicht aus. Es gibt nicht viele Spezialisten, die so einen Eingriff beherrschen. Ich werde ihn anrufen und ihn bitten, nach Hamburg zu kommen, um sich Florian anzuschauen. Alles andere sehen wir dann. In Ordnung? «

Pauls Blick, ja seine ganze Körperhaltung verändert sich. Aus ihm spricht plötzlich genau die Erleichterung, die Heinrich selbst seit einer halben Stunde spürt.

»Gut«, sagt Paul und nickt zweimal deutlich, als müsse er es sich selbst bestätigen. »Wirklich. Gut. So ma… machen wir es.«

Als Heinrich diese leise Veränderung an Paul sieht, steigt plötzlich ein lange nicht empfundenes Gefühl in ihm auf. Die Wärme bei dem Gedanken, einen Sohn zu haben. Einen Sohn, den er liebt. Ebenso wie Paul seinen Sohn liebt. Und Heinrich ist froh, ihn jetzt so erleichtert zu sehen.

Als er sich der Treppe zuwendet, um hinaufzugehen, hat er wieder dieses Gefühl, dass dort unten in der Halle etwas fehlt, etwas, das er vermisst. »Sag mal, wo hat Frau Dierksen eigentlich die Palme hingeräumt?«

Paul blickt ihn so verwundert an, dass Heinrich im Geiste seinen Satz noch einmal durchgeht. Hat er etwas Seltsames gesagt?

»Die große Kokos… Kokospalme mit den vie… vielen Wedeln, die hier stand?«, wiederholt Paul, wie um ganz sicherzugehen, dass er seinen Vater nicht missverstanden hat.

»Ganz recht. Die, die noch von deiner Mutter stammt. Für Karins Geburtstagsfeier wäre sie sicher im Weg gewesen. Aber jetzt kann sie doch wieder hergeschafft werden«, erklärt Heinrich. »Ich finde, es sieht etwas kahl aus hier ohne die Palme.«

Pauls Blick huscht kurz hinüber zur Küchentür, hinter der sie Karin hantieren hören. »Vater«, sagt er dann leise. »Die

Palme ist doch einge… eingegangen. Weißt du nicht mehr? Viktor Kellermann hat an Si… Si… Silvester einen ganzen Kübel schottischen Whiskey reingegossen. Das hat sie nicht ver… verkraftet.«

»Viktor?«, erwidert Heinrich. »Aber der ist doch …« Er erstarrt.

Jetzt fällt es ihm wieder ein.

Das schlaffe Laub. Die großen, sich rasch ausbreitenden gelblichen Flecken.

Wie sie noch alles versucht haben. Den Gärtner bestellt. Der das riesige Ding mit zwei Gehilfen ausgebuddelt und in neue Erde verpflanzt hat. Doch die Palme war nicht mehr zu retten.

Paul sieht ihn merkwürdig an.

Heinrich zwingt sich zu einem kurzen Lächeln und winkt ab. »Wie dumm von mir, das zu vergessen«, sagt er. »Florians Unfall hat mich wohl doch ziemlich mitgenommen.«

»U… uns alle«, antwortet Paul und erwidert das Lächeln zögerlich.

Heinrich nickt ihm zu, klopft ihm im Umdrehen einmal kurz auf die Schulter und geht die Treppe hinauf.

Viktor Kellermann, das ist ihm nämlich wieder eingefallen, ist seit mehr als zehn Jahren tot.

Samstag, 1. September

MARLEEN

Noch drei Tage bis zur Ankunft des amerikanischen Chirurgen.

Herr Steinbeck hat Wort gehalten, es ist ihm tatsächlich gelungen, den Spezialisten nach Hamburg zu holen. Und sosehr Marleen sich über diese so unerwartet aufgetauchte Chance freut, so sehr belastet sie dies alles auch.

Es war eine harte Woche. Erst der Umzug letzten Sonntag, der dank der vielen Helfer, die Caroline organisiert hatte, recht schnell über die Bühne ging, aber trotzdem sehr aufreibend gewesen war.

Und in den folgenden Tagen war sie oft allein gewesen. Mit ihren Ängsten und ihren Hoffnungen allein in der Wohnung, die sie so gut kennt, und in der sie sich dennoch nicht zu Hause fühlt. Denn das, was die Wohnung zu dem wunderbarsten Ort auf Erden gemacht hat, fehlt. Flo.

Langsam beginnt das Bild von seinem geliebten Gesicht auf den weißen Kissen des Krankenhausbettes viele der schönen Erinnerungen zu überlagern. Und jedes Mal, wenn sie sich auf den Weg zu ihm macht, befürchtet sie, dass sein Zustand sich plötzlich verschlechtert hat.

Marleen öffnet die Tür zur Intensivstation und steuert auf den Schrank mit den Kitteln zu. Ohne hinzuschauen, nimmt sie einen der Kittel heraus, packt ihn geschickt aus und streift ihn sich mit routinierten Bewegungen über.

Nur mit der Schnur, die sie über der Taille bindet, ist sie jetzt vorsichtig. Sie atmet kurz durch und legt prüfend die Hand auf ihren Bauch unter dem sterilen Stoff des Kittels.

Am Tag nach dem Umzug war sie allein in der Wohnung. Caroline hatte Vorstellung gehabt. Abends kuschelte Marleen sich mit einem Buch in Flos Lieblingssessel. Froh darüber, hier so geborgen sitzen zu können und mit einer spannenden Geschichte für kurze Zeit das Krankenhaus und all die Sorgen vergessen zu können.

Aber dann verhärtete sich plötzlich ihr Bauch, als würde sich ein Ring um ihre Körpermitte legen. Nach dem ersten Schrecken hatte sie sich mit dem Gedanken beruhigt, dass erste Vorwehen gegen Ende der Schwangerschaft ganz normal waren. Es waren ja nur noch sechs Wochen bis zum errechneten Termin. Das Kind suchte sich offensichtlich die richtige Ausgangsposition, um sich auf seinen Auftritt in der Welt vorzubereiten. Doch in der Nacht schlief sie dennoch schlecht.

Am nächsten Morgen war sie gleich zu ihrer Frauenärztin gegangen. Die machte ein CTG, aber der Wehenschreiber registrierte nur hin und wieder eine sanfte Wehe. Marleens allgemeine Verfassung beunruhigte die Ärztin viel mehr, sie forderte Marleen dringend auf, regelmäßig zu essen und sich zu schonen.

Wie aber soll sie denn zur Ruhe kommen, bei all den Sorgen um Flo? Die Ärztin sagte ihr, dass es dem Kind gut gehe und es sogar unproblematisch sei, wenn es jetzt schon auf die Welt käme. Doch allein die Vorstellung, in dieser Situation mit einem zu früh geborenen Säugling dazustehen, hatte Marleen in neue Panik gestürzt, die sie seitdem nicht mehr losließ.

»Wenn man Ihnen dabei so zusieht!«, sagt eine vertraute Stimme hinter ihr. »Als wären Sie eine Schwester.«

Es ist Schwester Natalia, die Marleen beobachtet, als sie sich gerade die Hände desinfiziert.

»Was machen Sie denn hier?«, lächelt Marleen erfreut. »Ich dachte, Sie hätten noch Urlaub.«

Schwester Natalia ist in den vergangenen zwei Wochen immer wichtiger für sie geworden. Manchmal sind die Gespräche mit ihr ein ebenso guter Grund hierherzukommen wie der Besuch bei Flo. »Nur bis gestern. Wir sind momentan schwach besetzt wegen der Ferien. Da war das Wochenende leider nicht mehr drin.«

Marleen betrachtet die kleine Frau, die sie anstrahlt. »Sie sehen jedenfalls toll aus, richtig erholt.«

Schwester Natalia grinst. »Danke! Aber wie geht es Ihnen? Und Ihrem Kleinen?«

»Dem Baby geht's gut, aber ich komme nicht wirklich zur Ruhe«, beginnt Marleen, als jemand im grünen Einwegkittel aus Flos Zimmer tritt.

»Guten Morgen, Frau Herzog«, sagt Heinrich Steinbeck, während auf Schwester Natalias Gesicht das Lächeln gefriert. »Ich habe den Eindruck, es geht Florian heute irgendwie besser. Seine Wangen sind so rosig.«

»Oh, ich wusste nicht, dass Sie …«, murmelt Schwester Natalia mit einem Seitenblick zu Marleen. »Nun, ich habe Ihren Enkel vorhin rasiert, wissen Sie.«

»Guten Morgen, Herr Steinbeck«, sagt Marleen rasch.

Einen Moment lang stehen sie voreinander. Flos Großvater sieht wieder einmal aus, als ginge er zu einer Oscar-Verleihung.

»Na dann«, sagt er schließlich und wendet seinen Blick von Marleen ab. »Mittwoch wissen wir mehr.«

»Ja, ich hoffe, es wird etwas Gutes sein«, sagt Marleen.

Kurz zögert der alte Mann, dann nickt er und verschwindet durch die Tür. In Gedanken versunken.

Schwester Natalia lässt verächtlich die Luft durch die Nase entweichen. »Kommt immer noch jeden Tag her. Ich frag mich, warum. Er sitzt nur da und guckt vor sich hin.«

»Das hab ich auch schon bemerkt. Aber vielleicht ist es einfach seine Art, für seinen Enkel da zu sein«, meint Marleen.

Natalia legt den Kopf schief. »Meine Kolleginnen haben mir schon gesagt, dass es sich zwischen Ihnen entspannt hat. Ist er jetzt netter zu Ihnen?«

Marleen weiß gar nicht, was sie darauf antworten soll.

Ist er netter zu ihr?

»Ehrlich gesagt, weiß ich das gar nicht so genau. Ich meine, auf jeden Fall behandelt er mich nicht mehr so herablassend. Er hat mich sogar um meine Meinung gefragt, was Flo angeht. Aber ob das wirklich nett gemeint war? Wer weiß das schon.«

Sie wechseln einen verständigen Blick. Verbündete.

»Ein alter Sturkopp! Das ist er«, brummt Schwester Natalia.

Noch vor einer Woche hätte Marleen dem uneingeschränkt zugestimmt. Sie hätte sogar noch ein paar ganz andere Umschreibungen für Herrn Steinbeck parat gehabt. Doch auf ihrem gemeinsamen Spaziergang hatte er eine andere Seite von sich gezeigt.

»Vielleicht haben wir ihn nicht richtig eingeschätzt«, sagt sie vorsichtig.

»Wie kommen Sie denn dadrauf?« Schwester Natalia klingt skeptisch.

Marleen zuckt mit den Achseln. »Während ich nur hier gesessen und mich meinen trüben Gedanken hingegeben habe, ist er losgegangen und hat etwas getan. Gerade als Sie in den Urlaub gegangen sind, hat er mir davon erzählt. Er ist wohl nicht der Typ, der aufgibt, bevor er nicht alles versucht hat. Er hat einen Arzt kontaktiert. Einen Hirnchirurgen. Er ist auf solche Fälle spezialisiert. Offenbar hat er schon oft in scheinbar ausweglosen Fällen den Patienten retten können. Er kommt aus den USA und kostet ein Vermögen, aber das ist Flos Großvater egal. Für seine Familie scheint er einfach alles zu tun. Da gehöre ich natürlich nicht wirklich dazu. Ich bin in seinen Augen wohl nur eine dumme Schauspielerin. Aber trotzdem hat er mich gefragt, was ich über diesen Spezialisten denke … Es ist seltsam.«

»Er sollte auch etwas für Sie tun«, entgegnet Schwester Natalia sanft und gleichzeitig entschieden. »Sie gehören auch zur Familie. Und wenn er das nicht kapiert, ist er wirklich nichts weiter als ein alter Sturkopp.«

Erstaunlich, wie Schwester Natalia die Situation auf den Punkt bringen kann.

»Nur ein Beispiel«, fährt Schwester Natalia fort. »Hat er Sie vielleicht gefragt, wie der Umzug war? Nein. Ich jedenfalls habe die ganze Zeit daran gedacht. Ist alles glattgegangen?«

»Er weiß gar nichts davon«, antwortet Marleen und lächelt dann. »Und ja, alles ist glattgegangen. Es war am Ende doch noch ganz schön wuselig, wie das bei Umzügen eben so ist. Aber jetzt sind alle meine Sachen in Flos Wohnung. Ich meine … in unserer Wohnung.«

Sie will Schwester Natalia nicht beunruhigen. Aber in Wirklichkeit war es ein grässlicher Tag gewesen.

Die vielen Kisten um sie herum, die Fragen der Kollegen vom Theater, ein Blechschaden am gemieteten Lieferwagen. Am Abend brach sie schließlich weinend auf ihrem Bett zusammen. Vollkommen am Ende ihrer Kräfte war sie gewesen.

Caroline schmiss sich zu ihr auf das große Jugendstilbett und nahm sie in den Arm.

»Pass auf«, sagte sie. »Demnächst wirst du wieder mit deinem lieben Flo hier über die Matratzen turnen. Oder vielmehr werdet ihr hier völlig erschöpft nebeneinanderliegen, während zwischen euch so ein kleiner Wurm vor sich hin schnorchelt. Aber heute bleib ich mal hier. Okay?«

Marleen schlief schluchzend in ihren Armen ein. Aber dennoch quälten sie in dieser Nacht schreckliche Albträume, und das war seitdem in fast jeder Nacht so.

Ohne Caroline wäre sie wahrscheinlich durchgedreht.

»Ach, er weiß es gar nicht«, wiederholt Schwester Natalia.

»Es ist Flos Wohnung. Da muss ich ja wohl seinen Opa nicht um Erlaubnis fragen«, sagt Marleen, aber sie weiß, dass sie dabei immer noch nicht wirklich überzeugend klingt.

»Das habe ich so auch nicht gemeint. Eher, dass Sie es ihm ganz selbstbewusst mitteilen«, murmelt Schwester Natalia.

»Hhm, vielleicht …«, sagt Marleen ausweichend. »Ich geh dann mal rein.«

Schwester Natalia nickt. »Eins noch«, sagt sie dann, »ich habe mich gefragt, ob Sie sich schon für ein Krankenhaus entschieden haben.« Sie klopft sich selbst auf den flachen Bauch.

Ja, natürlich. Sie hat recht. Eigentlich haben Flo und sie vorgehabt, sich ein paar Entbindungsstationen anzusehen.

Sie wollten sich Zeit dafür nehmen, sich eine schöne Umgebung aussuchen. Aber jetzt? Jetzt ist alles anders. Marleen hat sich einfach noch nicht darum gekümmert. Es ist fast, als hätte sie die Tatsache verdrängt, dass es nur noch wenige Wochen sind, bis sie ihrer beider Kind in den Armen halten wird. All ihre Vorfreude scheint sich in Befürchtungen und Sorgen verwandelt zu haben.

Dabei wird es inzwischen wirklich Zeit. Das weiß sie nur zu gut. Sie schüttelt den Kopf.

Schwester Natalia lächelt auf ihre beruhigende Art und Weise. »Da haben wir ja Glück«, sagt sie dann. »Heute ist der Info-Abend für werdende Eltern, der alle zwei Wochen auf der Entbindungsstation stattfindet. Sie können die Hebammen kennenlernen und in den Kreißsaal gehen, sich in Ruhe alles ansehen und Fragen stellen.«

»Prima«, sagt Marleen. »Danke. Ich meine, das wäre wohl die beste Lösung, oder? Wo ich doch ständig hier bin im Moment. Dann kann ich in Flos Nähe sein.«

»Sie können auch zu zweit kommen. Mit ihrer Freundin vielleicht? Wenn die sich traut«, schmunzelt Schwester Natalia.

Marleen muss lachen.

Caroline und ihre unendliche Angst vor schlimmen Krankheiten und Krankenhäusern. Aber so wie sie davon träumt, selbst einmal eine Familie zu gründen – da kann es doch nicht schaden, dass sie sich rechtzeitig mit der Wirklichkeit auseinandersetzt.

»Einen Versuch ist es wert«, sagt sie.

Schwester Natalia nickt ihr fröhlich zu, um sich dann ihrer Arbeit zu widmen.

Marleen geht die wenigen Schritte hinüber in Flos Zimmer.

Die Morgensonne taucht den Raum in ein helles, freundliches Licht. Ein paar Strahlen fallen direkt auf Flos Gesicht. Vorsichtig streicht Marleen ihm durchs Haar und drückt ihm einen zarten Kuss auf die Wange. Sein Gesicht ist blass, aber nicht mehr von Wunden und Prellungen entstellt. Auch wenn noch Schläuche durch Mund und Nase führen, ist das hier immer noch das schönste Gesicht, das sie je gesehen hat. Und immer noch kann sie es kaum glauben, dass da in seinem Kopf ein stiller Kampf stattfindet. Ein Kampf, der ihn jederzeit mit sich reißen könnte. Fort von ihr.

Marleen zieht sich einen Stuhl heran, versucht, alle dunklen Gedanken abzuschütteln, und greift nach Flos Hand.

Sie ist gekommen, um mit ihm zu sprechen. So wie immer. Von dem Info-Abend will sie ihm erzählen. An dem sie gemeinsam hätten teilnehmen sollen. Vom Umzug will sie berichten, davon, dass sie jetzt erst einmal allein in ihrer gemeinsamen Wohnung leben wird. Will ihm sagen, dass sie auf ihn wartet. Dass die kleine Maus in ihrem Bauch – ja, auch sie sieht immer öfter ein kleines Mädchen vor sich, wenn sie an ihr Baby denkt – auf ihn wartet. Dass es bis zum Besuch des Spezialisten nicht mehr vier, wie gestern, sondern nur noch drei Tage sind. Und dass dann alles gut wird.

Doch als sie ihn ansieht, sagt sie nur einen einzigen Satz: »Dein Großvater hat recht, du siehst heute wirklich viel besser aus.«

Dienstag, 4. September

HEINRICH

Dieser Dr. Goldman ist ein völliger Fachidiot, aber ein genialer. Das ist Heinrich schon nach ein paar Minuten vollkommen klar.

Es ist Dienstagabend. Karin, Paul und Heinrich sitzen jetzt seit einer halben Stunde gemeinsam mit Dr. Goldman und Dr. Ulmer in dessen Arbeitszimmer und sprechen über Florians Fall. Morgen will Dr. Goldman den Patienten selbst untersuchen. Heute geht es um alles andere. Florians Vorgeschichte, Allergien, Vorerkrankungen, eventueller Drogenkonsum, langfristig eingenommene Medikamente.

Karins Englisch ist zwar ganz passabel, aber bei jedem Fachbegriff fragt sie erneut nach. Und Paul bekommt vor lauter Aufregung kaum ein vollständiges Wort heraus.

Also übersetzt Heinrich. Nachdem sie, von den Kinderkrankheiten angefangen, alles über Florian erzählt haben, stellt der Spezialist Dr. Ulmer die notwendigen Fragen. Er erkundigt sich, ob entsprechende Kapazitäten im Operationsbereich vorhanden sind. Die beiden erforderlichen Assistenzärzte, das stellt er sofort klar, bringt er aus den Staaten mit. Er operiert mit niemand anderem.

Paul wirft Heinrich einen besorgten Blick zu. Doch Heinrich schüttelt nur den Kopf. Über Geld werden sie hier nicht sprechen. Zum ersten Mal in seinem Leben sieht er darin überhaupt keinen Sinn. Egal, welche Summe diese

Koryphäe, vor der selbst der versierte Dr. Ulmer einen Heidenrespekt zu haben scheint, verlangen würde, er wird nicht zögern, sie aufzubringen.

Als Dr. Ulmer sie entlässt, um mit Dr. Goldman noch weitere Details zu besprechen, die für die Familienangehörigen unwesentlich sind, wie er sich ausdrückt, sind sie alle drei wie erschlagen.

Ein Tee wäre jetzt genau das Richtige, denkt Heinrich.

»Geht ihr ruhig«, sagt er zu Karin und Paul, die noch zu Florian hineingehen wollen, »ich trinke unten einen Tee und schaue später noch mal nach ihm. Fahre dann mit Martens nach Hause.«

Was er Karin und Paul nicht sagt, ist, dass er die junge Frau Herzog anrufen wird, um sie über das Ergebnis des Arztgespräches zu informieren. Seit ihrem gemeinsamen Spaziergang, seit sie sich so vehement dafür ausgesprochen hat, diese Chance, die sich ihnen mit Dr. Goldman bietet, zu ergreifen, hat sich irgendetwas in ihm verändert. Es ist, als würde ihm eine leise Stimme zuflüstern, dass sie ein Recht hat, es zu erfahren.

Aber Karin und Paul müssen ja nicht alles wissen. Also steht er nun mit seinem Handy im Flur neben der Cafeteria und wählt ihre Nummer. Doch zu seiner Verwunderung erfährt er von einer Computerstimme, dass unter dieser Nummer kein Anschluss mehr besteht.

Mit gerunzelter Stirn tritt er an die kleine Theke des Krankenhauscafés und bestellt ein Sandwich mit Käse und Gurke und einen schwarzen Tee.

Als er alles auf einem kleinen Tablett entgegennimmt, ertönt neben ihm eine warme Stimme: »Nehmen Sie wenigstens Milch dazu, wenn Sie schon so spät am Tag schwarzen Tee trinken.«

Es ist Frau Herzog.

Er hatte sie gar nicht hereinkommen sehen.

»Gut, dass ich Sie hier treffe. Ich hatte gerade schon versucht, Sie telefonisch zu erreichen«, begrüßt er sie, während sie einen Saft bestellt. »Ihr Zuhause muss sich sträflich vernachlässigt fühlen, so oft, wie sie hier sind.«

Sie starrt ihn einen Moment lang an. Ein Ruck geht durch sie hindurch, als wollte sie ihm etwas mitteilen. Doch in diesem Moment reicht die Bedienung ihr den Saft über die Theke, sie muss das Geld abzählen. Als sie sich ihm wieder zuwendet, scheint sie vergessen zu haben, was sie sagen wollte.

»Was sagt Dr. Goldman?«, erkundigt sie sich stattdessen. Trotz des inzwischen beachtlichen Umfangs ihres Bauches windet sie sich mit einer grazilen Selbstverständlichkeit zwischen den Stühlen hindurch zu einem Zweiertisch neben einer großgewachsenen Pflanze.

Heinrich folgt ihr. Für einen Augenblick kommt ihm der Gedanke, dass es den Anschein erwecken könnte, sie hätten sich zu diesem Gespräch verabredet. Während er sein Sandwich isst und seinen Tee trinkt, erzählt er ihr ausführlich von dem Gespräch mit dem Arzt.

Die junge Frau nippt an ihrem Saft und hört aufmerksam zu.

»Wird er Flo operieren?«, will sie wissen, als Heinrich verstummt. Ihre Miene hoch konzentriert, ihre Schultern angespannt.

Er hebt die Brauen. »Das wird sich erst morgen entscheiden, wenn er Florian untersucht hat. Er kommt morgen früh rein. Wahrscheinlich können wir so um die Mittagszeit schon mit seiner Entscheidung rechnen.«

»Gut«, sagt Frau Herzog und streicht sich eine hellblonde, leicht gelockte Strähne aus dem Gesicht, das ihm schmaler vorkommt, als er es in Erinnerung hat. Auch die dunklen Schatten unter ihren Augen entgehen ihm nicht. »Das ist gut«, wiederholt sie.

»Ja, das ist es wohl«, sagt Heinrich. Trotz ihrer betont zuversichtlichen Worte ist ihre Anspannung deutlich zu spüren. Mit einem Mal wird ihm klar, dass dies alles eine große Belastung für die junge Frau sein muss, und er ist beeindruckt, mit wie viel Selbstdisziplin sie das hier durchsteht.

»Ich bin sehr froh, dass Sie das ermöglichen. Dass Dr. Goldman aus den USA herkommt und sich Florian anschaut.« Sie blickt ihm ernst in die Augen.

Für einen Moment hat Heinrich das Bedürfnis, seine Hand auf ihren schlanken Unterarm zu legen. Doch dann sagt er nur: »Nun, das ist doch eine Selbstverständlichkeit, er ist mein Enkel.«

Als sie ihn wieder anschaut, huscht ein schwaches Lächeln über ihr Gesicht. »Ich war am Samstag auf der Entbindungsstation«, erzählt sie. »Macht einen prima Eindruck. Ich glaub, wir beide sind hier auch in guten Händen.« Zärtlich streicht sie sich über ihren Bauch.

»Sie alle drei«, sagt Heinrich.

Sie schaut auf und sieht ihn nachdenklich an.

»Es gab eine Info-Veranstaltung für werdende Eltern. Zuerst wollte ich gar nicht hin. Ich dachte, ich würde das nicht schaffen, so ganz allein. Aber dann ist meine Freundin mitgegangen, Caroline. Sie hatten sie neulich am Telefon, wissen Sie noch?«

Heinrich nickt.

»Sie hat es wirklich nur mir zuliebe getan. Eigentlich hat sie nämlich höllische Angst vor Krankenhäusern. Doch dann … Es hat mir wirklich gutgetan. Caroline ist ein Schatz. Ich glaube, sie hält es für ihre Aufgabe, mich aufzuheitern. Sie hat mehr Fragen gestellt als alle anwesenden werdenden Väter zusammen. Sie ist so ein Typ, dem nichts peinlich ist, wissen Sie. Ratzfatz lag sie im Entbindungsbett, um es für mich auszuprobieren, und hat sich das Tuch, das über dem Bett hängt, geschnappt und probiert, ob es im Ernstfall wohl wirklich hält. Irgendwie war nichts im Kreißsaal vor ihr sicher. Weder die Whirlpool-Wanne noch der Gymnastikball, auf dem sie herumgehüpft ist. Die Ärztin fand das grandios. Und als wir die ganze Veranstaltung hinter uns hatten, fragte uns doch tatsächlich die Hebamme, ob wir den Vater kennen oder ob das Baby von einer Bank kommt.« Frau Herzog legt den Kopf in den Nacken und lacht ein helles, wohltönendes Lachen. Das erste Lachen, das Heinrich von der jungen Frau hört.

So überrascht und ja, auch fasziniert ist er von diesem ungewohnten Geräusch und ihren strahlenden Augen, dass sein Verstand erst mit Verzögerung zu arbeiten beginnt. Als er begreift, was sie ihm da gerade erzählt hat, spürt er, wie ihm für ein paar Sekunden die Röte ins Gesicht steigt.

Und auch sie bekommt das mit und schmunzelt. Als hätte sie genau das erreichen wollen.

»Waren Sie übrigens schon bei ihm?« Heinrich räuspert sich.

»Ja, aber ich komme gern noch einmal mit«, erwidert sie, obwohl er das gar nicht gemeint hatte. Doch er kann sie schließlich nicht einfach wegschicken. Und eigentlich will er das auch gar nicht, stellt er verwundert fest.

Also gehen sie gemeinsam zu den Fahrstühlen hinüber. Als Heinrich auf den Knopf drückt, legt seine Begleiterin beide Hände in ihren Rücken und bewegt den Kopf auf dem schlanken Hals hin und her, als wolle sie Schmerzen vertreiben.

Die Schwestern auf der Intensivstation lassen sie ohne Zögern herein. Es ist spät, und eigentlich ist Besuch jetzt nicht mehr gern gesehen. Aber so wie die Frauen in den weißen Kitteln Florians Lebensgefährtin ansehen, ist Heinrich sicher, dass sie sie auch mitten in der Nacht zu dem Patienten lassen würden.

»Der Arzt aus den USA ist da«, sagt Frau Herzog leise zu Florian, als sie sich links und rechts neben seinem Bett niedergelassen haben.

Sie greift nach Florians Hand, wie Heinrich es jetzt schon mehrmals beobachtet hat. Was sie dabei wohl fühlt? Er selbst bringt es einfach nicht über sich, diesen reglosen Körper zu berühren, in dem er seinen Enkel kaum wiedererkennt.

Dass sie immer mit ihm spricht. Irgendwie kann Heinrich sich nicht daran gewöhnen, es kommt ihm sonderbar vor. Wer redet schon mit jemandem, der nichts hören kann? Doch für Frau Herzog scheint das die natürlichste Sache der Welt zu sein. Sie ist keinen Moment lang verlegen, noch nicht einmal in seiner Anwesenheit. »Morgen untersucht er dich. Und vielleicht wissen wir schon am Mittag, wann er dich operieren kann.«

Plötzlich wendet sie sich an Heinrich. »Seine Hand ist ganz kühl und trocken. Fühlt sich an, als würde er einfach nur schlafen. Seine Hände sind mir als Erstes an ihm aufgefallen. Und wenn er Klavier spielt ...«

Wieder betrachtet sie zärtlich Florians Gesicht.

Heinrich muss plötzlich daran denken, wie er anfangs den Verdacht hegte, dass diese Frau womöglich nur eine kleine Liebelei seines Enkels ist. Eine Liebschaft vom Theater. Oder eine, die auf das Vermögen der Steinbecks aus ist. Er hatte sogar daran gezweifelt, dass Florian das Kind hatte haben wollen.

»Manchmal sitze ich hier und halte so lange seine Hand, dass ich kaum noch weiß, wo meine Haut endet und seine beginnt. Kennen Sie das?«

Was für eine seltsame Frage. Und so intim.

Heinrich antwortet nicht. Er versucht sich zu erinnern. Wie war das damals? Als Helene und er sich an den Händen gehalten haben ...? Doch statt einer Antwort darauf schiebt sich immer wieder ein anderes Bild dazwischen.

Florian mit zwei oder drei Jahren.

Es war im Garten – vielleicht. Oder in einem Park in der Stadt. Ja, sie waren zusammen auf einem Spaziergang, ganz allein. Ohne Karin oder Paul. Er erinnert sich nicht mehr, warum. Vielleicht konnte kein Babysitter einspringen. Auf alle Fälle ist es so gewesen. Er zog tatsächlich allein mit dem Kind los.

Und Florian legte seine Hand voller Vertrauen in Heinrichs. Hielt sich fest, während er vorwärtsstolperte und -hüpfte. Während er Vögel und Eichhörnchen bestaunte und einen entgegenkommenden Hund.

Damals erschien ihm das ganz selbstverständlich. Ein Großvater, der seinen Enkel an der Hand hält. Damit er nicht hinfällt. Damit er sicher seinen Weg finden kann.

Heinrich schaut zu Frau Herzog hinüber, die offensichtlich nicht mehr auf eine Antwort wartet. Die längst wieder Florian betrachtet. Völlig versunken scheint sie zu sein, als hätte sie Heinrichs Anwesenheit vollständig vergessen. Wie konnte er zu Anfang glauben, dass das alles gespielt sein könnte?

Und dann sieht er, wie sie Florians Hand auf ihren Bauch legt. »Spürst du, ihr geht es gut, sie freut sich auf dich«, hört er sie murmeln.

Und obwohl Heinrich das unangenehme Gefühl hat, einer höchst intimen Situation beizuwohnen, kann er den Blick nicht abwenden. Und dann. Dann beginnt sie zu singen.

Erst ist es nur ein leises Summen. Eine einfache Melodie, die sich ständig wiederholt. Dann wird sie langsam lauter. Und schließlich hört er ihre Stimme, eine schöne, beruhigende Stimme, die Stimme einer Mutter, die ihr Kind in den Schlaf singt. Es sind fremde Worte, die Heinrich noch nie zuvor gehört hat.

»Shuddhosi Buddhosi Niranjanosi Samsara Maya Parivar Chitosi«, singt sie leise. Wiederholt die Worte immer wieder.

Heinrich lauscht. Spürt zunächst einen Kloß im Hals. Und dann, ja, dann steigen ihm tatsächlich Tränen in die Augen. Er kann sich nicht erinnern, wann ihm das zum letzten Mal passiert ist.

Er rührt sich nicht auf seinem Stuhl. Als könne eine einzige unachtsame Bewegung die junge Frau in ihrer Andacht stören und sie verschrecken wie ein scheues Tier.

Schließlich verstummt sie.

Doch es kommt Heinrich vor, als schwebe die zarte Melodie noch eine Weile über dem Bett und verklinge erst nach und nach.

Schließlich hebt Frau Herzog den Kopf.

»Was ist das für ein Lied?«, will Heinrich wissen.

Sie lächelt. »Das hat meine Mutter mir früher vorgesungen. Wenn ich nicht einschlafen konnte. Oder wenn wir im Wartezimmer beim Zahnarzt saßen, was noch viel schlimmer war. Es ist ein uraltes Wiegenlied, das Mütter schon seit Jahrtausenden für ihre Kinder singen. Es ist Sanskrit, eine der ältesten Sprachen der Welt, die Sprache der Götter.«

Heinrich räuspert sich. Wie viel muss dieses Lied ihr bedeuten, wenn ihre Mutter es für sie gesungen hat? Ihre Mutter, die nicht mehr lebt, wie er jetzt weiß. Heinrich ist wirklich froh, dass im Moment niemand in seinen Kopf blicken kann. Aber er kann es nicht mehr leugnen: Diese Frau rührt ihn an.

»Es ist ein Mantra«, fährt Frau Herzog fort, »in dem es um die Seele des Besungenen geht. Man kann es nicht Wort für Wort übersetzen, aber in etwa heißt es so viel wie: ›Du bist rein. Du bist Intelligenz. Du bist unbefleckt. Du bist unberührt von Geburt, Tod und Illusion. Du bist reines Bewusstsein.‹«

Die Stimme von Frau Herzog hängt noch in diesem grässlichen Raum voller Maschinen und steriler Geräte und macht all das wunderbarerweise ein wenig schöner. Es ist, als schwebe ihre Stimme über seinem Enkel, um ihn vor all den Unwägbarkeiten der nächsten Zeit zu beschützen.

Mittwoch, 5. September

MARLEEN

»Marleen, setz dich!«, knurrt Caroline, die im Schneidersitz auf dem großen, ausladenden Sofa im Wohnzimmer hockt und Text lernt. »Wenn du schon keine Nerven dafür hast, mit mir diese Szene durchzugehen, hör wenigstens auf, mich so zappelig zu machen.«

Sie meint es gut. Immer, wenn sie so ruppig wird, meint sie es gut und will Marleen nur helfen, ihren dramatischen Gedanken zu entfliehen. Neulich Abend hatte Caroline ihr die Zeit damit vertrieben, ihr alle diabolischen Bösewichter der Filmgeschichte vorzuspielen. Marleen hatte Norman Bates erraten, Freddy Krueger und Hannibal Lecter.

Aber heute Morgen hilft ihr auch die liebevolle Unterstützung ihrer Freundin nicht. Was, wenn der Spezialist sagt, dass er nicht operieren kann? Womöglich ist Flos Fall selbst für ihn einfach zu riskant.

Gestern Abend war sie sich noch so sicher gewesen.

Als sie zusammen mit Flos Großvater in der Cafeteria gesessen hatte und dann an Flos Bett, da hatte es keinen Zweifel gegeben: Natürlich würde der Chirurg aus Übersee zu einem positiven Befund kommen. Natürlich würde er die Operation schon bald ansetzen können. Und natürlich würde dabei alles glattgehen. Überhaupt keine Frage.

Doch dann holten die Albträume sie heute Nacht wieder ein. Immer geht es darin um Flo. Der nicht da ist oder viel zu weit weg von ihr. Immer sucht sie ihn, kann ihn nicht finden. Und letzte Nacht endete der Traum damit, dass er von einer hohen Klippe hinabstürzte – in seinen Armen ein zartes, kleines Bündel, ihr Baby. Und Marleen konnte nicht helfen.

Es war einfach schrecklich.

Als sie in der Nacht schwer atmend erwachte, verkrampfte sich ihr Bauch wieder. Die Wehen wurden in der Nacht heftiger. Sie fing sogar an zu zählen, ob sie nicht doch in regelmäßigen Abständen kamen. Nein, der Stress tat keinem der Beteiligten gut.

Marleens Blick fällt auf die weiße Kamineinfassung. Den Kamin gibt es schon lange nicht mehr, stattdessen stehen zwei Dutzend unterschiedlich hohe, weiße Kerzen an seiner Stelle. Und auf dem Sims ein paar gerahmte Fotos.

Sie sind fast alle neueren Datums.

Eine Studioaufnahme von Marleen, mit der sie sich nach der Schauspielschule an den Theatern beworben hatte. Ein paar Schnappschüsse von ihr und Flo. Ein Bild seiner Eltern in lässigen, aber teuren Sommerklamotten vor einem Segelschiff.

Seit dem gemeinsamen Gespräch mit Dr. Ulmer hat sie sie nicht wiedergesehen. Aber heute werden sie wohl aufeinandertreffen. Denn sie wird um zwölf in der Klinik sein. Sobald der amerikanische Arzt seine Entscheidung getroffen hat, will Herr Steinbeck sie über das Ergebnis informieren. Sie ist froh, dass er inzwischen akzeptiert hat, dass es für sie genauso wichtig ist, diese Informationen zu erhalten, wie für Flos restliche Familie. Heute wird sie also erfahren, wie es mit ihrem geliebten Flo weitergeht. Oh Gott, ihr wird ganz schlecht, wenn sie daran denkt.

Offenbar hat sie ein Geräusch gemacht. Ein Wimmern vielleicht. Denn Caroline sieht von ihrem Text auf. In ihren Augen sieht Marleen nichts als Sorge. Sie kann sie verstehen. Sie selbst war auch nicht eben glücklich, als sie heute Morgen ihr Gesicht im Spiegel betrachtete.

»Marleen?«, sagt Caroline leise.

»Es ist nichts«, antwortet sie. »Nur diese dummen Wehen. Aber so ist das eben. Das Kleine bereitet sich auf den Ernstfall vor.«

Sie legt die Hände auf ihren dicken Bauch und lächelt schief.

Doch Caroline antwortet nur mit einem ebenso schiefen, mitfühlenden Lächeln.

»Muss nur mal gerade für kleine Mädchen«, murmelt Marleen und geht rasch über den langen Flur zum Bad.

Ihr ist übel. Und schwindelig. Und der Rücken schmerzt. Das ist gar kein gutes Zeichen. Aber vielleicht ist es ja auch einfach nur diese ständig volle Blase, auf der das Baby sich besonders wohlzufühlen scheint.

Marleen klappt den Deckel der Toilette auf, zieht ihre wenig attraktive Schwangerschaftshose mit dem Gummizug herunter und setzt sich.

Und da sieht sie das Blut. Sie starrt sekundenlang darauf.

»Caroline!«, ruft Marleen.

Ihre Stimme muss unglaublich panisch klingen, denn Caroline reißt praktisch augenblicklich die Tür auf.

»Was hast du?«, ruft sie alarmiert und ist sofort bei ihr. In ihren großen Augen spiegelt sich Marleens Angst.

»Oh nein!«, entfährt es ihr. »Was ist das denn?«

»Ich weiß es nicht«, gesteht Marleen. »Mir ist nicht gut,

und ich habe Schmerzen im Rücken. Ich dachte, es ist die Aufregung vor dem Termin mit Dr. Goldman. Aber jetzt …«

»Ich fahr dich sofort in die Klinik!«, entscheidet Caroline mit bemüht ruhiger Stimme.

»Meinst du, das ist …?«

»Nötig! Auf alle Fälle. Komm schon. Kannst du allein aufstehen?«

Marleen nickt.

Doch in ihrem Kopf dreht sich alles. Die Ränder ihres Sichtfeldes flimmern, als habe eine Fee dort Glitzerstaub verteilt.

Caroline ist schon wieder zur Tür heraus. Marleen kann ihre raschen Schritte auf dem Flur hören, hinüber ins Schlafzimmer. Dort steht Marleens Krankenhaustasche, die sie vorsorglich gepackt hat, nachdem sie auf der Infoveranstaltung waren und Caroline sie mit ihrer Drängelei sonst in den Wahnsinn getrieben hätte.

Gute Caroline.

Aber warum geht sie so weit weg?

Sie ist ja gar nicht mehr zu hören.

Stattdessen so ein seltsames Geräusch. Ein Rauschen. Hinter ihr. Über ihr.

Das ganze Badezimmer flimmert.

Marleen sieht gerade noch, wie Caroline wieder auf sie zugerannt kommt. Ihr Gesicht mit den weit aufgerissenen Augen. Ihr Mund, der sich bewegt, etwas sagt. Doch das Rauschen ist so laut, dass Marleen nichts verstehen kann.

Dann wird alles schwarz.

HEINRICH

Der Vormittag ist verschenkt.

Heinrich ist selbstverständlich auch heute pünktlich in der Kanzlei erschienen und hat sich in seinem grauen Anzug hinter den Schreibtisch gesetzt, aber seitdem ist nicht mehr viel passiert. Klaasen und Pettermann sind beide zu Firmen unterwegs, die sie bei der Entwicklung neuer Patente begleiten. Und die Angestellten verhalten sich noch stiller als sonst.

Frau Petersen hat ihm seinen schwarzen Tee gebracht und ein paar Briefe zur Unterschrift vorgelegt. Der Chef eines großen Stahlverarbeitungsbetriebes wartet auf seinen Anruf. Heinrich nimmt zweimal den Hörer auf. Doch dann legt er ihn wieder hin.

Frau Petersen öffnet vorsichtig die Tür und schaut herein.

»Was gibt es?«, fragt Heinrich und ordnet ein paar Papiere auf seinem Tisch.

»Ich wollte nur fragen«, beginnt Frau Petersen und unterbricht sich verlegen. Nimmt erneut Anlauf. »Kann ich irgendwas für Sie tun?«

Heinrich zieht die Brauen hoch. »Ich melde mich schon, wenn es etwas zu tun gibt, Frau Petersen«, sagt er. »Wie immer.«

Sie mustert ihn noch kurz, nickt und zieht sich wieder zurück.

Einen Moment lang starrt er noch auf die geschlossene

Tür. Langweilt sie sich etwa? Kommt herein und fragt nach Arbeit. Dabei gibt es immer etwas zu tun in einer so großen Kanzlei.

Heinrich steht auf und geht ein wenig im Raum herum. Über der lederbezogenen Sitzecke hängt ein großer, goldgerahmter Spiegel. Als er sich darin sieht, erschrickt er beinahe.

Herrje, er sollte wirklich mal wieder auf dem Außenplatz eine Partie Tennis spielen. Bleich wie ein Gespenst ist er. Mit dunklen Schatten unter den Augen.

Ob Frau Petersen ihn deswegen gerade so gemustert hat?

Plötzlich kommt ihm der Gedanke, dass ihre Frage womöglich gar nicht geschäftlicher Natur war. Obwohl das natürlich nicht üblich ist zwischen ihnen. Die Angestellten erkundigen sich nie nach seinem persönlichen Befinden. Und schon gar nicht danach, ob sie etwas für ihn tun können.

Heinrich seufzt. In der letzten Zeit denkt er über die verrücktesten Dinge nach. Völlig abwegige Dinge. Verworrenes Zeug. So wie diese Sache mit der Palme. Da hat er sich vor seinem eigenen Sohn bis auf die Knochen blamiert. Weil er einfach nicht ordentlich nachgedacht hat, nur irgendwie aus dem Bauch heraus gefaselt hat. Diese Pflanze, an die er sich so gut erinnert, als hätte sie gerade noch an ihrem Platz gestanden. Als hätte Helene sie sich gestern erst liefern lassen, um sie in der Eingangshalle aufzustellen und gebührend zu bestaunen.

Paul hat es richtig gemacht. Er hat sich den Vormittag freigenommen und ist mit Karin bereits in die Klinik gefahren.

»Kann ja sein, dass noch Fra… Fragen auftau… tauchen«, hatte er gesagt.

Ob er wieder zu dem erwachsenen, nicht stotternden, souveränen Anwalt wird, wenn das alles ausgestanden ist?

Heinrich hat sehr wohl mitbekommen, dass er bereits zwei Termine bei einem Therapeuten hatte.

Es ist erst elf. Aber bestimmt wird sich niemand wundern, wenn er ebenfalls jetzt schon in der Klinik auftaucht.

Vielleicht ist Frau Herzog ja auch schon da, denkt er. Und wundert sich über dieses stille Gefühl der Freude bei dem Gedanken an sie.

Heinrich ruft Martens an, der unten auf ihn wartet. Dann verlässt er eiligen Schrittes das Büro. Dabei ist er sich sehr wohl bewusst, dass Frau Petersen ihm mit einem besorgten Blick nachschaut.

Martens hält ihm den Wagenschlag auf, wie immer.

»Gut, dass Sie gewartet haben«, nickt Heinrich ihm zu. Eigentlich war zwölf Uhr für die Fahrt zur Klinik geplant.

»Kein Thema!«, erwidert Martens. »Hab mir schon gedacht, dass Sie den Countdown doch nicht aushalten. Heute fällt doch eine wichtige Entscheidung, nicht wahr?«

Heinrich stutzt. Er kann sich gar nicht erinnern, Martens davon erzählt zu haben. Aber natürlich kommt der auch mal hoch in die Kanzlei, hat alle Gelegenheit, mit den Sekretärinnen zu reden. Die bekommen jede Menge mit.

»Ja. Heute entscheiden die Ärzte, wie es mit Florian weitergeht«, antwortet Heinrich.

Martens, der mit der einen Hand immer noch die Wagentür hält, reckt den anderen Daumen in die Höhe. »Wird schon schiefgehen. Ein Kumpel von mir ist Pfleger in der Klinik. Der sagt, aussichtslose Fälle gibt's da gar nicht.«

Heinrich steigt ein, und Martens läuft schnell um den Wagen herum zur Fahrertür. Während er geschickt durch den Großstadtverkehr fährt, bemerkt Heinrich, wie der junge Mann ihn immer mal wieder im Rückspiegel anschaut.

»Gibt es noch etwas, Martens?«, fragt er.

»Na ja«, macht Martens, und weil sie gerade an einer Ampel stehen, lächelt er kurz über die Schulter zu Heinrich nach hinten. »Ich hab mich gefragt, ob Sie denn auch dran glauben, dass alles gut geht.«

Heinrich zieht die Brauen hoch.

»Ich find das wichtig. Bei allem, was man tut. Aber gerade bei solchen Dingen. Good vibrations und so. Verstehen Sie?«

Dann springt die Ampel um. Martens schaltet und fährt wieder an. Eine Antwort scheint er nicht mehr zu erwarten.

In der Klinik findet Heinrich Karin und Paul sofort. Sie sitzen bereits auf der Wartebank vor Dr. Ulmers Arztzimmer. Angespannt und nervös wirken sie.

Florian werde noch untersucht, erklärt Karin ihm. Dr. Goldman sei noch bei ihm, werde aber anschließend sofort hierherkommen.

»War Frau Herzog hier?«, will Heinrich sofort wissen.

»Nein, ich habe sie jedenfalls noch nicht gesehen«, antwortet Karin. »Obwohl sie doch sonst sehr häufig hier ist.«

Heinrich entgeht der fragende Blick von Karin nicht. »Ich hätte geschworen, dass ich sie hier antreffe«, murmelt er.

Er hätte der jungen Frau gestern Abend sagen sollen, dass sie gerne wieder bei dem Gespräch dabei sein könne. Es hätte ihm sogar gutgetan, sie in seiner Nähe zu haben. Vielleicht ist sie in der Cafeteria, traut sich nicht, mit Karin und Paul hier zu warten. Unter dem Vorwand, noch schnell ein Telefonat führen zu müssen, lässt Heinrich Karin und Paul vor dem Arztzimmer zurück.

»Gut, aber bleib nicht zu lange weg«, gibt Karin ihm noch mit auf den Weg.

Mit dem Aufzug fährt er hinunter und betritt die Cafeteria. Fast erwartet er, sie hier zu sehen. Es wäre schön, sie jetzt in der Nähe zu haben, so sonderbar das auch sein mag.

Er geht zur Theke und bestellt einen Tee. Während er wartet, sieht er sich unauffällig um. Etliche Tische sind besetzt.

An vielen sitzen Patienten in Bademänteln oder Jogginganzügen zusammen mit ihren ordentlich gekleideten Besuchern. Doch nirgends kann Heinrich die hellen Locken ausmachen, nach denen er Ausschau hält.

Er hätte Karin und Paul erzählen sollen, dass er sich mit ihr getroffen hat.

Anfangs war er so sicher, dass es besser sei, den beiden nichts zu sagen. Um unnötige Aufregung zu vermeiden. Wenn er sich vorstellt, was Paul wohl sagen würde, wenn er erführe, dass Heinrich sich mit Frau Herzog zu einem Spaziergang verabredet hat, um sie um Rat zu fragen. Und das nach dieser Szene beim Essen. Ja, er wird später mit Paul und Karin ein paar Worte darüber wechseln müssen.

Verflixt, an diesen Tee hier unten wird er sich wohl nie gewöhnen. Diese minderwertige Qualität in den Teebeuteln.

Er trinkt in hastigen, kleinen Schlucken, lässt einen Rest in der Tasse. Es wird Zeit, wieder nach oben zu gehen. Als er die Tasse auf der Theke abstellt, bemerkt er, dass seine Hände zittern.

Als er den Flur vor Dr. Ulmers Zimmer hinunterblickt, hat er das Gefühl, dass sein Herz vor Schreck einen Moment aussetzt. Das kann nicht sein! Er war doch gar nicht so lange fort. Und doch ist er nun tatsächlich zu spät gekommen. Der Flur ist leer. Aber im selben Moment öffnet sich die Tür zum Arztzimmer. Karin und Paul kommen heraus.

»Vielen Dank, Herr Dr. Goldman, thank you so much«, hört er Karin sagen, während sie mit einem leichten Kopfnicken die Tür hinter sich zuzieht.

Heinrich geht ihnen schnell entgegen.

Paul sieht blass aus.

Karins Wangen dagegen sind gerötet. »Er macht es«, sagt sie sofort. »Heinrich, er wird Florian operieren!«

Dr. Goldman wird seinen Enkel operieren. Heinrich spürt, wie ein warmes Gefühl seinen ganzen Körper erfasst.

»Das ist fantastisch!«, sagt er und nimmt Karins Hände in die seinen. Er sieht, dass ihre Augen feucht schimmern. »Hat er etwas über die Chancen gesagt?«

Paul schüttelt den Kopf.

»Er hat uns nochmals über die Risiken aufgeklärt«, sagt Karin, »sie sind natürlich grauenvoll. Aber er sagt auch, dass die Operation die einzige Möglichkeit ist, die Prognose deutlich zu verbessern. Es könnte sein, dass er schon bald danach aus dem Koma erwacht.«

Das ist gut.

Nein, das ist sehr gut.

Frau Herzog muss das wissen. Und zwar sofort. Wo um alles in der Welt steckt sie nur? Warum ist sie nicht hier?

»Seine Assistentin wird mit den Ärzten hier einen Termin vereinbaren. Er ist unglaublich gefragt, und sein Kalender ist voll«, hört er Karin sagen. »Heinrich, die Operation wird zehn Stunden dauern.«

»Zehn Stunden«, wiederholt Heinrich. »Ja. Natürlich. Es ist eine schwierige Operation. Keine Blinddarm-Entfernung. Und schließlich kann ja auch etwas schiefgehen.«

Sie sehen einander an.

»Ich we… werde dann mal zur Ka… Ka…«, beginnt Paul.

»Das brauchst du nicht. Ist alles ganz ruhig in der Kanzlei. Pettermann und Klaasen sind unterwegs. Frau Petersen kümmert sich um alles, was anfällt«, sagt Heinrich und bemerkt Karins dankbaren Blick. Sie und Paul sehen aus, als wollten sie allein sein. Zu zweit.

»Fahrt nach Hause. Das war sicher viel für euch. Ich komme später nach«, sagt Heinrich. »Ich habe noch etwas zu erledigen.«

Die beiden nicken erleichtert und wenden sich zum Gehen.

Heinrich holt tief Luft. Betrachtet seinen Sohn, wie er gemeinsam mit seiner Frau den Gang hinuntergeht. Eng nebeneinander gehen sie. Ja, diese beiden gehören wirklich zusammen.

Als sich die Aufzugtür hinter den beiden schließt, macht Heinrich sich auf den Weg. Er muss Frau Herzog finden.

Er betätigt die Klingel an der Intensivstation. Hier werden sie wissen, wo er Frau Herzog finden kann, da ist er sicher.

Eine Schwester öffnet ihm. Leider ist es nicht Schwester Natalia. Denn ihm ist nicht entgangen, welch enges Verhältnis sie zu Frau Herzog hat. Sie könnte ihm bestimmt sagen, wo die junge Frau ist, auch wenn sie meistens keinen Hehl daraus macht, was sie von ihm denkt. »Entschuldigen Sie, ist die Verlobte meines Enkels bei ihm?«, erkundigt er sich also bei der Schwester, die ihn fragend anschaut.

»Ja, wissen Sie das denn noch nicht?«, entgegnet sie bestürzt. »Sie ist vorhin mit dem Rettungswagen hier eingeliefert worden. Irgendetwas ist mit dem Baby. Sie liegt auf der Zwei.«

Heinrich starrt sie an. »Mit dem Baby. Aber …?«

Sie hebt bedauernd die Schultern. »Tut mir leid. Ich weiß auch nicht mehr. Aber Schwester Natalia ist …«

»Station zwei?«, wiederholt er brüsk.

Sie nickt erschrocken.

Er bedankt sich knapp, dreht sich um und geht den Flur entlang.

Da kein Aufzug wartet, nimmt er gleich die Treppe. Seine Schritte schallen durch das leere Treppenhaus.

Etwas ist mit dem Baby.

Mit Florians Baby.

Seinem Urenkel.

Er öffnet die Tür von Station zwei mit dem breiten Holzgriff und stößt fast sofort mit einer Schwester zusammen.

Sie lacht darüber. Und ist schon an ihm vorüber, bevor er sie fragen kann, in welchem Zimmer Marleen Herzog liegt.

Dumm. Denn nachdem sie verschwunden ist, sieht er niemanden, den er fragen könnte.

Auf einer Bank im Flur sitzt ein junges Paar, das ganz mit sich beschäftigt ist. Der Mann hält ein kleines Bündel in den Armen, das leise Geräusche von sich gibt. Beide lächeln auf diese gewisse, selige Art und Weise und schauen nicht auf, als er vorübergeht.

Aus einem Zimmer kommt eine Hochschwangere, die sich ab und zu an der Wand abstützt. Ihr Blick ist konzentriert nach innen gerichtet.

An der nächsten Tür hängt ein handbemaltes Holzschild mit der Aufschrift *Still-Zimmer*.

Eine plötzliche Befangenheit befällt ihn. Er hat das Gefühl, in eine fremde Welt einzudringen, in der er nichts verloren hat. Ob er lieber wieder gehen sollte?

Wer weiß, in welchem Zustand er Frau Herzog antrifft.

Was ist, wenn sie gar nicht bei Bewusstsein ist?

Doch ehe ihn seine Selbstzweifel ganz gefangen nehmen können, öffnet sich ein paar Meter vor ihm eine Tür, und eine Schwester tritt heraus.

Heinrich erkennt sie sofort. Und sie ihn auch.

»Oh, hallo«, sagt Schwester Natalia und schließt die Tür hinter sich.

»Mit Ihnen hatte ich hier gar nicht gerechnet«, rutscht es ihm heraus.

Sie sieht ihn auf eine merkwürdige Weise an. »Ich mit Ihnen auch nicht«, erwidert sie kühl und fügt mit einem Kopfnicken in Richtung der geschlossenen Tür hinzu: »Meine Schicht ist vorbei. Ich wollte nur mal kurz nach ihr sehen.«

»Was ist denn genau geschehen?«, erkundigt sich Heinrich.

»Nun, es waren vorzeitige Wehen. Und ihr Kreislauf hat das alles auch nicht mehr mitgemacht. Zu wenig Schlaf, zu wenig Essen. Da ist es nur eine Frage der Zeit, dass so was passiert. Sie hat jetzt ein wehenhemmendes Mittel bekommen. Es war einfach alles zu viel für sie. Da melden die Kleinen sich dann schon mal vorzeitig.«

»Wie geht es meinem Ur… dem Baby?«

»Dem Baby geht es gut«, antwortet Schwester Natalia gereizt.

»Und Frau Herzog, wie geht es ihr?«

»Warum fragen Sie sie nicht einfach selbst?«, antwortet sie angriffslustig.

»Ich will nicht stören«, entgegnet er förmlich. »Und meine beruflichen Pflichten rufen.«

»Soso, ihre beruflichen Pflichten. Und was ist mit ihren Pflichten als Urgroßvater?« Schwester Natalias Augen blitzen. »Ich versteh ja wirklich überhaupt nichts von Ihren Geschäften, aber ich versteh viel von Menschen. Und zu begreifen, dass diese junge Frau nicht weiß, wohin mit sich, dazu muss man nicht studiert haben. Keine Familie. Und jetzt auch keinen Verlobten mehr. Ich weiß jedenfalls, was ich an Ihrer Stelle täte!«

Heinrich starrt sie an. Vermutlich müsste er erbost sein. Wahrscheinlich sogar. Dass sich eine dahergelaufene Stationsschwester erdreistet, ihm Ratschläge in wichtigen Belangen des Lebens zu geben. Doch er spürt keine Wut. Nichts davon. Vielmehr bedrückt ihn das dumpfe Gefühl, dass sie recht haben könnte.

»Was würden Sie denn an meiner Stelle tun?«, fragt er also, anstatt sich ihren unverschämten Tonfall zu verbitten.

Sie zuckt mit den Achseln. »Na, das ist doch wohl klar: Was braucht das Mädchen denn wohl am meisten? Jemanden, der sich um sie kümmert! Hat sie das in der großen leeren Wohnung von ihrem Verlobten, in der sie jetzt ganz allein klarkommen muss? Nein, hat sie nicht. Was für eine Frage!«

»Moment mal!«, sagt Heinrich mit erhobener Hand. »Wie war das? Sie wohnt allein in Florians Wohnung?«

Schwester Natalia misst ihn erneut mit einem scharfen Blick. »Ach ja, richtig. Sie wissen ja nix davon. Na, jetzt wissen Sie's. Schönen Tag noch.« Sie wirft ihm einen letzten, gefährlich blitzenden Blick über die Schulter hinweg zu. Heinrich schaut ihr auch dann noch nach, als nicht mehr der kleinste Kittelzipfel zu sehen ist.

Dann wendet er sich der Tür zu.

Jetzt, wo er schon mal hier ist.

Er klopft an die Tür. Von drinnen ertönt eine erstaunlich muntere Stimme: »Herein!«

Als er mit etwas steifen Schritten den Raum betritt, sieht er als Erstes eine hochgewachsene Frau um die dreißig mit langem dunklen Haar, das sie gerade kokett aus dem Gesicht streift. Direkt neben der Tür sitzt eine ältere Frau auf der Bettkante und angelt mit den Füßen nach ihren Hausschuhen. Das mittlere Bett ist leer.

»Guten Tag, ich möchte nicht stören, aber ...«

»Herr Steinbeck!« Im hinteren Bett hebt sich ein hellblonder Kopf aus den Kissen.

Die dunkelhaarige Frau dreht sich sofort um. »Marleen, du sollst doch ...«

»Ist schon gut, Caroline. Mir geht's ja schon viel besser. Herr Steinbeck ...« Frau Herzog winkt ihn näher heran. »Hat Schwester Natalia Ihnen Bescheid gegeben? Ich hab ihr gerade noch gesagt, sie soll versuchen, etwas herauszubekommen. Sie ist wirklich ein Schatz.«

Heinrich greift nach dem Revers seines Jacketts und versucht, Frau Herzog anzusehen, ohne Notiz von ihrem spitzenbesetzten Nachthemd zu nehmen. »Ja, nun ja. Das ist sie wohl«, antwortet er. »Geht es Ihnen …«

Doch sie lässt ihn gar nicht zu Wort kommen. »Die Untersuchung. Was sagt der Arzt? Wird er operieren?«

In ihren braunen Augen liegt eine Dringlichkeit, die ihren ganzen restlichen Körper zu verzehren scheint.

Vielleicht ist es verrückt, aber er ist heilfroh, dass er nicht in Hiobs Gestalt hier erscheinen muss. Dass er ihr Gutes berichten kann, Hoffnung mit in dieses gelb gestrichene Krankenhauszimmer bringen kann.

Als er nickt und die wenigen Einzelheiten erzählt, die er selbst weiß, leuchtet das Gesicht der jungen Frau auf.

Sie greift nach der Hand ihrer Freundin, die ebenfalls lächelt, obwohl ihr die Sorge nach wie vor ins Gesicht geschrieben steht.

»Wann denn? Weiß man schon, wann?«, will Frau Herzog von ihm wissen.

Heinrich erzählt von dem übervollen Terminkalender des Spezialisten. Frau Herzog knabbert an ihrer Unterlippe und nickt.

Dann sehen sie einander wortlos an.

Heinrich blickt in das junge, weiche Gesicht mit den braunen Augen und den langen, gebogenen Wimpern. Es ist, als spiegele sich seine eigene Erleichterung über die Entscheidung des Arztes in diesem Gesicht. Genau wie seine Angst vor dem enormen Risiko, das damit einhergeht. Es ist, als würde ihm erst in diesem Moment klar, was er selber fühlt.

Schließlich räuspert sich die Freundin von Frau Herzog,

die immer noch neben ihm steht und Frau Herzogs blasse Hand in der ihren hält.

»Ich glaube, ich verschwinde mal kurz. Will euch beiden Hübschen nicht im Weg rumstehen«, sagt sie.

Frau Herzog lächelt. »Falls du am Kaffeeautomaten vorbeikommst, genehmige dir doch einen. Nachdem ich dich heut um deinen Morgenkaffee gebracht habe, musst du doch schon unter Entzugserscheinungen leiden.«

»Witzpille!«, erwidert ihre Freundin. »Ein Liter Espresso intravenös ist nichts gegen diesen Schock heute Morgen. Wenn ich jetzt noch einen Kaffee trinke, können die mich hier zur Einspeisung erneuerbarer Energien ans Stromnetz anschließen.«

Damit wendet sie sich zur Tür, zu der gerade auch die ältere Dame hinauswill, die inzwischen offensichtlich erfolgreich ihre Hausschuhe angezogen hat.

»Kommen Sie, ich helfe Ihnen«, sagt Caroline. »Sie haben da wirklich schicke Puschen, muss ich sagen. Sind mir gleich aufgefallen, als ich reinkam. Woher haben Sie die?« Sie hält die Tür auf und wartet geduldig, bis die Dame heiter plaudernd hinausgeschlurft ist.

Dann ist Heinrich mit Frau Herzog allein.

Und plötzlich weiß er nicht mehr, was er sagen könnte.

Und doch käme es ihm verkehrt vor, jetzt einfach wieder zu gehen.

Heinrich streift Frau Herzog mit einem Seitenblick, bemerkt, wie sich ihr Bauch unter der Bettdecke wölbt. Wie klein und schmal – und verlassen – sieht sie aus, wie sie da zwischen den Kissen liegt. Sie hat im Augenblick tatsächlich viel zu tragen. Die Worte von Schwester Natalia klingen wie ein Echo in seinem Kopf: ›Ich weiß jedenfalls, was ich an Ihrer Stelle täte!‹, hatte sie gesagt.

»Sagen Sie, Schwester Natalia hat da etwas angedeutet. Dass Sie allein in Florians Wohnung wohnen. Stimmt das?«, erkundigt er sich vorsichtig.

Marleen sieht ihn beinahe erschrocken an. Doch dann fängt sie sich. Ihre Hände streichen über die Bettdecke.

»Flo und ich wollten zusammenziehen. Noch bevor das Baby kommt. Und seine Wohnung ist so schön und groß. Ich stehe noch nicht im Mietvertrag. Das wollten wir alles in Ruhe regeln. Aber dann ...« Sie hebt den Kopf und sieht ihn müde an. »Ich weiß, ich hätte es Ihnen mitteilen sollen. Bitte machen Sie mir deswegen keine Vorwürfe«, sagt sie leise.

Dass sie in Erwägung zieht, dass er das tun könnte, fühlt sich an wie eine Ohrfeige. Aber wahrscheinlich hat er nichts anderes verdient. »Ich will Ihnen keine Vorwürfe machen«, entgegnet er. »Ich will Ihnen einen Vorschlag machen.«

Samstag, 8. September

MARLEEN

»Bist du wirklich sicher, dass du das machen willst?«, erkundigt sich Caroline zum wiederholten Male. In der einen Hand hält sie den Koffer mit Marleens Sachen, die andere streckt sie Marleen entgegen, um ihr von dem Krankenhausbett, auf dem sie sitzt, aufzuhelfen. Marleen ist es in den letzten drei Tagen zusehends besser gegangen. Die Medikamente haben ihre Wirkung getan, sie hatte keine Wehen mehr, und weitere Blutungen sind auch ausgeblieben. Sogar ein wenig Ruhe hat sie gefunden. Sie hat einfach nur geschlafen und gegessen, und sie hat die wirklich unterhaltsamen Bücher gelesen, die Caroline ihr mitgebracht hat. Die Ärztin hat sie beruhigt, dem Baby ginge es gut. Nur Caroline ist immer noch um sie besorgt und bewacht jeden ihrer Schritte mit Argusaugen.

»Danke, geht schon wieder«, sagt Marleen und schlüpft umständlich in ihre kurze Strickjacke. »Und: Nein, ich bin überhaupt gar nicht sicher, ob ich das machen sollte. Ehrlich gesagt, ich war noch nie so unsicher wie jetzt gerade.«

»Aber dann …«, beginnt Caroline.

Marleen unterbricht sie. »Mensch, Caro, deine Proben kommen bald in die heiße Phase. Dann musst du ständig am Theater sein. Und was ist mit dem aktuellen Stück? Nein, sei still. Denkst du, ich weiß nicht, wie schwer es ist, dort volle Leistung zu bringen und gleichzeitig bei mir Krankenschwester zu spielen? Du musst dich wieder auf deine Arbeit konzentrieren. Oder willst du dein eigenes Leben so lange auf Eis legen, bis das hier überstanden ist? Ich weiß dein Angebot wirklich zu schätzen, ehrlich. Aber es hat doch keinen Sinn, bei dir zu wohnen, wenn du nie zu Hause bist. Dann kann ich auch in Flos Wohnung bleiben.«

»Aber du sollst nicht allein sein, sagt die Ärztin.«

»Eben. Also ist das hier vielleicht eine total verrückte Idee, aber gleichzeitig auch die vernünftigste«, argumentiert Marleen und blickt in das unglückliche Gesicht ihrer Freundin.

»Was ist denn?«, fragt Marleen und nimmt ihre freie Hand.

»Ach, ich muss immer an diesen Film denken«, sagt Caroline zerknirscht. »In dem die junge Frau sich mit den unbekannten Nachbarn einlässt. Und dann nehmen sie ihr das Baby weg, und es hat so schreckliche, rote Schlitzaugen, weil der Teufel …«

»Du guckst zu viele Horrorstreifen!«, unterbricht Marleen sie. »Ich verspreche dir: So schlimm wird es ganz sicher nicht!«

Als sie eine halbe Stunde später aus dem Taxi steigen und durch das schmiedeeiserne Tor auf die Villa zugehen, ist sie sich allerdings nicht mehr so sicher, ob das wirklich stimmt.

War es wirklich eine gute Idee, auf Heinrich Steinbecks Vorschlag einzugehen? Er hatte ihr angeboten, hier so lange zu wohnen, bis sich ihre Lage wieder ganz stabilisiert hätte.

Jetzt jedenfalls steht sie hier. Und das große weiße Haus,

das sie bei ihrem ersten Besuch so beeindruckt hat, scheint heute ungnädig auf sie hinabzublicken. Vielleicht liegt das ja auch am Wetter. Der Sommer legt momentan eine Pause ein und schickt ihnen heute immer wieder Regenschauer, auch jetzt schlägt Marleen der Regen unangenehm kühl ins Gesicht.

Auf dem Kies vor dem Haus parkt ein großer BMW, hinter dessen Steuer ein junger Mann im Anzug sitzt, der in einer übers Lenkrad gelegten Zeitung liest. Als sie vorbeigehen, schaut er auf und grüßt höflich. Sogar durch die leicht getönte Scheibe kann Marleen den fragenden Ausdruck in seinem Gesicht erkennen.

»Der Chauffeur?«, raunt Caroline ihr plötzlich zu und kichert nervös. Dann wirft sie ihre langen dunklen Haare über die Schulter zurück und riskiert noch einen weiteren Blick. »Wow. Ist das ein süßer Typ. Also den würde ich ganz sicher nicht hier draußen versauern lassen. Bei mir wäre er Privatsekretär, mit stündlichem Diktat.« Sie grinst.

Als auch Marleen neugierig hinüberblickt, vergräbt der junge Mann seine Nase tief in der Zeitung. Er sieht in der Tat gut aus, da muss sie Caroline recht geben. Ein amüsiertes Grinsen umspielt seine Lippen, denn wenn sie nicht alles täuscht, steht das Fenster des Wagens einen Spalt breit auf, und er wird wohl mitbekommen haben, was Caroline gesagt hat.

Und die ist sich des attraktiven Betrachters im Rücken sehr wohl bewusst, so wie sie gerade in feinster Schauspielerinnenmanier neben Marleen die große Außentreppe hinaufstolziert.

»Was haben denn Flos Eltern dazu gesagt?«, wispert

Caroline, als sie vor der weißen Holztür mit dem fein geschliffenen Glas ankommen.

»Weiß ich nicht«, gibt Marleen leise zurück und drückt auf den Klingelknopf, der in die Hauswand eingelassen ist.

Tief drinnen im Haus ertönt eine melodische Glocke.

»Ich war mir nicht sicher, ob ich danach fragen sollte. Diese Familie ist so … anders. Da weiß ich oft nicht, worüber ich sprechen darf und worüber nicht. Ich meine, ich dachte ja auch, sie sind wütend wegen der Wohnung. Und stattdessen …«

Von drinnen nähern sich Schritte, und kurz darauf ist durch das Milchglas der Haustür ein Schatten zu sehen. Die Tür wird geöffnet, und Heinrich Steinbeck höchstpersönlich erscheint im verglasten Windfang.

»Ganz schön groß für einen Opa«, raunt Caroline ihr noch schnell zu.

»Pssst!«, macht Marleen und unterdrückt ein nervöses Kichern.

Flos Großvater wirkt wieder wie aus dem Ei gepellt. Seine körperliche Größe wird durch den tadellos sitzenden Anzug und die aufrechte Haltung noch unterstrichen.

»Willkommen«, sagt er und reicht sowohl Marleen als auch Caroline die Hand. »Sie sind ja überpünktlich.«

»Sagen Sie es ruhig«, erwidert Marleen möglichst ungezwungen. »Wir sind zu früh.«

»Vielleicht, was die Uhrzeit betrifft. Aber nicht für mich«, antwortet Herr Steinbeck. »Ich bin der Zeit immer einen Schritt voraus. Ihr Zimmer ist natürlich schon fertig.«

Er schließt die Tür hinter ihnen. Als Marleen einen amüsierten Blick mit Caroline wechseln will, bemerkt sie, dass die von dem Anblick, der sich ihr bietet, vollkommen gefangen ist.

Von der imposanten, hellen Eingangshalle mit dem verglasten Dach und dem schwarz-weiß gefliesten Boden fällt der Blick rechts durch eine große Tür ins Wohnzimmer, in dem neulich das Abendessen stattgefunden hat. Durch den großen Raum hindurch blickt man auf die geöffnete Terrassentür, hinaus auf den großzügig angelegten Garten bis hinunter ans Wasser.

»Alter Schwede!«, murmelt Caroline, während sie sich staunend umschaut.

Heinrich Steinbeck sieht sie mit einem schiefen Lächeln an, als sei er sich nicht sicher, was er darauf erwidern soll.

»Die untere Etage wird von meinem Sohn und seiner Frau bewohnt. Sie sind beide unterwegs. Aber ich darf Ihnen Frau Dierksen vorstellen?«

In der Tür, die offensichtlich zur Küche führt, ist eine Frau um die fünfzig erschienen. Ihr gepflegtes Äußeres wird durch die piekfeine, saubere Kochschürze, die sie trägt, betont. Frau Dierksen macht den Eindruck, als könne sie problemlos ein Fünf-Gänge-Menü kochen, ohne dass sich auch nur ein einziger Klecks darauf verirrt.

»Natürlich, wir haben uns neulich Abend schon gesehen«, sagt Marleen und reicht ihr die Hand.

Frau Dierksen lächelt sie ein wenig verlegen an. Klar. Wie soll sie auch mit einer Fremden umgehen, die schon mal rausgeworfen wurde und jetzt vorübergehend hier wohnen soll? In einem Haus, in dem offenbar ein strenger Verhaltenskodex herrscht, muss das ja alle völlig durcheinanderbringen.

»Ich bin montags bis freitags von acht bis fünf hier im Haus«, erläutert die Haushälterin. »Wenn Sie also irgendetwas wünschen sollten, ich bin immer irgendwo zu finden. Und … Sie können mich gern Stella nennen.«

»Wie schön! Flo hat auch nie anders von ihnen gesprochen. Und er hat mir oft von Ihnen erzählt, Stella«, sagt Marleen. »Er hat von ihrem sensationellen Pannfisch geschwärmt. Den haben wir einfach nie so hinbekommen, wie Sie ihn immer gemacht haben.«

Stella streicht sich mit den Fingerspitzen durch den Nacken, als würde ihre perfekte Frisur nicht richtig sitzen.

»Ja, richtig, den mochte er immer besonders gern«, sagt sie mit belegter Stimme.

»Mag«, korrigiert Marleen sie sanft. »Er mag ihn besonders gern. Und ich wette, das wird einer seiner ersten Wünsche sein, wenn er erst wieder richtig essen kann.«

Da lächelt Stella und blinzelt eine Träne weg. »Ich zeige Ihnen gern, wie es geht.«

»Wunderbar!«, erwidert Marleen, überwältigt von der Erkenntnis, dass es natürlich noch viel mehr Menschen geben muss, die Flo lieben und vermissen.

Stella und sie schauen einander einen Moment lang an. Sie sind sich einig, das ist ganz klar.

»Das Gästezimmer befindet sich oben, die Treppe hinauf. Das wird doch hoffentlich gehen?«, fragt Flos Großvater mit einem Blick auf Marleens Körpermitte.

Sie nickt rasch.

»Gut, dann … Wollen Sie es sich ansehen? Ich darf vorgehen?« Er wendet sich bereits um und sieht nicht mehr, dass Stella ihr aufmunternd zunickt.

Caroline stupst Marleen kurz in die Seite, und dann folgen sie Flos Großvater die breite, mit dickem Teppich ausgelegte Treppe hinauf. Marleen betrachtet die Bügelfalten in seinen Anzughosen. Geht er wohl immer so steif? Oder ist er womöglich ebenso nervös wie sie?

Irgendwie wird sie aus diesem Mann nicht schlau. Seine Strenge und seine verknöcherten Ansichten machen ihn nicht gerade sympathisch. Aber dann ist sie immer wieder völlig überrascht von ihm. Bietet ihr an, am Arztgespräch mit Dr. Ulmer teilzunehmen. Bittet sie um ihre Meinung zu dem amerikanischen Spezialisten. Und nun das Angebot, für ein paar Tage hier zu wohnen, bis es ihr wieder richtig gut geht.

Caroline glaubt ja immer noch, dass er sie auf diese Weise nur besser unter Kontrolle bekommen will. Sie und seinen Urenkel. Mit diesem Horrorfilm-Szenario übertreibt sie natürlich unglaublich. Aber ganz geheuer ist auch Marleen sein Verhalten nicht.

Ein herzlicher Empfang, so wie ihn ihre Eltern ihr bereitet hätten, ist dies hier ganz bestimmt nicht. Sie hat sich ihre Entscheidung wirklich nicht einfach gemacht, aber sie muss immer noch zugeben, dass diese Lösung im Moment einfach die beste ist. Die Ärzte haben sie gewarnt, in ihrer Situation allein zu bleiben. Und tatsächlich kann sie sich im Moment nichts weniger vorstellen, als in die Wohnung in der Susettenstraße zurückzukehren.

Heinrich Steinbeck führt sie in der ersten Etage über einen Flur, von dem ein weiterer kleiner Flur abgeht. Dort öffnet er eine Tür und lässt Marleen den Vortritt. Caroline schiebt sie sanft von hinten, und Marleen betritt den Raum.

Das Zimmer ist ein bisschen altmodisch, aber geschmackvoll eingerichtet. Die Wände sind mit einer hellgrünen Stofftapete bespannt, über die sich ein zartes Muster aus Wein und Efeu rankt.

Das große Bett sieht aus, als sei es aus Kirschholz, genauso wie der massive Kleiderschrank, die dazu passende Kommode und der kleine Sekretär. Außerdem gibt es ein gut bestücktes Bücherregal und eine Art antiken Schminktisch mit einem großen, ovalen Spiegel, vor dem eine Vase mit einem herrlich bunten Blumenstrauß steht.

Trotz der Holzmöbel ist es strahlend hell im Zimmer, da an der Längsseite drei große Sprossenfenster den Blick in den Garten und auf die Alster freigeben. Eine gewaltige Kastanie, die neben dem Haus steht, streckt ein paar Zweige ins Blickfeld. Und vor dem Fenster lädt ein gemütlich wirkender Ohrensessel zum Lesen oder einfach nur zum Hinausschauen ein.

»Es gibt hier keinen Fernseher. Aber natürlich können Sie den in meinem Wohnzimmer benutzen. Ich sehe dort eigentlich nur die Abendnachrichten. Es ist der Raum gleich neben der Treppe«, erklärt Flos Großvater, der ihr sprachloses Staunen offenbar missdeutet.

Caroline, die sich mit offenem Mund umgeschaut hat, steuert inzwischen direkt auf die schmale Tür zu, die sich dem Bett gegenüber befindet.

»Heidewitzka, ich werd bekloppt!«, quietscht sie, als sie ins angrenzende Bad stolpert. »Hier ist ja alles aus Marmor!«

»Meinen Sie, es wird für die paar Tage gehen?«, erkundigt Herr Steinbeck sich etwas hölzern bei Marleen, und dreht sich mit erstauntem Blick zum Bad um, aus dem das eifrige Klappern von Schranktüren zu hören ist.

»Ganz sicher«, antwortet Marleen.

Er nickt einmal kurz und verschränkt die Finger ineinander.

»Ich bin nicht besonders geübt darin, einen Gast zu beherbergen«, sagt er. »Meine Frau konnte das wunderbar. Aber ich habe da wenig Erfahrung. Wenn Ihnen also irgendetwas fehlt ...«

Wie kann jemand etwas so Nettes sagen und gleichzeitig aussehen, als hätte er einen Stock verschluckt? Er schaut Marleen auffordernd an.

»Alles bestens!«, beeilt sie sich zu sagen.

Und wieder antwortet der alte Mann mit diesem Nicken und der undurchdringlichen Miene.

»Dann lasse ich Sie jetzt mal in Ruhe auspacken. Frau Dierksen zeigt Ihnen gleich die Küche, wenn Sie möchten. Dann können Sie sich dort jederzeit auch gern selbst bedienen.« Mit wenigen Schritten ist er an der Tür.

»Ich werde später ein wenig Tennis spielen, aber ansonsten bin ich heute zu Hause. Wir sehen uns bestimmt noch«, sagt er, während seine Hand bereits auf der Klinke liegt.

»Danke«, sagt Marleen.

Einen Moment lang scheint es so, als wolle er noch etwas sagen. Doch dann senkt er den Blick wieder, nickt und schließt leise die Tür hinter sich.

März 1962

HEINRICH

Es war an einem klaren Frühlingstag. Die Luft war reingewaschen vom Regen. Der Himmel strahlte wolkenlos blau. Das Licht so verheißungsvoll, als warteten die wunderbarsten Überraschungen auf einen jeden von ihnen.

In der Kanzlei war ein ruhiger Tag. Da machte es nichts aus, dass er ein wenig früher nach Hause ging.

Sebastian, der alte Fahrer seines Vaters, wartete vor der Tür und hielt ihm den Wagenschlag auf.

Heinrich genoss die Fahrt zur Villa. Er hatte das Haus erst im letzten Jahr sehr günstig erstanden. Ein wunderschöner Sitz für die Familie mit ausreichend Platz.

Sie würden die oberste Etage ausbauen. Raum schaffen für ein großes, helles Spielzimmer. Paul würde begeistert sein.

Als sie in die Straße einbogen, sah Heinrich kurz auf die Uhr. Helene musste inzwischen vom Arzt zurück sein.

Es war ihr gar nicht gut gegangen in den letzten Wochen.

Heinrich hatte sich große Sorgen gemacht. Diese Übelkeit, ihre matte Stimme und die dunklen Ringe unter ihren Augen. Innerhalb kürzester Zeit hatte Sie etliche Kilo verloren. Und das, wo sie sowieso schon so zart war.

Doch dass sie jetzt, nach zehn Jahren, ihr zweites Kind erwartete, darauf waren sie nicht gekommen. Als sie ihm ihre Vermutung mitgeteilt hatte, hatte er es erst nicht glauben können.

Auch der Arzt hatte noch nichts Genaues sagen können. Offenbar war es für eine solche Aussage noch zu früh. Aber er hatte Helene Blut abgenommen und gesagt, dass daran schon viel zu erkennen sein würde.

Heinrich lächelte. Nachdem es jahrelang nicht geklappt hatte, hatten sie die Hoffnung schon aufgegeben. Sie hatten Paul. Und der Junge machte sich prächtig. Sprach jetzt schon davon, einmal zu studieren. Im Sommer würde er aufs Gymnasium gehen. Und sich womöglich auf ein Brüderchen oder Schwesterchen freuen können.

Beschwingt stieg Heinrich aus und lief eilig die ausladende Außentreppe hinauf. Auch Pauls Fahrrad lehnte schon an der Hauswand. Der Schlingel. Wusste doch genau, dass er das Rad um die Ecke in den Schuppen bringen sollte.

Als Heinrich die alte Haustür mit dem Milchglaseinsatz aufschloss, konnte er bereits die helle Stimme seines Sohnes aus der Küche hören.

Er diskutierte mit Frau Prasse, der Haushaltskraft. Wahrscheinlich ging es um ein paar Schokoladenkekse außerhalb der Mahlzeiten. Mit seinem Charme konnte er da fast alles erreichen. Jedes Mal wickelte er Frau Prasse um den kleinen Finger.

Die Tür zum Wohnzimmer stand einen Spalt auf. Gedämpft waren auch von hier Stimmen zu hören.

Heinrich zog seinen Mantel aus, stellte die Aktentasche neben der Garderobe ab und ging hinein.

Erst im Nachhinein wurde ihm bewusst, dass er mit strahlenden Gesichtern gerechnet hatte. Wenn seine Mutter und Helene hier zusammen saßen, nach einem solchen Arzttermin, würde er doch sicher mit Lachen und verschmitztem

Blinzeln rechnen können. Doch als er eintrat, sahen ihn beide mit diesem stumpfen Ausdruck an, der ihn wie ein Faustschlag in die Magengrube traf.

Er kannte diesen Ausdruck. Diese unbewegten Mienen. Er war im Krieg aufgewachsen und hatte viele Male in das Gesicht der Hoffnungslosigkeit geblickt.

Wenn Nachbarn ausgebombt worden waren. Wenn Mütter oder Kinder unter den Trümmern begraben lagen oder Väter nicht wieder nach Hause kamen. Dieses Dumpfe, Trübe, das aus den Augen derer sprach, die zurückblieben.

Das alles schoss ihm in dem kurzen Moment, in dem sie einander ansahen, durch den Kopf. Dann erhob sich Helene vom Sofa, wo sie zusammengesunken gesessen hatte, kam zu ihm hinüber und umarmte ihn.

Diese stille Geste des Trostes versetzte ihn in geradezu panische Angst.

Wer konnte es sein?

Vater war noch in der Kanzlei. Sie hatten sich gerade noch verabschiedet. Paul war in der Küche.

Wer?

Doch dann sah er über Helenes leise zitternde Schulter hinweg in das Gesicht seiner Mutter. Ihre bebenden Lippen. Die mit Tränen gefüllten Augen. Und er spürte noch das andere in Helenes fester Umarmung. Neben dem Trost für ihn war da noch etwas anderes. Angst.

Es war nicht das lang ersehnte zweite Kind.

Es war Krebs.

In einem so fortgeschrittenen Stadium, dass die Ärzte nur wortlos die Schultern heben konnten.

Es war die Rede vom Sommer.

Dann vom Frühjahr.

Aber in Wahrheit waren es nur wenige Wochen.

Im Krankenhaus tat man das Möglichste für sie. Aber es war nicht genug. Konnte nie genug sein.

Heinrich hätte sein ganzes Vermögen, die Kanzlei, ja, sein Leben geboten. Aber er wusste nicht, wem.

Paul zog sich in sich selbst zurück. Manchmal sprach er tagelang kein Wort, ging wie ein kleiner Schatten zur Schule und nachmittags ins Krankenhaus.

Wenn er bei ihr war, blühte sie auf, lachte unter Schmerzen und machte Scherze mit ihm. Doch aus Pauls kindlicher Miene war die Unbeschwertheit gewichen, die ihm immer zu eigen gewesen war.

Heinrich sah es mit an. Und empfand seine eigene Hilflosigkeit als schlimmstes Versagen.

Genau das hatte er doch immer verhindern wollen.

Helene und er kannten sich seit ihrer Kindheit. Es war eine Jugendliebe gewesen, die immer noch Bestand hatte. So sehr Bestand hatte.

Heinrich hatte sie und ihren gemeinsamen Sohn beschützen wollen. Vor allen Schmerzen und aller Angst. Damit sie ein glückliches, langes Leben miteinander haben konnten.

Und nun wurde Helene vor seinen Augen immer durchscheinender und glitt nach und nach hinüber, in eine andere Welt, zu der er keinen Zutritt hatte.

Und Paul wurde zu einer harten kleinen Kugel, ohne jede Verbindung zur Außenwelt.

Als klar war, dass es zu Ende gehen würde, holte Heinrich sie nach Hause. Sie wünschte sich nichts sehnlicher als ihre gewohnte Umgebung. Als könnte das alles wettmachen.

Die Fahrer des Krankenwagens trugen sie auf der Trage durch die Eingangshalle. Sie lächelte: »Unter Palmen!«, und griff schwach nach einem herabhängenden Wedel.

Nur drei Tage später war sie tot.

Wenn Heinrich vorher schon geglaubt hatte, durch die Hölle zu wanken, wurde ihm jetzt klar, dass es noch Furchtbareres gab. Sie nicht mehr zu sehen, nicht mehr mit ihr reden zu können war mehr, als er glaubte verkraften zu können. Auch nur den alltäglichen Verrichtungen nachzugehen, schien ihm grausam.

Er betrachtete seinen Sohn, der wie ein Uhrwerk funktionierte und jeden Tag pünktlich in die Schule ging, mit Befremden. Abends weinte Paul oft, nachdem Frau Prasse ihn ins Bett gebracht hatte. Heinrich konnte ihn durch die Wand hindurch hören und fühlte sich so hilflos wie noch nie in seinem Leben.

Wie hätte er einen zehnjährigen Jungen trösten können, der gerade seine wunderbare, liebevolle Mutter verloren hatte? Wie denn, wenn er sich selbst nicht trösten konnte?

Nachdem Heinrich der Kanzlei bereits drei Wochen lang ferngeblieben war, stand eines Morgens sein Vater in der Tür.

Sie kannten einander gut. Hatten Seite an Seite nach dem Krieg die Kanzlei wieder aufgebaut. Arbeiteten seit Heinrichs Examen gemeinsam. Doch jetzt standen sie einander gegenüber wie in einem Duell.

»Nimm dich zusammen!«, sagte sein Vater zu ihm. »Du hilfst weder dir selbst noch dem Jungen, wenn du dich so hängen lässt. Sei froh, dass du die Arbeit hast. Das wird dich ablenken. Und ich brauche dich im Büro. Ich erwarte, dass du ab morgen wieder erscheinst.«

Heinrich war zu willenlos gewesen, um es nicht zu tun.

Und nach dem ersten, langen Tag im Büro spürte er, dass es tatsächlich ein wenig half. Als würde die Beschäftigung mit ganz anderen Problemen und Herausforderungen ihm ein wenig Abstand verschaffen zu dem, was ihn zu Hause erwartete: Leere.

Also stürzte er sich in die Arbeit. Es gab viel zu tun. Und nun, wo die Kanzlei zum Dreh- und Angelpunkt in Heinrichs Leben wurde, er sich mit nie da gewesener, penibelster Sorgfalt den Geschäften widmete, strömten die Mandanten nur so in ihre Kanzlei.

Immer öfter verbrachte Heinrich nicht nur den Tag, sondern auch ganze Abende dort.

Seine Sekretärin beschwerte sich mehrmals. Er warf sie hinaus. Suchte eine neue, die sich ebenfalls beschwerte. Auch sie musste gehen. Bis er eine Kraft gefunden hatte, die die immerhin gut bezahlten Überstunden klaglos ertrug. Manchmal glaubte er sogar, dass auch sie froh war um die Zeit, die sie nicht daheim verbringen musste. Aber er fragte sie nie danach. Die Monate vergingen mit ungezählten Mandaten.

Kurz vor den Sommerferien bat Pauls Lehrerin ihn zu sich.

Es tue ihr sehr leid, aber sie müsse ihm leider mitteilen, dass Pauls Leistungen in der Schule stark nachgelassen hätten. Dass seine Empfehlung fürs Gymnasium in Gefahr sei.

Nach dem Abendessen nahm Heinrich seinen Sohn zur Seite und erzählte ihm, was seine Lehrerin gesagt hatte.

»Du siehst doch ein, dass du dich wieder mehr anstrengen musst, Paul?«, sagte er.

Der Junge sah ihn stumm an.

»Nun sei nicht dickköpfig!«, brummte Heinrich. »Ich meine es doch nur gut mit dir. Schließlich willst du doch auch Patentanwalt werden, so wie Großvater und ich. Oder?«

Paul biss sich auf die Lippe.

»Daher habe ich beschlossen, dass du ein paar Wochen lang Nachhilfe bekommen wirst. Du wirst sehen, dann kommt alles wieder ins Reine. Du wirst dich doch anstrengen, ja?«

Diesmal nickte Paul, mit gesenktem Kopf. »Ich w… werde es ver… versuchen, Papa.«

»Na, na, du wirst doch jetzt wohl nicht anfangen zu stottern, nicht wahr?!«, sagte Heinrich.

Er sah seinem Sohn hinterher, der sich umdrehte und mit hängenden Schultern in seinem Zimmer verschwand. Der Anblick dieser kleinen, gebrochenen Gestalt schnürte ihm die Kehle zu.

Es war nicht so, dass er nicht schon alle gefragt hätte, die sich mit Heranwachsenden auskannten. Doch niemand hatte einen wirklich guten Rat zur Hand. Niemand wusste, wie er Paul hätte wirklich helfen können. Niemand war wie Helene, die für alle Fragen, die ihren Sohn betrafen, ein natürliches, untrügliches Gespür hatte. Helene, die nicht mehr da war.

»Gib ihm Zeit!«, sagte man ihm.

Doch das schien Heinrich sehr wenig zu sein, was er tun konnte.

Nachdem er minutenlang auf die geschlossene Tür des Kinderzimmers gestarrt hatte, wandte er sich zum Wohnzimmer um. Doch dort wartete nichts auf ihn. Und niemand.

Verloren stand er einen Augenblick da.

Dann griff er nach der Aktentasche, in der er wohlweislich ein paar Unterlagen aus der Kanzlei mitgebracht hatte. Er würde noch für eine Weile ins Arbeitszimmer gehen und daran arbeiten. Vielleicht würde es ihm danach etwas besser gehen.

Sonntag, 9. September

MARLEEN

Das Haus ist still.

Es ist eine Stille, die an Marleens Nerven zerrt.

Sie liegt auf dem Bett und versucht bereits seit etlichen Minuten, eine weitere Seite in ihrem Buch zu lesen. Hin und wieder hebt sie den Blick und sieht sich um in diesem Raum, der so elegant und freundlich eingerichtet – und doch einfach nicht der ihre ist.

Gestern hatte sie es sich fast den ganzen Tag in dem hübschen Ohrensessel am Fenster bequem gemacht und aus dem Fenster geschaut. Manchmal stand sie vorsichtig auf und lief ein wenig im Zimmer herum. Karin schaute mehrmals zu ihr herein und brachte ihr auf einem Tablett kalte Getränke, Tee und hübsch arrangierte Speisen. Und sie erzählte von ihrem Besuch bei Flo, dessen Zustand nach wie vor unverändert war. Höflich war sie gewesen. Höflich, wie man es eben zu einem vorübergehend anwesenden Gast ist.

Auch Paul stattete ihr einen förmlich wirkenden Besuch ab. Etwas hilflos mit einer großen Pralinenschachtel bewaffnet, die er lange in der Hand hielt, während er sich bei Marleen nach ihrem Befinden erkundigte.

Nur Heinrich Steinbeck ließ sich nicht mehr bei ihr blicken, seit er sie gestern begrüßt hatte. Gefrühstückt hatte er heute

Morgen offenbar schon lange, bevor sie die Treppe hinunterkam.

Zum Mittagessen, das Marleen mit Karin und Paul in der geräumigen Küche einnahm, war das Familienoberhaupt ebenfalls nicht erschienen.

»Er ist im K… Krankenhaus«, erklärte ihr Paul mit einem entschuldigenden Lächeln.

»Wir würden ihn dort nachher gern ablösen. Wäre es in Ordnung, wenn Sie für kurze Zeit allein hier sind?«, fragte Karin.

Marleen hatte sofort genickt. »Natürlich. Ich fühle mich gut. Bleiben Sie nur so lange Sie möchten. Und … sagen Sie Flo, dass ich morgen auch wieder bei ihm sein werde.«

Inzwischen sind sie schon seit einer guten Stunde fort.

Marleen lauscht auf die Geräusche des Hauses und wartet.

Worauf eigentlich?

Selbst wenn Flos Großvater zurückkommt, wird er sich wahrscheinlich einfach in sein Arbeitszimmer zurückziehen. Was für ein seltsamer Mensch er doch ist.

Als er sie gestern die Treppe hinaufführte, hatte er kurz zum Ende des langen Flures hinübergezeigt. »Durch die Tür ganz hinten kommen Sie in die obere Etage, die früher Florian bewohnt hat. Sie können sich gern dort umsehen.«

Da lädt er sie hierher ein, und dann lässt er sich nicht ein einziges Mal bei ihr blicken. Als wollte er sie tatsächlich nur in sicherer Verwahrung wissen.

Marleen seufzt und legt ihr Buch zur Seite. Darauf wird sie sich jetzt sowieso nicht konzentrieren können.

Was würde sie darum geben, wenn sie ganz einfach auch zur Klinik fahren und bei Flo sein könnte! Aber noch heute

Morgen hatte sie Flos Eltern beim Frühstück versprochen, sich zumindest noch einen Tag lang richtig zu schonen.

Die Sehnsucht nach Flo überwältigt sie wie eine unerwartet herandonnernde Welle. So heftig vermisst sie ihn plötzlich, dass Tränen in ihre brennenden Augen schießen und ihr ein leiser Schluchzer entfährt.

»Viel Ruhe!«, hatte die Ärztin ihr für das Wochenende verordnet. »Und tun Sie sich etwas Gutes! Etwas, das Ihnen wirklich Freude macht.«

Bei Flo sein, denkt Marleen, das ist alles, was ich will.

Aber schmerzhaft ist ihr auch bewusst, dass sie im Moment nicht einfach stundenlang still an seinem Bett sitzen möchte. Sie will ihn wirklich spüren! Sie möchte seine Stimme, sein Lachen hören, seine gerunzelte Stirn betrachten und seine zärtlichen Hände in den ihren spüren.

Mühsam wälzt sie sich zur Bettkante und steht vorsichtig auf, legt eine Hand auf ihren Bauch. Seit diesem schrecklichen Erlebnis in der letzten Woche ist die Sorge um ihr Baby ihr ständiger Begleiter. Doch im Moment ist alles ruhig. Vielleicht schläft das Kleine.

Über den dicken Teppich geht Marleen beinahe geräuschlos den Flur entlang bis zur hinteren Tür. Die Treppe hinauf ist wesentlich schmaler als die in den ersten Stock. Und dann steht Marleen plötzlich mitten in Flos ehemaligem Refugium.

Die kleine Wohnung besteht aus einer winzigen Kochnische, dem gegenüberliegendem Bad und einem einzigen großen Raum, in den durch große Erkerfenster strahlend hell das Mittagslicht fällt.

Langsam geht Marleen durch den Raum. Sie betrachtet die Möbel und die Bilder an den Wänden. Alles ist makellos sauber, als würde der ehemalige Bewohner jeden Moment zurückerwartet.

Sie lauscht. Sie schnuppert. Sie sieht in alle Winkel.

Doch diese Räume sind ein Relikt aus einer anderen Zeit. Sie gehören nicht mehr zu Flo, wie er heute ist. Eine dumpfe Enttäuschung ergreift von ihr Besitz. Hier findet sie ihn nicht.

Als sie sich bereits wieder müde zur Tür wendet, fällt ihr Blick auf ein kleines Holzregal, das dort an der Wand steht. Alt und irgendwie fremd wirkt es, so abgenutzt und beinahe schäbig sieht es aus. Und in diesem Regal stehen, Seite an Seite, Dutzende von Kinderbüchern.

»Sag bloß, du kennst Sir Oblong-Fitz-Oblong nicht?«, hört sie da plötzlich wieder Flos Stimme.

Es war an ihrem ersten gemeinsamen Abend in Marleens Häuschen in Fleckeby an der Schlei.

»Du hast nie *Der kleine dicke Ritter* gelesen? In was für eine Kulturbanausin hab ich mich da verliebt?! Er war mein Held!«

Und dann erzählte er ihr von seinen Büchern. Von dem kleinen, dicken Ritter, der auszog, einen Drachen zu töten, und feststellen musste, dass dieser Drache in Wahrheit ein sehr netter Kerl war. Von Geheimagent Lennet, mit dem er Dutzende von gefährlichen Abenteuern bestanden hatte. Von dem Löwen, der aus dem Zoo ausbrach, um in einem Waschzuber nach Afrika zu segeln …

Egal, welchen dieser alten, zerknickten Buchrücken Marleen jetzt mit zitternden Fingern berührt, jedes Mal hört sie Flos Stimme. Sie sieht ihn vor dem kleinen Kaminofen sitzen und mit leuchtenden Augen erzählen.

Und da, mit einem Schlag, ist ihr plötzlich klar, wo sie ihn finden kann.

Sie nimmt drei, vier Bücher aus dem kleinen Regal, drückt sie fest an ihre Brust und eilt, so schnell es ihr möglich ist, die Treppe hinunter und in ihr Zimmer.

Dort reißt sie den Schrank auf, zerrt ihre Tasche heraus und stopft ihre Sachen hinein. Aus dem Bad holt sie das Nötigste und wirft es ebenfalls in die Tasche. Dann schreibt sie rasch ein paar Zeilen auf den kleinen Notizblock neben ihrem Bett und lässt ihn einfach dort liegen.

In dem Moment, in dem sie gerade wieder auf den Flur hinaustreten will, ertönt das melodische Läuten der Türglocke.

Marleen hält inne. Wer kann das sein?

Im Haus rührt sich nichts. Stella hat am Wochenende frei. Und offenbar ist Heinrich Steinbeck auch während Marleens kurzem Ausflug in die obere Etage nicht heimgekommen. Es läutet erneut.

Die Tasche in der Hand geht Marleen hinunter und auf die zweiflügelige Eingangstür zu. Davor steht Caroline und grinst ihr durch das Glas des Windfangs entgegen.

»Dich schickt der Himmel!«, sagt Marleen und greift nach dem Arm der Freundin.

»Was ist denn los?«, erkundigt sich Caroline erschrocken mit einem Blick auf die Reisetasche.

»Ich muss hier weg!«, stößt Marleen hervor.

Caroline betrachtet sie besorgt. »Geht's dir nicht gut? Sollen wir in die Klinik fahren? Du hast doch nicht etwa wieder Schmerzen?«

»Nein, nein, alles okay. Ich muss nur … Ach, verdammt!«

Marleen spürt, wie sich ihre Augen wieder mit Tränen füllen.

»Au Scheiße! Hatte ich etwa doch recht? Machen die hier komische Sachen mit dir und dem Baby?«, haucht Caroline entsetzt.

Marleen zwingt sich zu einem Lächeln. »Nein, nein. Es ist wirklich alles in Ordnung. Ich halte es nur einfach nicht mehr aus. Ich möchte weg!«

Caroline blinzelt kurz, sie hat bereits umgeschaltet. »Alles klar«, sagt sie. »Wohin geht's denn?«

»Zu meinem Häuschen«, antwortet Marleen, ohne zu zögern. »Nach Fleckeby.«

Caroline nickt. Auch sie ist schon oft dort gewesen, hat Marleen damals beim Renovieren und Einrichten geholfen. Und sie weiß, wie viel dieser besondere Ort Marleen und Flo bedeutet – dieses kleine, von wildem Wein bewachsene Häuschen, das Marleen von dem Erbe ihrer Eltern erstanden hatte.

»Und was sagt die Sippschaft dazu?«, flüstert sie mit einem raschen Kopfnicken in Richtung Eingangshalle.

Marleen schaut sich reflexartig um. Doch dann erwidert sie: »Es ist niemand hier. Also kann ich niemanden danach fragen.«

Caroline blickt die Auffahrt hinunter zu den Garagenhäusern.

»Bist du sicher, dass keiner da ist?«, fragt sie. »Dieser schnuckelige Typ wurschtelt nämlich da drüben an dem großen Auto rum. Ich dachte, wenn der Chauffeur hier ist, wird doch auch der Chef da sein?«

Einen kurzen Moment lang zögert Marleen. Doch dann

schüttelt sie den Kopf. »Nein. So wie ich Flos Eltern verstanden habe, ist er heute Morgen wohl zu Fuß losgegangen, einen Spaziergang machen. Danach wollte er zur Klinik.«

»Okay.« Caroline zuckt mit den Achseln. »Dann würd ich sagen, los geht's. Hast du alles, was du brauchst? Prima. Wir nehmen den Bus zu mir, und ich klopf bei Alexandra an, ob sie uns ihr Auto leiht.«

Marleen verspürt eine grenzenlose Erleichterung. Caroline wird das schon hinbekommen. Sie könnten dann schon in zwei oder drei Stunden im Häuschen an der Schlei sein. Das Auto ihrer netten Nachbarin hat Caroline sich schon öfter ausleihen dürfen. Wie wunderbar, dass sie gerade jetzt hier vorbeigekommen ist. Marleen zieht die Haustür hinter sich zu und wendet sich zum Gehen. Caroline nimmt ihr die Tasche ab und legt den anderen Arm fürsorglich um ihre Schulter. So gehen sie langsam die Stufen hinab und über den Kiesplatz vor dem Haus.

Erst jetzt bemerken sie, dass drüben vor den Garagen eine schlanke Gestalt steht und zu ihnen herüberschaut.

»Achtung! Sahneschnittchenalarm!«, murmelt Caroline.

Es ist Heinrich Steinbecks Chauffeur.

Während sie auf ihn zugehen, kann Marleen sehen, wie er mit sich kämpft. Natürlich möchte er den Besuch seines Arbeitgebers nicht unhöflich anstarren. Andererseits, das hat Marleen ziemlich deutlich im Gefühl, fällt es ihm schwer, seinen Blick von der großen, dunkelhaarigen Caroline abzuwenden.

Die wirft ihre langen Locken zurück und richtet sich zu ihrer vollen Größe auf.

»Hallo«, lächelt sie, als sie in seine Nähe kommen.

Der junge Mann lächelt breit zurück. Marleen erinnert sich, dass er Martens heißt. »Hallo noch mal. Da sind Sie ja schon wieder.«

Marleen nickt ihm zu. Er sieht wirklich gut aus. Nicht so fantastisch wie Flo, aber sehr attraktiv. Sie hat ihn bisher nur zweimal kurz gesehen – in seiner Arbeitskleidung, einem dunklen Anzug. Diese lässig sitzende Jeans, die er heute trägt, und das schlichte weiße T-Shirt stehen ihm noch besser.

»Sie verraten uns doch nicht?«, fragt Caroline mit einem gekonnten Augenaufschlag. »Wir sind nämlich gewissermaßen auf der Flucht.«

Martens zieht die Brauen hoch. »Auf der Flucht? Vor wem denn, wenn ich fragen darf?«

Marleen stößt Caroline sanft in die Seite. »Vor niemand Bestimmtem. Ich muss nur einfach mal was anderes sehen.«

Er nickt und betrachtet Marleen nachdenklich. »Kann ich Sie vielleicht irgendwohin fahren?« Dabei deutet er auf den großen Wagen hinter sich in der Garage.

»Ich weiß nicht, ob Herrn Steinbeck das recht wäre«, antwortet Marleen vorsichtig.

Doch Martens winkt ab. »Am Wochenende hab ich keinen Dienst. War nur in der Nähe und hab gedacht, ich schau mal schnell nach dem Ölstand. Hatte kürzlich mal den Eindruck, da tropft was. Aber scheint alles in Ordnung zu sein. Tja, der Boss braucht mich heute also nicht selber. Er hat aber gesagt, ich soll Ihnen zur Verfügung stehen, wenn Sie mich brauchen. Wo soll's denn hingehen?«

»Nach Eppendorf rein, da wohne ich«, sagt Caroline.

»Nach Fleckeby, das liegt an der Schlei«, sagt Marleen fast gleichzeitig.

Martens sieht amüsiert von einer zur anderen. »Offenbar ist man sich noch nicht einig, was das Fluchtziel angeht?«

»Wir wollten zuerst mit dem Bus zu mir nach Hause und dort meine Nachbarin fragen, ob sie uns ihr Auto leiht, damit wir damit nach Fleckeby fahren können«, erklärt Caroline. Ihre Stimme hat dabei so einen gewissen Klang, an den Marleen sich im Zusammenhang mit ihrem Exfreund Mirko noch gut erinnert.

»Sie ziehen den Bus einer Fahrt mit einem Chauffeur vor?«, entgegnet Martens in einem ähnlichen Tonfall.

Caroline schaut Marleen an. In ihrem Blick liegt eine unausgesprochene Bitte. »Na ja, um ganz ehrlich zu sein – allzu wohl ist mir bei dem Gedanken, dass Marleen in ihrem Zustand in einen überfüllten Bus steigt, nicht«, sagt sie.

»Wenn Sie meinen, dass das in Ordnung ist?«, fragt Marleen, denn sie weiß, dass es hier weniger um die unangenehme Busfahrt als um den Fahrer des Wagens vor ihnen geht. Und wie könnte sie Caroline diesen kleinen Wunsch ausschlagen.

Martens erwidert ihren Blick kurz. »Ich denke schon, dass das in Ordnung ist«, sagt er dann, »aber nur unter der Voraussetzung, dass wir mit diesem Gesieze aufhören. Ich bin Martin. Martin Martens.«

»Martin Martens?«, wiederholt Caroline und lüpft neckisch eine Augenbraue.

»Der Name ist Programm«, erwidert Martin und geht mit federnden Schritten um den Wagen herum, um ihnen routiniert die Tür aufzuhalten. »Wenn ich etwas mache, dann mache ich es auch richtig!«

Und da hat er recht.

Nach wenigen Minuten hat Martin sie davon überzeugt, dass sie mit niemandem schneller und sicherer nach Fleckeby kommen als mit ihm. Marleen schmiegt sich in die komfortablen, breiten Rücksitze, während Caroline vorn neben Martin fröhlich vor sich hin plaudert. Zuerst beteiligt sich Marleen noch hin und wieder am Gespräch. Doch dann lehnt sie sich zurück und lauscht nur noch Carolines Tonfall. Ihrem flirtenden Singsang, der auch Martin gefangen zu nehmen scheint. Ab und zu mischt sich in all das Flirren und Lachen ein warmer Blick, ein Satz, der von einem tiefen Einverständnis spricht, von einem Vertrauen, das keines langen Kennenlernens bedarf. Ob es damals, als Flo und sie die ersten Male miteinander sprachen, auch für alle Umstehenden so offensichtlich war, dass sich da zwei Menschen gefunden hatten?

Marleen schaut aus dem Fenster auf die dahinfliegende Landschaft und stellt plötzlich mit Verwunderung fest, dass sie die Fahrt genießt. Ja, es ist lange her, dass sie sich auf etwas gefreut hat.

HEINRICH

Als Heinrich nach Hause kommt, erscheint ihm die Villa sehr still. Er lauscht auf Geräusche von oben, kann aber nichts hören. Also geht er in die Küche und brüht einen Tee auf. Auf das Tablett stellt er auch eine Schale mit Gebäck und trägt es hinaus auf die Terrasse. Karin hat ihm gerade erzählt, dass die junge Frau Herzog heute zu den Mahlzeiten heruntergekommen ist. Vielleicht möchte sie ja ein bisschen draußen sitzen. Es ist so herrliches Wetter heute.

Doch als er an ihre Zimmertür klopft, antwortet sie nicht.

Heinrich klopft noch einmal, lauter. Vielleicht schläft sie? Aber was, wenn irgendetwas nicht in Ordnung ist?

Er räuspert sich laut und vernehmlich und öffnet vorsichtig die Tür.

Sie ist nicht da.

Auch nicht im Bad, zu dem die Tür sperrangelweit offen steht – ebenso wie die Schranktür. Ihre Tasche und die meisten ihrer Sachen sind fort.

Ob es ihr nicht gut ging?, denkt er erschrocken. Ob sie sich ein Taxi gerufen und wieder ins Krankenhaus gefahren ist? Dann sieht er die Bücher auf dem Bett. Heinrich greift nach dem zuoberst liegenden und starrt auf das Cover. Es ist ein Kinderbuch, das ihm vage vertraut vorkommt.

Der kleine dicke Ritter, steht dort. Er schlägt den Einband auf und liest in einer längst vergessenen, ehemals vertrauten, krakeligen Kinderschrift: *Dieses Buch über einen waren Held und Tierfreunt gehört Florian Steinbeck.*

Sofort steigt eine Erinnerung in ihm herauf. An ein blasses Kindergesicht, im Bett unten in Florians altem Kinderzimmer. Vielleicht war der Junge krank gewesen? Heinrich hatte bei ihm gesessen und ihm vorgelesen. Von einem wagemutigen, schlauen Ritter. Und von irgendetwas mit einem Drachen.

Auch die anderen Bücher sind mit Florians Namen versehen. Standen die nicht immer oben in Florians Wohnung, als Andenken an seine Kindheit?

Gerade will Heinrich den Raum verlassen, als sein Blick auf den Notizblock auf dem Nachttisch fällt. Sofort beginnt er zu lesen.

Liebe Familie Steinbeck,

bitte entschuldigen Sie meinen überstürzten Aufbruch. Mir ist einfach die Decke auf den Kopf gefallen, und ich denke, ich weiß, wo ich ein bisschen Ruhe und Seelenfrieden finden kann. Vielen Dank für Ihre Mühen und Ihre Hilfsbereitschaft!

Herzlichst,
Marleen Herzog

Heinrich starrt einen Moment lang auf das Papier. Sie ist einfach wieder gegangen? Während niemand von ihnen hier war? Und offenbar ziemlich überstürzt?

Er seufzt tief. Jetzt ist die junge Frau schon zum zweiten Mal aus seinem Haus geflüchtet. Verflixt, er wird doch nicht schon wieder irgendetwas falsch gemacht haben?

MARLEEN

Nach eineinhalb Stunden Fahrt lenkt Martin den Wagen in den kleinen Seitenweg und hält vor dem Staketenzaun, an dem immer noch die Wicken blühen.

Caroline hilft Marleen aus dem Wagen, und Martin nimmt die Tasche. Dann gehen sie alle drei durch das kleine, heimelig anmutende Gartentor über den Kiesweg auf die blau gestrichene Haustür zu. Der wilde Wein, der die Hauswand bedeckt, hat sich bereits goldrot verfärbt. Die Geranien in den Fenstern leuchten ihnen entgegen. Gut, dass die Tochter der benachbarten Bauersfamilie glücklich ist, mit der regelmäßigen Blumenpflege ihr Taschengeld aufbessern zu können. Bei der netten Familie werden sie sicher gleich auch Eier und Gemüse bekommen. Bilder eines goldgelben Omeletts, eingerahmt von buntem, knackigem Salat, ziehen vor Marleens innerem Auge auf. Sie hat tatsächlich Appetit. Zum ersten Mal seit Wochen. Zum ersten Mal seit …

»Wow!«, hört sie Martin sagen. »Unter einem Ferienhäuschen hatte ich mir etwas anderes vorgestellt. Das ist ja der Wahnsinn! Hier könnte man ja sofort einziehen!«

»Du musst dir unbedingt den Garten ansehen!«, entscheidet Caroline, greift nach seinem Handgelenk und zieht ihn mit sich um die Hausecke.

Marleen sieht ihnen lächelnd nach, als sie durch den Rosenbogen verschwinden. Plötzlich steht sie allein vor der Tür, die für sie seit drei Jahren das Sinnbild für herrlich faule Wochenenden, Auszeit und Entspannung ist. Doch jetzt fühlt sie mit einem Mal noch etwas anderes. Es ist das Gefühl, nach Hause zu kommen.

Leise, als könne sie drinnen jemanden erschrecken, schließt sie die Tür auf und geht hinein. An der Garderobe hängt Flos Regenjacke. Sie geht durch den kleinen Flur mit dem alten Bauernschrank und öffnet eine Tür. Dann bleibt sie ganz still stehen, versinkt in einer Flut schönster Erinnerungen.

Sie sieht Flo, der in der altmodischen, aber gemütlichen Wohnküche am Herd herumwerkelt. Sie erinnert sich daran, wie sie gemeinsam nach einem ausgiebigen, leckeren Essen eng aneinandergekuschelt auf dem breiten Sofa lagen und leise miteinander sprachen.

So viel erzählten sie sich. Was sie erlebt hatten. Was sie zu den Menschen gemacht hat, die sie heute sind. Und was sie noch tun wollen.

»Eltern werden«, sagte Flo einmal in feierlichem Tonfall.

Das war dort drüben im Wohnbereich gewesen. Nachdem sie sich so klassisch romantisch auf dem weichen Teppich vor dem Ofen geliebt hatten. Marleen fühlte sich eigentlich träge und herrlich müde. Doch Flos Worte machten sie sofort wieder hellwach.

»Eltern?«, wiederholte sie und blickte zu ihm hinüber, um zu sehen, ob er einfach einen Scherz machen wollte oder es ernst meinte.

Flo erwiderte ihren Blick ein wenig unsicher. »Ja. Du weißt schon, diese Mama-Papa-Kind-Sache. Vor dir war das für mich noch nie Thema. Ich hab einfach nicht darüber nachgedacht. Aber jetzt …«

»Kannst du dir vorstellen, irgendwann mal mit mir ein Kind zu haben?«, beendete Marleen seinen Satz.

Er nickte und sah sie zärtlich an.

Es war die wunderbarste Liebeserklärung, die Marleen sich vorstellen konnte.

»Warum können nicht alle Tage so schön sein wie dieser?«, sagte sie und schmiegte sich in seine Arme.

Flo lachte leise und berührte ihr Haar mit den Lippen.

»Das liegt in unseren eigenen Händen«, murmelte er. »Wenn wir nur immer zusammenbleiben und an uns glauben. Dann ist heute für immer.«

Montag, 10. September

HEINRICH

Am nächsten Morgen ist er lange vor der üblichen Zeit wach.

Er schwimmt ein paar Bahnen mehr als sonst. Und obwohl er heute niemanden zu einem Termin erwartet, nimmt er sich ausgiebig Zeit zum Ankleiden.

Richtig erleichtert ist er, als es endlich Zeit für ihn wird, in die Kanzlei zu gehen. Karin und Paul hat er noch nicht gesehen. Vielleicht ist das gut so. Ihre betretenen Mienen am gestrigen Abend waren ihm unangenehm gewesen.

»Du meinst, sie war einfach weg, als du nach Hause gekommen bist?«, hatte Karin nachgehakt und ihn forschend angeschaut. »Beim Mittagessen wirkte sie eigentlich ganz ausgeglichen. Den Umständen entsprechend zumindest. Sie hat sich doch recht angeregt mit uns unterhalten, oder Paul?«

»Vielleicht hat s… sie sich hier ei… einsam gefühlt? Sie b… bräuchte vielleicht mehr G… Gesellschaft?«, hatte Paul mit einem kurzen Seitenblick zu Heinrich erwidert, als wolle er andeuten, dass Heinrich sich zu wenig engagiert hatte.

Als er mit seiner Aktentasche aus dem Haus tritt, springt Martens aus dem Wagen, den er bereits auf dem Vorplatz geparkt hat, und öffnet ihm schwungvoll die Tür.

»Guten Morgen, Herr Steinbeck«, grüßt er aufgeweckt.

Als sie wenig später an einer Ampel halten, durchbricht Martens die Stille, indem er sich räuspert. »Herr Steinbeck, ich hoffe, es war in Ihrem Sinne, dass ich Ihre Gäste gestern nach Fleckeby raufgefahren habe? Die beiden waren ein bisschen zögerlich, ob es Ihnen auch wirklich recht sei.«

Gäste? Heinrich zieht verwundert die Brauen hoch.

»War ein purer Zufall, dass ich gerade da war. Ich war in der Nähe und wollte nur schnell nach der Ölleitung sehen. Da kamen sie aus dem Haus. Ich dachte, es wäre in Ihrem Sinne, wenn ich die beiden frage, wo sie hinwollen«, erklärt der junge Mann weiter.

Heinrich beugt sich vor. »Helfen Sie mir auf die Sprünge, Martens. Von wem sprechen Sie?«

»Na, von Marleen. Und Caroline.« Marleen. Caroline. Die jungen Leute sind wirklich immer schnell beim Du.

»Und die beiden wollten an die Schlei? Was wollten sie denn da, um Himmels willen?«

»Marleen hat dort ein Häuschen. Wussten Sie das nicht? Ich muss ehrlicherweise gestehen, dass ich die beiden nicht nur hingefahren habe. Ich bin noch zu einem kleinen Essen geblieben. War auch erst gegen neun zurück.«

Heinrich schaut aus dem Fenster.

Die junge Frau Herzog hat ein Haus an der Schlei. Das also ist der Ort, an dem sie ›Ruhe und Seelenfrieden‹ finden kann.

Die Decke ist ihr auf den Kopf gefallen. Und, ja, womöglich hat Paul recht mit seiner Vermutung. Vielleicht hätte sie mehr Gesellschaft gebraucht, so ganz allein in einem fremden Haus. In einer fremden Familie.

»Das war doch in Ordnung, oder?«, fragt Martens vorsichtig. »Dass ich sie gefahren habe, meine ich.«

Heinrich erwidert seinen Blick im Rückspiegel und nickt.

Als sie wenige Minuten später vor der Kanzlei halten,

greift Heinrich nach der Aktentasche. Doch irgendetwas hält ihn zurück. Etwas, das seit seiner Rückkehr in die Villa gestern in seiner Brust brennt. Der Wunsch, etwas wirklich richtig und vielleicht ein bisschen wiedergutzumachen.

»Herr Steinbeck?« Martens sieht ihn über die Schulter hinweg verwundert an.

»Wissen Sie was, Martens, ich habe gerade meine Pläne geändert. Fahren Sie mich hin«, hört Heinrich sich sagen.

Martens wendet den Kopf. »Ähm ... Wohin?«

»Na, zu diesem Haus an der Schlei, in dem Frau Herzog sich verkriecht.«

Jetzt steht dem jungen Kerl doch tatsächlich für einen Moment der Mund offen. Doch er hat sich erstaunlich schnell wieder im Griff. Tippt sich an die nicht vorhandene Chauffeursmütze, wendet den Wagen und fährt los.

Es ist lange her, dass Heinrich hier war.

Normalerweise kommt er selten aus der Stadt heraus. Warum auch? Urlaube reizen ihn schon lange nicht mehr. Aber diese Gegend hier ist wirklich hübsch. Es gibt sanfte Hügel. Hier und da auch grüne Laubwälder. Winzige, idyllisch anmutende Orte.

Und dann hält Martens vor einem kleinen Haus mit weißen Holzsprossenfenstern und einer leuchtend blau gestrichenen Tür. Der schmale Kiesweg ist von Herbstblumen gesäumt, die in allen Farben blühen. Der wilde Wein am Haus leuchtet rot in der Vormittagssonne.

Und jetzt? Was soll er ihr sagen? Er hat wirklich nicht viel Erfahrung in solchen Sachen.

Heinrich geht zur Haustür, während Martens an dem

kleinen Gartentor stehen bleibt. An der Tür gibt es keine Klingel. Nur eine alte Schiffsglocke mit einem abgewetzten Stück Seil. Heinrich entscheidet sich zu klopfen.

Es dauert nur einen kurzen Moment, bis die Tür geöffnet wird.

Vor ihm steht die große, dunkelhaarige Frau, die er schon im Krankenhaus getroffen hat. »Ach du Schreck«, sagt sie nur, während sie ihn anstarrt. »Was machen Sie denn hier?«

»Guten Tag«, erwidert Heinrich etwas steif. Ist das eine Art, jemanden zu begrüßen? »Ist Frau Herzog vielleicht zu sprechen?«

Die junge Frau wendet sich um, ohne den Weg ins Haus freizugeben. »Ja, aber wir wollten gerade …«

Da erscheint Marleen Herzog hinter ihr. Im Arm einen kleinen Korb. Ihre hübschen braunen Augen runden sich vor Erstaunen, als sie Heinrich hier stehen sieht.

»Herr Steinbeck«, sagt sie. »Woher …? Wieso …?«

Dann fällt ihr Blick an ihm vorbei auf Martens, der immer noch am Zaun steht und verhalten winkt.

»Oh … Tja … Wollen Sie nicht reinkommen?«, bittet Frau Herzog ihn. Ihrer Freundin wirft sie einen auffordernden Blick zu und nickt zu Martens hinaus. Die versteht offenbar und lässt sie allein.

Heinrich folgt Frau Herzog hinein in das Haus und findet sich in einem großen Wohnraum wieder, von dem aus man einen herrlichen Blick hinaus in den bäuerlich anmutenden Garten hat.

»Haben Sie meinen Zettel gefunden?«, fragt die junge Frau. »Ich hatte auf dem Nachttisch eine Notiz hinterlassen.«

»Ja, die habe ich gefunden«, sagt Heinrich. »Als ich nach

Hause kam und feststellen musste, dass Sie offenbar ziemlich überstürzt aufgebrochen waren, ohne jemanden aus der Familie zu informieren.«

Frau Herzog sieht ihn halb bestürzt, halb misstrauisch an.

Das waren wohl nicht die rechten Worte, denkt Heinrich. Es ist aber auch zu vertrackt. Dass er selber nicht weiß, was er eigentlich hier will.

»Heute Morgen habe ich dann von Martens erfahren, wohin er Sie gestern gebracht hat. Ich hoffe, ich komme nicht ungelegen?«, sagt er mit Blick auf den Korb, den sie jetzt auf dem großen Küchentisch abstellt.

»Wir wollten gerade aufbrechen. Zu einem Picknick. Am Wasser«, erklärt sie zögerlich.

»Ein Picknick«, wiederholt Heinrich. Heute ist Montag. Der Tag, der die Arbeitswoche einläutet. Er würde niemals auf die Idee kommen, an einem Montag ein Picknick zu veranstalten. »Das habe ich schon … seit Jahrzehnten nicht mehr gemacht.«

Da lächelt Frau Herzog plötzlich. »Dann kommen Sie doch mit!«

Verdutzt erwidert er ihren auffordernden Blick.

In diesem Moment erscheint ihre Freundin vor der Tür. »Alles klar bei euch?«, fragt sie keck.

»Nicht ganz«, sagt Marleen Herzog. »Wir müssen den Korb noch mal neu packen. Wir brauchen zwei Portionen mehr von allem.«

Die Dunkelhaarige grinst und tut so, als sei es die natürlichste Angelegenheit der Welt, dass zwei unerwartete Besucher hereinspazieren und zu einem Ausflug eingeladen werden. Er sieht, wie sie in der Küche hin und her läuft und

Brot, Käse, Eier und Gemüse in den Korb packt. »Geht doch ruhig raus in den Garten. Ich mach das mal schnell«, sagt sie.

Marleen Herzog geht vor ihm durch den gemütlich eingerichteten Raum. »Den Schrank hier hat Flo selbst restauriert. Wussten Sie, dass er so etwas kann? Na ja,« sie schmunzelt. »›Können‹ ist wohl zu viel gesagt. Er hat ganz schön geflucht. Aber schön geworden ist er, oder?«

Heinrich betrachtet das alte, hübsch verzierte Möbelstück und nickt. »Sehr schön.«

Als sie in den Garten hinaustreten, deutet Frau Herzog mal hierhin und mal dorthin. Sie zeigt ihm den Teich, den Florian und sie zusammen angelegt haben, und bedauert, dass er die Seerosenblüte verpasst hat. An der romantisch anmutenden Feuerstelle erzählt sie, dass sie in deren Glut noch kurz vor Florians Unfall Kartoffeln gebraten und sich im Schein des Feuers gewärmt haben. Als Letztes lenkt sie ihre Schritte zu dem kleinen Gartenhäuschen, das wunderbar idyllisch im hinteren Bereich des Grundstücks liegt. Es ist bunt gestrichen und von Blumenbeeten umgeben. Eingerichtet ist es mit einem schlichten Schreibtisch, einem bequem wirkenden Stuhl und einem vollgestopften Bücherregal. »Hier hat Flo manchmal geschrieben, wenn wir hier waren und ich ihm die Zeit dazu gelassen habe«, sagt sie. Ihre Stimme klingt traurig.

»Das wird er auch wieder«, erwidert Heinrich. »Auch wenn es mir nicht gefällt, dass er so viel Zeit mit seinen Theaterstücken verbringt. Ich bin mir sicher, er wird genau hier wieder sitzen und sich ein neues ausdenken.«

Da lächelt sie.

Da scheint er ja die richtigen Worte gefunden zu haben.

Während sie durch den Garten gehen, stellt Heinrich fest, dass sie selbstbewusster wirkt, als er sie bisher kannte. Sie führt ihn herum, macht ihn auf besondere Stauden in den Beeten aufmerksam oder auf einen seltenen Vogel am Futterhaus.

Vielleicht ist es einfach die schlichte Tatsache, dass dies hier ihr eigenes Territorium ist. Dass sie weder Gast in einem fremden Haus noch Besucherin im Krankenhaus ist, dass sie sich zu Hause fühlt.

»Er ist hier überall«, sagt sie da leise und schaut mit weichem Blick durch den blühenden Garten.

Ja. Wahrscheinlich ist es auch das. Die beiden scheinen hier sehr glücklich gewesen zu sein.

»Fertig! Wir können los!«, ruft in diesem Moment ihre Freundin vom Haus her.

Und so bricht Heinrich an einem Montagvormittag in einem seiner besten Anzüge zu einem Picknick am Ufer der Schlei auf. Fährt mit zwei jungen Frauen, eine davon hochschwanger, und einem jungen Mann, der sein Angestellter ist, zu einem rekonstruierten Wikingerdorf. Schaut sich deren Häuser und Boote an. Lernt etwas über die Art, wie sie damals hier gelebt haben. Fragt sich, wieso er noch nie hier war – obwohl er doch gar nicht weit entfernt sein gesamtes Leben verbracht hat. Und findet sich schließlich auf einer großen karierten Decke am schilfbewachsenen Ufer der Schlei wieder. Vor jeder Menge belegter Brote, eingelegtem Gemüse, Käse und Obst. Für ihn haben sie extra einen kleinen Klappstuhl mitgebracht.

Die jungen Leute scheinen sich prächtig zu verstehen. Nun ja, Marleen Herzog und ihre Freundin kennen sich natürlich schon lange und sind sehr herzlich miteinander. Aber auch Martens mischt in den heiteren Gesprächen munter mit. Und ganz offensichtlich finden er und die Dunkelhaarige großen Gefallen aneinander.

Der Tag vergeht so rasch, wie Heinrich es in der Kanzlei selten erlebt hat. Es ist schon später Nachmittag, als sie wieder in dem kleinen Haus mit der blauen Tür ankommen.

Martens bleibt direkt am Wagen stehen, während Caroline ihm noch ein wenig Gesellschaft leistet. Es ist Zeit für Heinrich, in die Stadt zurückzukehren. Frau Herzog will noch eine Nacht hier in ihrem schönen Häuschen verbringen.

Und dann? Ob sie wohl wieder zurückkehren wird in die Villa? Heinrich merkt, wie viel ihm daran liegen würde.

»Tja, dann …«, sagt Frau Herzog und reicht ihm ihre schmale Hand zum Abschied. Ihre Wangen sind gerötet, erzählen von einem langen, schönen Tag in der Sonne, an dem sie endlich wieder einmal gelacht hat, an dem nicht der Kummer und die Sorge um Florian im Vordergrund standen.

»Kann ich noch etwas für Sie tun?«, hört Heinrich sich spontan fragen.

»Einen kleinen Gefallen könnten Sie mir wirklich tun«, antwortet sie. »Wären Sie so nett und würden Caroline mit zurück nach Hamburg nehmen? Sie hat morgen Vorstellung und müsste sonst ziemlich kompliziert mit Bus und Bahn fahren.«

Heinrich schaut zu der jungen, dunkelhaarigen Frau hinaus, die dort am Gartentor lehnt und mit Martens lacht.

»Sind Sie sicher, dass es Ihnen wieder so gut geht, dass Sie eine Nacht ganz allein hierbleiben wollen?«, fragt er und hört zu seiner eigenen Verwunderung eine gewisse Besorgnis in seiner Stimme.

»Es geht mir ganz hervorragend«, antwortet sie. Und tatsächlich, so wirkt sie auch.

»Dann darf Ihre Freundin natürlich mit uns fahren. Wenn es mehr nicht ist«, sagt er.

Sie lächelt. »Kann ich denn auch etwas für Sie tun?«

Einen Moment lang schaut er sie an und sagt dann rasch: »Das könnten Sie. Kommen Sie auch mit uns zurück.«

»Wie?« Die Augen der jungen Frau weiten sich vor Erstaunen.

»Kommen Sie mit zurück, bitte. Nicht nur nach Hamburg, sondern zurück in die Villa. Jetzt, wo es Ihnen wieder besser geht, können Sie doch auch Besuch in der Villa empfangen. Ja, wie wäre es, wenn wir heute Abend zusammen essen? Frau Dierksen könnte eine große Portion Pannfisch mit Bratkartoffeln zubereiten. So wie Florian und Sie es gern mögen. Ihre Freundin ist natürlich auch eingeladen.«

Die junge Frau sieht ihn nachdenklich an. Die warmen braunen Augen prüfen ihn sorgfältig.

»Gut«, sagt sie dann und wendet sich bereits wieder ab.

Doch er hat die zarten Fältchen in ihren Augenwinkeln sehr wohl bemerkt.

»Worüber lächeln Sie?«, fragt er.

Sie zuckt leicht mit den Schultern. Als sei seine Frage ihr ein bisschen peinlich. Doch dann sagt sie: »Das gerade klang fast so, als wollten Sie mich einladen, doch noch ein Teil Ihrer Familie zu werden.«

Die ganze Heimfahrt über denkt Heinrich an diesen einen Satz.

Samstag, 15. September

MARLEEN

Der Sommer zeigt noch einmal sein freundlichstes Gesicht und beschert ihnen einen schönen Tag nach dem anderen.

Fünf Tage ist Marleen jetzt schon in der Villa der Steinbecks. Und sie hat es noch keinen Moment bereut, wieder mit hierhergekommen zu sein. Manchmal kann sie es selber nicht glauben, aber Heinrich Steinbeck gibt ihr tatsächlich das Gefühl, hier zu Hause zu sein, zur Familie zu gehören.

Wenn er abends von der Kanzlei nach Hause kommt, führt ihn sein erster Weg zu Marleen. Nie vergisst er zu fragen, wie es ihr und dem Baby geht, und immer tauschen sie sich über Flos Zustand aus. Gestern haben sie sogar gemeinsam die Abendnachrichten geschaut und vorsichtig ein paar Bemerkungen zu dem einen oder anderen Thema gemacht. Heinrich Steinbeck äußerte sich besonders zu Bereichen, in denen sie erwartungsgemäß gleicher Meinung sind. Kann es tatsächlich sein, dass ihm etwas daran liegt, harmonisch mit ihr umzugehen?

Inzwischen hat Marleen einen festen Tagesablauf. Nach dem Frühstück, das sie meist in Karins Gesellschaft einnimmt, während Stella in der Küche herumwerkelt, fahren Karin und sie gemeinsam zum Krankenhaus und besuchen Flo.

Inzwischen hat sie einige Aufgaben vom Pflegepersonal übernommen. Wie selbstverständlich holt sie den Rasierapparat und entfernt die beständig nachwachsenden schwarzen Schatten von Flos Wangen. Karin trägt dann eine Wasserschüssel, Waschlappen und Handtuch herbei. Als sie gestern Flos Füße so sorgfältig wusch und anschließend mit einer Lotion einrieb, waren sich ihre Blicke plötzlich begegnet. Karin, die Mutter, die ihren Sohn liebt, hatte sie, Marleen, die den Vater ihres Kindes so vermisst, angeschaut. Für einen kurzen Moment hatte Marleen sich von ihr so sehr verstanden gefühlt wie von niemandem zuvor. Sie hatten sich angelächelt und sich wieder ihren Aufgaben zugewandt, verbunden durch ihre Zuneigung zu Flo.

Wenn Karin sie dann für eine Weile allein lässt, um in der Stadt Besorgungen zu machen, liest Marleen Flo vor. Aus einem seiner Kinderbücher. Sie hatte mit Heinrich Steinbeck über ihren Fund gesprochen und ihm erzählt, welche Bedeutung die Bücher für Flo haben. Wahrscheinlich kann er immer noch nur schwer verstehen, wieso sie jemandem vorliest, der im Koma liegt. Aber er hatte ihr erlaubt, jederzeit Bücher aus Flos Räumen zu holen und mit ins Krankenhaus zu nehmen.

Und so sitzt sie dort an seinem Bett, liest mit Inbrunst und verstellten Stimmen seine Kinderbücher, um …? Vielleicht, um ihn doch zu erreichen. Um ihm wunderschöne, bunte Träume zu bescheren. Um ihn festzuhalten, hier bei ihr.

Dr. Ulmers Gesicht wirkt jeden Tag besorgter, wenn er Marleen auf der Station begegnet. Jeder Tag, der bis zur Operation verstreicht, verschlechtert die Prognose. Das weiß Marleen nur zu gut. Aber sie weiß auch, dass Heinrich Steinbeck immer wieder mit Dr. Goldman spricht, der auf der ganzen Welt unterwegs ist. In vielen Ländern, in so vielen

Krankenhäusern und Operationssälen. Um Menschen zu operieren, deren Leben ebenso in Gefahr ist wie Flos. Väter und Söhne, Enkeltöchter und Mütter. Marleen versucht, nicht daran zu denken, wie viele Schicksale von ebendiesem Mann abhängen. Zu deutlich steht ihr beständig vor Augen, dass auch ihr eigenes in seinen hochbegabten Händen liegt.

Mittags fährt Marleen in die Villa zurück, und Karin übernimmt die Wache an Flos Bett. Pünktlich um eins wartet Martin unten auf dem Parkplatz. Heinrich Steinbeck hatte darauf bestanden, dass Marleen diese Annehmlichkeit genießt, während er selbst sich von einem Taxi nach Hause bringen lässt.

Vor ihrem Umzug in die Villa hatte Marleen meist in der Klinik gegessen. Zu Hause hatte sie ja sowieso niemand erwartet. Doch jetzt ist das anders. Und sie merkt, wie gut ihr das tut. Wenn sie in der Villa ankommt, steht immer schon ein kleines, leckeres Gericht auf dem Tisch.

Stella kocht wirklich fabelhaft und freut sich über Marleens Interesse an ihren Rezepten. Jeden Tag zaubert sie etwas Besonderes. Einen komplizierten Nachtisch, einen kleinen Kuchen, ein spezielles Salatdressing. Oft Sachen, die auch Flo besonders gern mag. Offenbar fühlt auch Stella sich Flo näher, wenn sie diese Leckereien zubereitet und Marleen sie mit Genuss isst.

Dennoch versuchte Marleen zu Anfang, sich freundlich dagegen zu wehren. Vielen Dank, hatte sie gesagt. Sie könne sich gut selbst versorgen. Es sei eine sehr nette Geste, aber wirklich nicht nötig.

Stella sah sie einen Moment lang an, bewegte dann rasch

den Kopf von links nach rechts, als befürchte sie, jemand könne sie hören.

»Versteh schon«, sagte Stella. »Aber wissen Sie, in all den Jahren, die ich jetzt hier arbeite, ist er mittags nie nach Hause gekommen. Es gibt ausreichend Restaurants in der Nähe der Kanzlei, wissen Sie? Er kommt Ihretwegen. Und dann muss doch zumindest ein kleiner Imbiss bereitstehen, finden Sie nicht?«

Marleen war verblüfft gewesen. Dass Herr Steinbeck jeden Mittag nur ihretwegen von der Kanzlei hierherkam, das hatte sie natürlich nicht gewusst.

»Ich könnte Herrn Steinbeck sagen, dass wir die Mahlzeit ruhig ausfallen lassen können«, schlug Marleen vor. Doch Stella schaute sie nur entsetzt an. »Auf keinen Fall dürfen Sie das tun! Er ist davon überzeugt, dass es so das Beste ist. Und wenn er von etwas überzeugt ist …«

Mehr hatte sie nicht sagen müssen.

Marleen verstand sofort, was sie meinte. Und die Geste rührte sie.

Heute ist sie früher gekommen. Sie ist überrascht, dass auch Herr Steinbeck schon da ist. Er dirigiert drei Männer in grünen Latzhosen, die sich bemühen, eine riesengroße Palme in einem ebenso riesigen Kübel in eine bestimmte Ecke der Eingangshalle zu bewegen. Es ist eine prächtige Pflanze, groß wie ein kleiner Baum. Die Halle wirkt sofort viel wohnlicher und geradezu herrlich altmodisch – wie ein Tee-Salon in den zwanziger Jahren.

»Nicht zu weit rechts«, weist ihr Gastgeber die Männer gerade an, die Hände lässig in den Anzugtaschen. »Sie muss noch unter dem Glasdach stehen, um das volle Licht zu bekommen.«

Die Männer rücken und schieben, bis die gewaltige Pflanze da steht, wo er sie haben will.

»Na? Was meinen Sie dazu?«, erkundigt er sich bei Marleen.

Auf seinem Gesicht liegt ein geradezu euphorischer Ausdruck. Jeder der Gärtnergehilfen bekommt ein großzügiges Trinkgeld, und die Männer verabschieden sich zufrieden grinsend.

»Passt hervorragend hier rein«, stellt Marleen anerkennend fest.

Stella blickt kurz um die Ecke, schüttelt den Kopf und verschwindet dann mit den Worten: »Das Essen ist in einer halben Stunde fertig!«

»Bekomme ich bis dahin einen Tee?«, ruft Herr Steinbeck ihr nach und lacht. Fast schon ausgelassen.

Marleen betrachtet immer noch die riesige Palme. Berührt die unteren Wedel, streicht über die dunkelgrünen Blätter.

»Wenn Florian hier reinkommt, wird er Augen machen«, freut sich Herr Steinbeck. »Bis vor zehn Jahren stand hier genau so eine Palme. Florian ist quasi mit ihr aufgewachsen. Als er noch klein war, bestand er an Weihnachten immer darauf, dass sie auch geschmückt wurde. Er meinte, sie sei traurig, wenn wir den Weihnachtsbaum lieber hätten.«

Wunderbar warm fühlt Marleen sich plötzlich. Nie hätte sie gedacht, dass Heinrich Steinbeck ihr eines Tages solche Dinge erzählen würde.

Natürlich sieht diese Pflanze wunderbar in dieser großen Halle aus. Doch erst jetzt, wo sie weiß, dass Heinrich Steinbeck bei ihrer Anschaffung an Flo gedacht hat, bekommt sie eine wirkliche Bedeutung für Marleen.

Sie muss lächeln. »Das sieht ihm ähnlich. Er will immer, dass es allen gut geht, und niemand sich benachteiligt fühlt«, sagt sie.

»Warum ist er dann nicht mehr nach Hause gekommen?«, fragt Heinrich Steinbeck da ganz unvermittelt.

Für einen Moment erstarrt Marleen. Steht jetzt wieder der Familientyrann vor ihr? Der Patriarch, der alles wissen, alles kontrollieren will? Vor dem Flo sie immer gewarnt und ferngehalten hat?

Doch als sie den Kopf hebt und ihn wieder anschaut, sieht sie nichts davon.

»Tee ist fertig«, ertönt plötzlich Stellas Stimme und bewahrt sie davor, Heinrich eine Antwort auf seine Frage geben zu müssen.

Stella eilt mit einem Tablett an ihnen vorüber ins Wohnzimmer. »Das Essen dauert noch ein bisschen«, setzt sie hinzu und ist schon wieder verschwunden.

Der Hausherr nickt zur offen stehenden Tür hinüber. »Möchten Sie ein Tässchen?«

Der Tag ist sommerlich warm. Marleen ist eigentlich eher nach einem kalten Getränk. Doch diese Einladung zu einer gemeinsamen Tasse wird sie natürlich jetzt nicht ausschlagen.

»Gerne! Können wir ihn auf der Terrasse trinken?«, Marleen lächelt ihn an.

Herr Steinbeck geht mit dem Tablett voraus. Überlässt ihr den Platz neben dem kleinen Tisch und zieht sich selbst einen zweiten Gartenstuhl heran.

»Wunderschön!«, seufzt Marleen. Von dem Blick über die

weite Rasenfläche mit den großen Bäumen und den gepflegten Staudenbeeten bis hinunter zum Wasser kann sie nicht genug bekommen.

»Scheint schon Ihr Lieblingsplatz zu sein?«, vermutet der Hausherr.

»Woher …?«, beginnt sie.

»Geraten!«, fällt er ihr ins Wort. Wieder dieser verschmitzte Ausdruck.

Marleen nippt an ihrer Tasse. Sie verzieht die Mundwinkel. Das ist wirklich ein ziemlich kräftiger Tee, den Flos Großvater da immer trinkt.

Heinrich Steinbeck sieht sie bestürzt an. »Er ist Ihnen wohl zu stark?«

»Nur ein bisschen«, beeilt Marleen sich zu sagen.

»Ich bitte Stella, dass sie Ihnen …« Herr Steinbeck will aufstehen, doch Marleen streckt die Hand nach ihm aus. »Nein, bitte. Bleiben Sie doch sitzen. Ehrlich gesagt, war mir sowieso nicht so nach Tee.«

»Aber Sie haben doch gesagt, dass Sie eine Tasse …«

»Ihnen zuliebe«, unterbricht Marleen ihn.

»Mir zuliebe?«, wiederholt er verwundert.

»Ja, ich wollte Ihnen einfach eine kleine Freude machen. Tun Sie das nicht auch manchmal? Irgendwas Kleines, um jemand anderem ein gutes Gefühl zu geben?«

Marleen sieht, dass er überlegen muss.

»Ich glaube, ich bin ein eher rationaler Mensch«, stellt er schließlich fest.

Marleen muss schmunzeln. »So könnte man es wohl ausdrücken.«

»Florian hat Ihnen wohl erzählt, dass ich … eher von der

alten Schule bin«, sagt er. »Wissen Sie, ich war fünfzehn, als ich nach dem Krieg meinem Vater half, die Kanzlei wieder aufzubauen. Das war harte Arbeit. So richtig Kind konnte man da nicht mehr sein. Ich habe wie ein Erwachsener gearbeitet. Und ich habe es gut gemacht. Vielleicht wird man dann automatisch irgendwann so? So … rational, meine ich.«

»Hatten Sie Geschwister?«, will Marleen wissen.

Herr Steinbeck nickt, und Marleen beobachtet, wie er langsam und genüsslich einen weiteren Schluck von seinem starken Tee trinkt, bevor er ihr antwortet.

»Meine beiden älteren Brüder sind aus dem Krieg nicht zurückgekommen. Und meine kleine Schwester starb dreiundvierzig an Hungertyphus. Sie war sieben.«

Sieben.

Hungertyphus.

Ohne darüber nachzudenken, legt Marleen ihre Hände schützend auf ihren Bauch.

Sie möchte gern etwas sagen. Dass der Krieg hier in der Stadt furchtbar gewesen sein muss. Inmitten all der zerbombten Häuser und zerstörten Straßen. Aber sie bekommt kein Wort heraus. Alles, was ihr einfällt, erscheint ihr viel zu unwichtig.

Sie sieht, wie der Blick des alten Mannes über den Rasen gleitet und an der alten Weide hängen bleibt, deren Zweige das Wasser berühren.

Auch er sieht nachdenklich aus. In seinen Augen steht ein Schmerz, den Marleen in den letzten Wochen auch in ihren eigenen Augen gesehen hat, wenn sie in den Spiegel blickte.

»Damals habe ich mir geschworen, dass denen, die mir anvertraut sind, so etwas nie geschehen soll«, sagt Heinrich Steinbeck. Seine Worte klingen sachlich. Und doch ist da ein leises Kratzen in seiner Stimme. »Kein Hunger. Keine Kälte. Keine solchen Entbehrungen. Dafür habe ich mein Leben lang gearbeitet. Damit das nie wieder geschieht.«

Montag, 17. September

HEINRICH

Das Telefon auf seinem großen Schreibtisch in der Kanzlei klingelt. Er hebt ab.

»Ein Herr Dr. Ulmer, Herr Steinbeck«, sagt Frau Petersen. »Er wollte eigentlich Ihren Sohn sprechen, doch der ist gerade beim Patentamt. Ich glaube, es ist wichtig.«

Schlagartig ist Heinrichs Hals staubtrocken. Schreckensnachrichten schießen ihm durch den Kopf. »Stellen Sie durch«, sagt er mit rauer Stimme und presst den Hörer ans Ohr.

»Herr Steinbeck«, hört er den Arzt sagen, »wir haben einen Termin. Dr. Goldman hat uns gerade angerufen. Ihr Enkel wird am 24. September operiert werden.«

»Das ist … Das ist gut zu wissen«, sagt Heinrich und versucht die Information zu verarbeiten. Sein Blick huscht über den Kalender, der aufgeschlagen vor ihm liegt. »Das ist immer noch eine Woche. Wird Florian es bis dahin schaffen? Ich meine … Wir hatten gehofft … Soll ich noch einmal Kontakt mit ihm aufnehmen?«

»Nein, Herr Steinbeck. Sie werden da nichts ausrichten können. Dr. Goldmans Terminplan ist voll. Er hat getan, was er kann, um Ihren Enkel so schnell wie möglich zu operieren. Aber wir können zuversichtlich sein. Ihr Enkel ist immer noch stabil. Haben Sie Geduld. Wir alle können jetzt nur warten.«

»Ja ... ja, natürlich. Danke, dass Sie mich so schnell informiert haben, Herr Dr. Ulmer.«

Warten, Geduld haben ... Heinrich bemerkt, wie seine Hand zittert, als er das Gespräch beendet. Dennoch hebt er sofort wieder ab und ruft Karin an. Sie ist gerade allein auf dem Weg ins Krankenhaus und reagiert erleichtert auf seine Neuigkeiten.

»Gott sei Dank!«, sagt sie. »Ich fahre sofort am Patentamt vorbei und sage es Paul.« Sie seufzt. »Bestimmt will er dann unser Abendessen bei den Ellermanns absagen.«

»Rede ihm das aus«, meint Heinrich. »Ihr könnt ja doch nichts tun. Ihr habt euch einen Abend mit etwas Ablenkung verdient.« Er hört, wie Karin bei ihrer Verabschiedung erleichtert seufzt.

Sie alle sind am Rande ihrer Kräfte, das weiß er nur zu gut.

Paul gleicht mittlerweile nur noch dem Schatten seiner selbst. Er hat abgenommen. Seine Anzughosen sitzen nicht mehr. Nur gut, dass er Karin hat. Immer ist sie für Paul da. Doch ihre frühere strenge Schönheit ist in den letzten Wochen einer selbstdisziplinierten Härte gewichen.

Überraschend ist, dass die junge Frau Herzog von ihnen allen am zuversichtlichsten wirkt. Die Zeit in ihrem Haus an der Schlei scheint ihr ungeahnte Kraft gegeben zu haben. Ruhig ist sie und in sich gekehrt, aber wenn sie über Florian spricht, dann strahlt sie eine Gewissheit aus, die Heinrich zutiefst beeindruckt. Und nicht nur ihn. Sie alle haben sich in dieser kurzen Zeit sehr an sie gewöhnt, an ihren natürlichen Charme und ihre beeindruckende Ausstrahlung.

Wenn sie zu viert zu Abend essen, gibt es immer mal wieder beinahe heitere Momente. Auch Karin hat ihre Zurückhaltung inzwischen aufgegeben und gibt sich überaus freundlich und hilfsbereit. Immer wieder erkundigt sie sich nach dem Baby, manchmal erzählt sie sogar die eine oder andere Geschichte aus Florians Kindertagen.

Und Heinrich hat festgestellt, dass Paul kaum stottert, wenn er mit Frau Herzog spricht. Es muss an ihrer unbefangenen und offenen Art liegen, die diese sonderbare Verkrampfung bei ihm anscheinend löst.

Heinrich schaut auf die Uhr.

Eigentlich ist es noch nicht Zeit, den Arbeitstag zu beenden. Doch plötzlich scheinen die Dinge, die hier noch zu erledigen sind, gar nicht mehr so wichtig.

Viel wichtiger ist, dass auch Marleen Herzog erfährt, was Dr. Ulmer ihm gerade mitgeteilt hat.

Er ruft Martens an und durchquert grüßend sein Vorzimmer. Als er schon fast an den Aufzügen ist, besinnt er sich. Kurz entschlossen dreht er noch einmal um und steckt den Kopf zu Frau Petersen hinein.

»Es waren gute Nachrichten«, sagt er. »Der Arzt hat uns den Termin für die Operation genannt.«

Die Mischung aus Verwunderung und Freude auf Frau Petersens Gesicht spricht Bände.

»Wie schön!«, sagt sie mit aufrichtig warmer Stimme. »Ich freue mich mit Ihnen. Bestimmt wird alles gut gehen!«

Als Heinrich im Aufzug hinunterfährt, fragt er sich, warum er so etwas noch nie getan hat.

Martens steht bereits an der üblichen Stelle und hält ihm die Tür auf.

Ob er sich wohl mit dieser Caroline trifft?, überlegt

Heinrich kurz. Beim Abendessen letzte Woche, als Frau Dierksen ihren fantastischen Pannfisch gemacht hat, waren auch Martens und Caroline eingeladen gewesen. Und Heinrich war nicht entgangen, was sich da zwischen den beiden jungen Leuten abspielte.

Es war ein schöner Abend gewesen. Ein bisschen so wie damals, als Florian noch in der Villa wohnte und manchmal auch mit ihnen zusammen aß.

Ja, sie werden wieder alle gemeinsam solche Abende erleben, denkt Heinrich. Wenn Florian nur erst wieder gesund ist.

»Wie bitte?«, fragt Martens, und ihre Blicke treffen sich im Rückspiegel.

»Nichts, nichts«, entgegnet Heinrich. Jetzt fängt er wohl schon an, mit sich selbst zu sprechen.

Er strafft die Schultern, bevor er die Tür aufschließt und eintritt. Wer weiß, wie Frau Herzog die Neuigkeit auffassen wird. Es ist eine Sache, so eine gefährliche Operation zu planen. Eine andere ist es, zu wissen, dass es tatsächlich geschehen wird.

Seltsam. Heinrich merkt, wie sehr er sich daran gewöhnt hat, ihre helle Gestalt irgendwo zu sehen, wenn er nach Hause kommt. Doch jetzt ist sie nirgendwo zu entdecken.

Mit einem Mal alarmiert läuft er rasch die Treppe zur ersten Etage hinauf. Es ist bereits halb sieben. Stella ist schon seit ein paar Stunden fort. Was ist, wenn etwas passiert ist? Wenn sie oder das Baby …?

Als er um die Ecke biegt, prallt er fast mit ihr zusammen.

»Ups!«, entfährt es ihr, dann lacht sie verhalten, etwas erschrocken und verlegen. »Wollten Sie zu mir?«

Die junge Frau trägt ein weites dunkelgrünes Baumwollkleid, das ihr ganz ausgezeichnet steht. Und sie hat sich sogar ein wenig geschminkt.

»Genau genommen, ja«, erwidert Heinrich. »Ich konnte sie unten nicht finden, und da dachte ich …«

Die Geschwindigkeit, mit der er um die Ecke gebogen ist, sein rasch gehender Atem, sprechen wohl für sich.

Ihr Blick wird plötzlich sehr weich.

»Es gibt Neuigkeiten«, platzt es aus ihm heraus. »Der Termin für die Operation steht fest. Florian wird am 24. September operiert.«

Die junge Frau hebt eine Hand zum Mund, doch ihre Augen strahlen. »Schon? Das ist doch … Das ist wunderbar!«

»Nun, es ist noch eine ganze Woche bis dahin. Ich hatte gehofft, es würde zügiger gehen. Wollen wir hoffen, dass Florian …«

Marleen Herzog sieht ihn einen Moment zögernd an. Dann legt sie eine Hand auf seinen Arm. »Machen Sie sich keine Sorgen. Jetzt wird alles gut!«, sagt sie. »Ich weiß es.«

Heinrich spürt, wie sich ein Lächeln auf seinem Gesicht ausbreitet. Dann nickt er.

»Sie sehen hübsch aus. Das Kleid steht Ihnen gut. Dabei werden wir beide heute beim Abendessen wohl allein sein. Paul und Karin sind bei Freunden.«

Jetzt macht sie einen bestürzten Eindruck.

»Oh, das tut mir leid. Ich bin heute Abend auch unterwegs. Ich möchte ins Theater. Caroline spielt heute Abend. Es ist die letzte Aufführung des Stücks, und ich habe es ihr versprochen.« Sie blickt auf die Armbanduhr an ihrem schmalen Handgelenk, ein wenig verwirrt.

Heinrich spürt einen feinen Stich. Enttäuschung?

»Na, dann gehen Sie nur. Sie sollten sich hier nicht vergraben. Lenken Sie sich besser ein bisschen ab«, sagt er und ist sich plötzlich peinlich bewusst, dass er ihr den Weg versperrt. Hastig tritt er zur Seite. »Ich will Sie nicht aufhalten.«

Dann sieht er mit einem Mal ein Aufblitzen in ihren Augen.

»Sie haben recht. Und Sie sollten heute Abend auch nicht allein sein. Ich glaube, es würde Flo freuen, wenn Sie mitkommen. Würden Sie das tun? Für Flo und mich?«

Meint sie das ernst?

So überrumpelt hat Heinrich sich schon seit Ewigkeiten nicht mehr gefühlt. »Ins Theater? Meinen Sie, da bin ich gut aufgehoben?« Er hört selbst deutlich, wie skeptisch seine Stimme klingt.

»Sicher!«, schmunzelt die junge Frau. »Das Stück ist keine leichte Kost, aber das wird Sie ja wohl nicht abschrecken.«

»Ich müsste mich doch bestimmt noch umziehen«, macht er einen letzten Versuch, ihr zu widersprechen.

»Unsinn! Wenn irgendwer immer perfekt angezogen ist, dann Sie!« Sie sieht ihn herausfordernd an. Tja, das muss er ihr lassen, da hat sie auf alle Fälle recht.

MARLEEN

Ob das nicht doch ein Fehler war?

Ihn zu überreden, mit ins Theater zu gehen. Und ihm nicht zu sagen, dass es sich bei dem Stück um Flos Familiendrama handelt. So nannten sie es jedenfalls immer, wenn sie darüber sprachen. Denn im Grunde geht es darin um nichts anderes als um seine Familie.

Flo sagte immer, er habe sich damit freigeschrieben. Aber ob sein Großvater dafür Verständnis aufbringen kann? Je länger sie darüber nachdenkt, desto nervöser wird Marleen. Doch jetzt ist es zu spät.

Nachdem Heinrich Steinbeck im Foyer des Theaters den Spielplan studiert hat, sagt er überrascht: »Das Stück ist ja schon recht lange auf dem Plan. Haben Sie es denn noch nicht gesehen?«

»Doch. Natürlich. Ich war mit Flo in der Premiere. Aber das ist heute die letzte Aufführung. Ich wollte es noch einmal sehen. Und Caroline spielt auch, ich habe sie in dem Stück noch nicht gesehen.«

Kein Wort verliert er darüber, dass unter dem Titel des Stücks der Name seines Enkels steht. Marleen weiß nicht, ob sie erleichtert oder irritiert darüber sein soll.

Ein paar Kollegen aus dem Ensemble, die heute nicht spielen, kommen vorbei und begrüßen sie. Der ein oder andere legt eine Hand auf ihren Bauch, fragt, wann es so weit ist. Wie es ihr geht. Und alle erkundigen sie sich nach Flo. Marleen erzählt von der bevorstehenden OP. Und sie stellt ihnen Heinrich Steinbeck vor, wobei ihr nicht entgeht, wie unbehaglich er sich fühlt. Immer wieder zupft er an seinem Jackett und kontrolliert den Sitz der Krawatte. Dabei mustert er unauffällig die jungen Männer und Frauen, die sie innerhalb kürzester Zeit umringen. Sie beobachtet, wie sie Heinrich Steinbeck die Hand geben und ihm alles Gute für seinen Enkel wünschen. Wie sie ihm immer wieder beteuern, wie sehr sie Flo schätzen und ihn vermissen.

Steif steht er da und ist höflich zu allen. Undurchschaubar mit seinem jahrzehntelang einstudiertem Anwaltsgebaren.

Er besteht darauf, ihre Getränke zu zahlen – obwohl Marleen die beiden Wasser auch umsonst bekommen hätte. Und als die Platzanweiserin sie ohne Eintrittskarten auf besonders gute Plätze schickt, ist auch das ihm offenkundig unangenehm.

Doch dann sitzen sie endlich.

Marleen kennt das Stück, war oft bei den Proben dabei. Aber noch nie haben die Worte, die Blicke und Gesten der Schauspieler sie derart in ihren Bann gezogen. Alles erscheint jetzt in einem anderen Licht. Die Hauptfigur, ein mittelloser Künstler, gestrandet auf einem Bahnsteig, an den Rand der Gesellschaft verbannt. Die machtlosen Eltern. Der herrische Großvater. Die junge, strahlend schöne Geliebte.

Sie versucht, das Stück mit den Augen von Heinrich Steinbeck zu sehen. In seiner ganzen Ehrlichkeit, seiner schonungslosen Suche nach Wahrheit.

Schon nach ein paar Minuten wagt sie es nicht mehr, zu

ihrem Begleiter hinüberzuschauen, der wie versteinert neben ihr sitzt. Den sie überredet hat hierherzukommen. Den Flo damals – ebenso wie seine Eltern – nicht zur Premiere eingeladen hat. Hatte er vielleicht recht damit gehabt, seine Familie nicht mit dem zu konfrontieren, was sich jetzt hier vor ihren Augen entfaltet?

HEINRICH

Er hat gar nicht bemerkt, dass schon so viel Zeit vergangen ist, als sich der Vorhang zur Pause schließt.

»Herr Steinbeck? Ist alles in Ordnung?«, hört er Marleen Herzog neben sich fragen. Es ist, als würde er aus einer anderen Welt heraustreten, als er sich zu ihr umwendet.

»Ja.« Mehr bringt er nicht heraus. Sosehr er sich bemüht, er findet keine Worte, das gerade Gesehene zu beschreiben.

»Seien Sie mir nicht böse, ich wäre gern einen Augenblick alleine«, sagt er dann rasch und erhebt sich.

Im Foyer geht er zu der Wand mit den Szenenbildern des Stücks. Er betrachtet die Fotos. Während um ihn herum alles summt und lacht, steht er hier stumm und allein.

So.

Das ist es also.

Florians Stück über seine Familie.

Irgendwie hatte Heinrich es geahnt. Jeder Autor schreibt doch im Grunde über sich selbst. Und was liegt schon näher, als über seine eigene Familie zu schreiben. Vor allem, wenn es dort so viele unausgesprochene Unstimmigkeiten gibt. Ja, er muss zugeben, auch ihm ist das in der letzten Zeit klar geworden. Es hat zu viele Dinge gegeben, die die einzelnen Familienmitglieder allein mit sich ausgemacht haben. Über die einfach nie gesprochen wurde.

Aber das war doch nicht immer so. Oder?

Der junge Mann im Stück, erwähnt er nicht auch die schönen Momente seiner Kindheit? Die muss es für Florian doch auch gegeben haben.

Einmal hatte Florian Heinrich erzählt, dass er später in seine Fußstapfen treten wolle. Heinrich war hocherfreut gewesen. Doch dann stellte sich heraus, dass der kleine Bursche damit gar nicht die Arbeit in der Kanzlei meinte. Vielmehr hatte Florian klargestellt, dass er sich später auch einmal etwas ganz Eigenes aufbauen wolle. Er wollte auch eine eigene Firma besitzen. Am liebsten eine, die Modellschiffe herstellte.

»Modellschiffe, soso«, sagte Heinrich damals und musste ein Schmunzeln verbergen.

»Ja, dann kann ich immer die allerneuesten Modelle als Erster ausprobieren«, erklärte Florian ihm ernsthaft. »Und ich hab eine große Forschungsabteilung. Die forscht nach nichts anderem als nach einem Klebstoff, der nicht an den Fingern pappen bleibt.«

Heinrich hatte so sehr lachen müssen, dass ihm die Tränen über die Wangen gelaufen waren. Und Florian strahlte ihn an, glücklich, dass er seinen Großvater so erheitern konnte.

Wie lange hat er daran nicht mehr gedacht?

Voller Ideen und witzig war Florian als Junge gewesen.

Als er etwas älter war, gründete er eine Schülerzeitung. Und weil der Bürgermeister leider keine Zeit dafür opfern wollte, interviewte Florian Heinrich für das kleine Blatt. *Wichtige Menschen unserer Stadt* hieß die Rubrik. Und während sein zwölfjähriger Enkel ihn über sein Verhältnis zu Popmusik und seine Meinung zu Fußballvereinen befragte, hatte Heinrich die ganze Zeit ein wunderbar warmes Gefühl verspürt. Es rührte daher, dass Florian der Meinung war, sein Großvater sei wichtig. Für die Stadt und für ihn selbst. Darüber hatte Heinrich vorher nie nachgedacht. Und es erfüllte ihn mit einem Stolz, der nichts zu tun hatte mit all den geschäftlichen Erfolgen oder beruflichen Siegen. Es war ein Stolz, der ihm längst nicht so vertraut war, der etwas mit Liebe zu tun hatte.

»Da sind Sie ja.«

Er spürt, wie Frau Herzog ihm eine warme Hand auf den Rücken legt. Sie hat gerötete Wangen und lächelt angespannt.

»Tut mir leid, dass ich einfach so weggegangen bin. Aber …« Er schaut auf die Fotos.

Sie nickt ihm zu. »Möchten Sie vielleicht noch etwas trinken?«

»Nein danke«, sagt er leise.

Eine Zeitlang schweigen sie beide.

Dann räuspert Heinrich sich. »Dieses Stück ist … Nun, es ist wirklich stark. Es hat mich sehr beeindruckt. Der Autor muss sehr genau wissen, worüber er da schreibt.«

Die lebendigen braunen Augen von Marleen Herzog weiten sich vor Verblüffung. Doch dann sieht er die Lachfältchen, die sich rund um ihre Augen ausbreiten.

»Hat Ihnen schon mal jemand gesagt, dass man Sie wirklich nur schwer einschätzen kann?«

»Tatsächlich?«, wundert sich Heinrich. »Allgemein gelte ich als ein Musterbeispiel an Vorhersehbarkeit. Ich erscheine jeden Morgen pünktlich um acht im Büro. Ich …«

»Das ist nicht das, was ich meine«, unterbricht sie ihn.

»Sie haben damit gerechnet, dass ich mich furchtbar über das Stück aufrege, nicht wahr?«, forscht er nach.

»Ehrlich gesagt, ich habe nicht nachgedacht«, gesteht sie. »Ich wollte nur sichergehen, dass wir beide heute Abend nicht allein sein müssen.«

»Nun, um es ganz deutlich zu formulieren«, sagt Heinrich. »Ich finde das Stück außerordentlich gut. Es ist sehr klug und spannend aufgebaut. Auch witzig an vielen Stellen, obwohl es natürlich sehr tragisch verläuft. Florian bringt darin sehr gut seine Kritik an … Nun, sagen wir … am Familienvorstand zum Ausdruck.«

»Das ist aber nicht alles«, widerspricht ihm Frau Herzog da entschieden.

»So?«

»Nein, das Stück ist noch nicht zu Ende. Schauen Sie gleich genau hin. Die Figuren lernen aus ihren Fehlern. Und am Ende wird deutlich, dass jeder auch eine Wahl hat. Flo hat über dieses Stück immer gesagt: Oberhaupt einer Familie zu sein bedeutet, allen Vertrauen zu geben, Zuversicht und Mut. Sie zu beschützen, für sie zu sorgen. Sie zu nehmen, wie sie sind.«

Es läutet zum Pausenende.

Und Heinrich ist froh, dass er hierauf nicht gleich eine Antwort finden muss. Tief in Gedanken versunken kehrt er auf seinen Platz zurück. Und wenn er ganz ehrlich ist, muss er zugeben, dass sie ihn mit ihren Worten neugierig gemacht hat. Er freut sich darauf, zu sehen, wie es weitergeht.

Dienstag, 18. September

MARLEEN

»Marleen wird nicht dazu in der Lage sein, ihn zu pflegen, wenn sie gleichzeitig das Baby versorgen muss. Und wer weiß, wie lange er auf sie angewiesen sein wird, wenn er aus dem Krankenhaus entlassen wird. Wäre es nicht das Beste, sie wohnen alle drei so lange hier, bis es Florian wieder so gut geht, dass er keine fremde Hilfe mehr braucht?«

Karins Stimme klingt klar und deutlich durch die angelehnte Tür des Wohnzimmers in die Eingangshalle.

Marleen hält den Atem an. Eigentlich hatte sie nicht vorgehabt zu lauschen. Sie wollte hinaus auf die Terrasse und die Abendsonne unter den Bäumen genießen. Doch offensichtlich sind Karin und Paul im Wohnzimmer und reden miteinander. Über Flo. Über die Zeit nach der OP. Instinktiv hält Marleen inne. Planen die beiden etwas über ihren Kopf hinweg? Doch als Paul jetzt antwortet, geht es um keinen heimlichen Plan.

»Du bist dir sicher, dass alles gut geht, oder? Er wird wieder aufwachen?«, hört sie ihn fragen.

Seine Stimme berührt sie tief. Der Kummer und all die Angst, die darin liegen, schneiden ihr ins Herz. Und dann ist da ja auch noch diese andere Furcht. Davor, dass Flo sich womöglich gegen sie entschieden haben könnte an jenem Abend. Wenn sie doch nur wüsste, was es mit diesem verschwundenen Brief auf sich hat.

»Natürlich wird er das!«, erwidert Karin fest. In ihrer Stimme schwingt ein weicher Unterton mit, der Paul gilt. Voller Mitgefühl und Liebe. Wie anders klingt Karin, wenn Heinrich anwesend ist. Als sei Sanftheit und Zärtlichkeit einfach nicht erlaubt in seiner Gegenwart. Dabei ist Marleen inzwischen sicher, dass der alte Mann all dies auch in sich trägt. Ihr gemeinsamer Tag an der Schlei. Wie er sie gebeten hat, wieder mit zurück in die Villa zu kommen. Und dass er Tag für Tag mittags von der Kanzlei nach Hause kommt, um ihr Gesellschaft zu leisten. Wenn er sich noch ein wenig mehr öffnen würde, vielleicht wäre dann Flos Traum von einem liebevollen Umgang in seiner Familie gar nicht mehr so abwegig.

»Es ist nur …«, fährt Paul drinnen im Raum fort. »Ich träume nachts immer von ihm. Wie er da liegt und die Augen nicht mehr aufschlägt. Dann wache ich auf und stelle mir vor, wie es wäre, wenn ich nie wieder mit ihm sprechen könnte. Wenn er nie wieder …«

Marleens Hals zieht sich zu. Sie legt eine Hand an den Türrahmen, um sich abzustützen. Am liebsten würde sie sich umdrehen und die Treppe wieder hinaufhuschen, um unbemerkt in ihr Zimmer zu kommen. Doch im Wohnzimmer ist es so still, dass sie fürchtet, Flos Eltern könnten jedes kleinste Geräusch hier in der Halle mitbekommen. Auf keinen Fall sollen sie merken, dass Marleen Zeuge ihres Gespräches geworden ist.

Dann hört sie zu ihrem Entsetzen ein trockenes Schluchzen und dann einen langgezogenen, jammervollen Ton der Verzweiflung. Paul weint.

Auch Marleen steigen die Tränen in die Augen. Ihren eigenen Vater hat sie nur wenige Male weinen sehen.

Und Flo? In ihrer Gegenwart hat er bisher nur einmal geweint. Aber damals waren es Tränen des Glücks gewesen. Als sie ihm sagte, dass sie schwanger sei.

Wie unangenehm, dass sie jetzt regelrecht zum Lauschen gezwungen ist. Marleen fühlt sich unwohl, Zeugin einer solch intimen Szene zu werden. Doch dann erklingt wieder Karins Stimme, diesmal sehr leise. Ihr Tonfall ist liebevoll, tröstend.

Vorsichtig wendet Marleen sich ab, setzt sacht einen Fuß vor den anderen und macht sich so leise wie möglich auf den Weg zurück durch die Halle. Als sie die erste Stufe der Treppe erreicht, atmet sie erleichtert auf. Der Teppich schluckt so gut wie alle Geräusche. Jetzt kann sie problemlos hinaufgehen.

Doch in ebendiesem Moment wird die Wohnzimmertür einen Spalt geöffnet, und Karin schlüpft hinaus. Auf ihrem Weg in die Küche bemerkt sie Marleen sofort. Wie angewurzelt bleibt sie stehen und öffnet den Mund, um etwas zu sagen. Marleen schüttelt jedoch den Kopf, hebt rasch die Hand und legt einen Finger an ihre Lippen.

Karin wirft einen kurzen Blick zurück zur angelehnten Wohnzimmertür, hinter der sie Paul hören können, der sich gerade schnäuzt. Dann nickt sie Marleen dankbar zu und lächelt.

Marleen erwidert ihr Lächeln, wendet sich um und versucht, möglichst leise die Treppe hinaufzugehen. Als sie oben angekommen ist, dreht sie sich noch einmal um.

Karin steht immer noch dort unten und schaut ihr mit ernstem Gesichtsausdruck nach.

Mittwoch, 19. September

HEINRICH

Wie, um alles in der Welt, ist er eigentlich in diese Situation geraten?

Heinrich sieht sich vorsichtig um. Hält sich betont aufrecht. Er sitzt mit Marleen Herzog in einer kleinen Nische am Rande einer Tanzfläche. Die junge Frau ist ganz in die Speisekarte vertieft.

Auf der anderen Seite der Tanzfläche spielt eine kleine Band. Einige Paare tanzen. Das alles hier hat den Charme einer Bar, wie er sie noch aus den Sechzigern kennt. Heinrich hatte keine Ahnung, dass es so etwas überhaupt noch gibt. Oder wieder.

Und vor allem kann er nicht glauben, dass er tatsächlich freiwillig hierhergekommen ist.

Der Vorschlag, noch einmal miteinander ins Theater zu gehen, war diesmal von Heinrich gekommen. Florians Stück über ihre Familie hatte ihn so sehr beschäftigt, dass in ihm der Wunsch gewachsen war, weitere Werke seines Enkels zu sehen.

Der Zufall wollte es, dass tatsächlich in einer kleinen Schauspielschule die öffentliche Aufführung eines Steinbeck-Stücks angekündigt war. Diesmal handelte es sich um eine Liebesgeschichte. Etwas schlicht, wie er anfangs dachte. Doch dann entfaltete sich etwas vor seinen Augen, mit dem er nicht gerechnet hatte. Ein junger Mann verliebt sich in eine ältere

Frau und wird dafür angefeindet und verspottet. Doch seine Liebe ist stärker, er stellt sich alldem entgegen. Denn die beiden sind einfach füreinander geschaffen, so dass das Alter keine Rolle spielt.

In den letzten Wochen überrascht ihn das Leben ständig aufs Neue. Jetzt, wo sie alle ständig an die Operation und an Florians Zukunft denken, lernt er Tag für Tag mehr über seinen Enkel, lernt er ihn mehr und mehr schätzen. Und so hat er heute Abend aus den Dialogen und Gesten dieser jungen Darsteller so viel Neues über Florians Einstellung zu Liebe und Partnerschaft, zu Vertrauen und Verbindlichkeit erfahren. Niemals, das hat Heinrich jetzt verstanden, würde Florian seine Liebe verraten – nur weil andere, und sei es seine eigene Familie, nicht damit einverstanden sind.

Bisher hatte Heinrich keine Vorstellung gehabt, wie Florian zu diesen Themen steht. Hatte ihm unterstellt, leichtfertig und unreif zu sein in seinen Entscheidungen. Doch jetzt. Er ist bewegt. Bewegt von einem Theaterstück. Irgendwie scheint in den letzten Wochen die ganze Welt kopfzustehen.

Und so sitzt er jetzt mit Marleen Herzog in dieser Tanzbar.

Es ist seine Idee gewesen, noch gemeinsam etwas trinken zu gehen. Und sie hatte gleich dieses Lokal vorgeschlagen, das direkt um die Ecke lag. Dass hier auch getanzt wurde, hatte sie nicht erwähnt.

»Das Essen hier ist wirklich gut. Das sollten Sie sich nicht entgehen lassen«, bemerkt sie gerade, da ihr wohl aufgefallen ist, dass er seine Karte noch nicht aufgeschlagen hat.

»Es ist eigentlich schon zu spät für ein Essen«, erwidert Heinrich zurückhaltend.

»Ach, Unsinn! Eine Kleinigkeit geht bestimmt noch. Flo

liebt zum Beispiel den gebackenen Ziegenkäse mit der Salatgarnitur. Er wird knusprig mit Honig überbacken.«

»Florian kennt dieses Lokal?«

Marleen Herzog lächelt ihn an. »Es ist sein Lieblingsrestaurant.«

Heinrich schlägt die Karte auf. Die Speisen klingen vorzüglich. Aber die Live-Musik und die vorbeitanzenden Paare irritieren ihn. Er ist wohl einfach zu alt für solche Experimente.

Als der Kellner kommt, strahlt er Marleen Herzog an und stellt ihre Getränke auf dem Tisch ab. Die junge Frau bestellt zwei Portionen vom Ziegenkäse, ehe Heinrich etwas dazu sagen kann.

»Die Desserts können wir uns ja später noch einmal anschauen.«

Sie sieht wirklich hübsch aus.

»Was haben Sie gerade gedacht?«, fragt sie ihn da prompt. Heinrich spürt, wie er errötet. »Oh, ich dachte gerade, dass Florian und Sie bestimmt ein schönes Paar sind, wenn Sie miteinander ausgehen«, erwidert er.

Die junge Frau sieht ihn an. Dann lächelt sie. »Das haben Sie schön gesagt. Danke.« Dann schleicht sich ein wehmütiger Ausdruck in ihren Blick.

Natürlich. Wie dumm von ihm. Heinrich kommt sich ungeschickt vor. »Verzeihen Sie«, sagt er rasch. »Ich wollte Sie nicht traurig machen.«

Sie schüttelt nur den Kopf. »Das haben Sie doch gar nicht.«

Doch Heinrich weiß es besser.

Dann, noch bevor er richtig darüber nachdenken kann,

erhebt er sich von seinem Platz und fragt: »Möchten Sie vielleicht tanzen?«

Frau Herzog schaut ihn einen Moment lang verblüfft an, und sofort hat er das Gefühl, sich völlig lächerlich gemacht zu haben. Doch dann lächelt sie plötzlich und erhebt sich von ihrem Platz.

»Sehr gern!«, antwortet sie und reicht ihm die Hand.

»Ein langsamer Walzer wird wohl nicht schaden«, murmelt Heinrich mit Blick auf ihren Bauch.

Marleen Herzog nickt und legt ihre Hand an seine Schulter. Und als wäre ein Schalter in seinem Kopf umgelegt worden, erinnert sich Heinrichs Körper plötzlich wieder an jeden einzelnen Schritt. Es sind die gleichen Melodien wie damals. Als Helene und er sich hin und wieder so einen Abend zu zweit stahlen. Sie liebte die Musik und hätte die ganze Nacht durchtanzen können. Wenn sie miteinander über das Parkett schwebten, war da ihr atemberaubendes Strahlen, das alle Blicke auf sich zog und ihn zum glücklichsten Mann der Welt machte.

Heinrich bemüht sich, darauf zu achten, dass der Bauch seiner Tanzpartnerin nicht gegen den seinen drückt.

»Es tut mir leid«, sagt sie schmunzelnd, »aber ich habe bis jetzt noch nie mit einem Medizinball zwischen meinem Partner und mir getanzt.«

Sie spricht wirklich alles an, was ihr in den Sinn kommt.

Langsam und vorsichtig tanzen sie einmal um den ganzen Raum herum. Unglaublich, wie leicht es ihm fällt. Gar nicht so, als sei es viele Jahre und Jahrzehnte her. Aber er hat auch eine wirklich hervorragende Partnerin an seiner Seite. Aus den Augenwinkeln beobachtet er, wie ein paar Gesichter an den Tischen sich ihnen kurz zuwenden, während sie an ihnen vorbeitanzen – ja, die Leute lächeln ihnen zu.

Auch den nächsten Tanz, einen zweiten Walzer, beginnen sie miteinander. Doch dann pustet Frau Herzog sich plötzlich eine Haarsträhne aus dem erhitzten Gesicht.

»Vielleicht sollten wir lieber im Sitzen aufs Essen warten«, sagt sie kurzatmig und schaut zu ihrem Tisch hinüber.

»Ja, natürlich«, erwidert er, unterbricht den Tanz und führt sie zu ihrem Platz zurück. Für einen Augenblick hatte er ganz vergessen, dass sie schon bald ein Kind erwartet.

»Sie tanzen sehr gut«, sagt er, als sie sich gesetzt haben. »Lernt man das auf der Schauspielschule?«

»Das nicht«, sagt sie. »Aber ich habe privat immer schon gern getanzt. In unserem Dorf gab es nicht viel Abwechslung. Aber eine kleine Tanzschule gab es dort. Und als ich erst einmal damit angefangen hatte, konnte ich nicht mehr aufhören.«

»Haben Sie auch mit Florian die Tanzschule besucht?«

»Ach, Flo ist doch ein Naturtalent«, lächelt sie. »Er hat Musik in den Adern. Ich musste ihm nur ein paar Schritte zeigen, und schon konnte er es.« Versunken schaut sie auf die Tanzfläche, als könne sie sich selbst mit Florian dort sehen. Ihre Augen leuchten.

Heinrich spürt eine Art merkwürdigen Stolz. Florian ist ein Naturtalent, hat sie gesagt. Ja, irgendwie war ihm das immer schon klar.

Der Kellner stellt die Teller vor sie auf den Tisch. Der Käse mit der knusprigen Honigdecke und der bunten Salatgarnitur sieht wirklich vorzüglich aus, aber Frau Herzog rührt ihre Gabel nicht an.

»Wissen Sie, es hat sich gar nichts geändert«, sagt sie plötzlich.

Sie klingt verwundert. Als sei sie mit einer überraschenden Erkenntnis aus ihren Erinnerungen aufgetaucht.

Heinrich räuspert sich.

»Durch das Baby, meine ich«, fährt sie fort. »Ich dachte, wenn ich erst mal schwanger bin, wenn ich Mutter werde, dann bin ich vielleicht abgeklärter und sehe in Flo einfach nur noch den Vater meines Kindes. Aber ...«

Wieder richtet sie den Blick auf die Tanzfläche, wie auf der Suche nach den Spuren, die Flo und sie bei ihren früheren Besuchen hier hinterlassen haben.

»Sie sind immer noch verliebt in ihn – so wie vorher?«, wagt Heinrich zu sagen.

»Unsterblich!«, gesteht sie. Eine sanfte Röte legt sich auf ihre Wangen.

Heinrich muss darüber lächeln. »Das hat meine Frau damals auch zu mir gesagt, als Paul gerade krabbeln konnte. Sie hätte gern noch ein zweites Kind gehabt. Aber es hat nicht geklappt.«

Marleen Herzog sieht ihn nachdenklich an.

»Flo hat nur erzählt, dass er seine Großmutter nie kennengelernt hat. Sie ist wohl schon lange tot?«, will sie wissen.

Es hat etwas Beruhigendes für ihn, dass Florian von Helene erzählt hat. Obwohl er sie gar nicht kennt.

»Es war 1962. Paul war gerade erst zehn Jahre alt.«

»Oh«, macht Frau Herzog.

Es klingt nicht so, wie Heinrich es schon etliche Male von Fremden gehört hat, wenn aus irgendeinem Grund die Sprache darauf kommt. Diese Situationen, in denen die Reaktion seines Gegenübers ihm immer deutlich macht, dass seit damals fünfzig Jahre vergangen sind und dieser Todesfall deswegen auf absurde Weise verjährt ist.

Nein, die Reaktion dieser jungen Frau ist anders. Aus ihren Augen spricht echte Anteilnahme, als wäre es gestern erst geschehen.

»Das tut mir sehr leid.«

»Ist lange her«, hört Heinrich sich da selber sagen.

Doch ihrem Blick sieht er an, dass sie spürt, dass seine Gefühle trotz all der Jahre noch die gleichen sind.

MARLEEN

Heinrich Steinbeck bietet ihr den Arm an, als sie nach diesem unerwartet schönen Abend mit Theater, gutem Essen und zwei, drei Walzern an der Alster entlangspazieren. Am Ende der Straße ist die Villa bereits zu sehen, als Marleen stehen bleibt und die Allee hinunterschaut. Ihr Begleiter folgt ihrem Blick. »Wunderschön sieht das aus, oder?«, sagt sie, wartet seine Antwort aber nicht ab, sondern fährt einfach fort: »Als ich nach Hamburg kam, war ich völlig begeistert von diesem Stadtteil. Ich hätte nie gedacht, dass ich einmal zu einer der Familien, die hier lebt, Kontakt haben würde.«

Sie weiß, dass sie ihm damit schmeichelt. Vielleicht kann sie ihn auf diese Weise ein wenig gnädig stimmen, denn das ist nicht alles, was sie zu sagen hat. Sie muss es endlich loswerden.

»Ich muss Ihnen etwas beichten, Herr Steinbeck«, sagt sie also und sieht ihn ernst an. »Ich habe gelogen. Flo und ich … Also, wir sind gar nicht verlobt.«

»Tatsächlich?«, antwortet Herr Steinbeck. Er klingt nicht überrascht. Natürlich, er muss es die ganze Zeit über geahnt haben.

»Es tut mir sehr leid«, sagt Marleen. »Ich hatte das nicht geplant. Ich wollte wirklich nicht lügen. Aber als Schwester Natalia mich nicht reinlassen wollte zu ihm, da ist mir nichts anderes eingefallen. Und dann haben Sie es mitbekommen, und plötzlich konnte ich nicht mehr zurück.«

Er nickt. »Ich verstehe«, sagt er, und seine Stimme klingt weder vorwurfsvoll noch enttäuscht, sondern einfach nur fürsorglich. »Und ich denke, Florian wäre damit vollkommen einverstanden gewesen. Also können wir es wohl einfach vergessen.«

Vielleicht sind es diese wenigen Worte, mit denen sie so nicht gerechnet hatte. Vielleicht ist es der verständnisvolle Tonfall. Marleen kann einfach nichts dagegen tun, dass ihre Lippen plötzlich zu beben beginnen. Ihre Augen füllen sich so rasch mit Tränen, dass Herr Steinbeck nicht einmal die Chance hat, nach einem Taschentuch zu greifen.

Innerhalb weniger Sekunden ist sie vollkommen aufgelöst.

Sie weiß nicht, ob Herr Steinbeck von dem, was sie unter dieser Tränenflut zusammenstammelt, irgendetwas versteht. Aber sie erzählt ihm alles, lässt nichts aus. Von dem Streit am Unfallabend. Von der Auseinandersetzung wegen der Familie. Von Karins Geburtstagsfeier. Davon, dass sie sich gefragt hat, was Flo wohl wichtiger ist – sie oder seine Familie. Sie erzählt von dem mysteriösen Brief, der einfach unauffindbar war. Dass es vielleicht ein Abschiedsbrief war.

»Vielleicht wollte er unsere Beziehung beenden. Dieser Gedanke macht mich ganz verrückt. Glauben Sie, er wollte mich verlassen?«, schluchzt sie.

Natürlich kann er es nicht wissen. Doch mit einem Mal, wo sie alles losgeworden ist, was ihr seit Wochen auf der Seele lastet, ist ihr sehr wichtig, was er darüber denkt.

»Nein, das glaube ich nicht. Mein Enkel ist kein Dummkopf. Wenn er eine so wunderbare Frau für sich gewonnen hat, wird er sie bestimmt nicht einfach verlassen«, sagt Heinrich Steinbeck.

Seine schlichten Worte tun so gut. Erneut schießen Marleen Tränen in die Augen. Doch diesmal ist sie einfach nur gerührt. So viel Trost gibt ihr die Gewissheit, die in der Stimme des alten Mannes gelegen hat. Inzwischen hat sie eine ganze Packung Papiertaschentücher verbraucht und knetet jetzt ein durchweichtes Stofftaschentuch in den Händen, das Herr Steinbeck ihr gegeben haben muss. Sie kann sich nicht einmal mehr daran erinnern.

»Ich schlage vor, dass wir jetzt erst mal nach Hause gehen«, sagt er nun. »Das war ein aufregender Abend. Ich wette, nach ein wenig Schlaf sieht morgen alles schon viel besser aus.«

»Es tut mir so leid«, schnieft Marleen zum wiederholten Mal, lässt sich dann aber bereitwillig den Arm reichen und sich die Straße hinunter zum großen Tor an der Einfahrt führen.

Sowohl Pauls als auch Karins Wagen stehen auf dem Kiesplatz neben dem Haus. Doch als sie zusammen in die Eingangshalle treten, ist niemand zu sehen.

Marleen atmet auf.

Sie ist froh, sich nicht erklären zu müssen. Und unendlich erleichtert über Herrn Steinbecks Reaktion auf ihre Eröffnung.

»Soll ich Ihnen noch einen Kräutertee machen?«, fragt er. Sie ist so müde. Aber der Gedanke an einen fürsorglich zubereiteten Tee ist so tröstlich, dass sie langsam nickt.

Sie folgt ihrem Gastgeber in die Küche, wo er den Wasserkocher füllt und einen Beutel von ihrem Tee in eine Tasse hängt. Als er das kochende Wasser eingießt, schwingt plötzlich die Küchentür auf.

Es ist Paul, der dort verwundert stehen bleibt.

»Wo seid ihr gewesen?«, will er wissen. »Karin meinte, ihr wäret bestimmt zusa… sammen in der Klinik. Aber als wir dann hinkamen, hieß es, dass ihr den ga… ganzen Abend nicht da gewesen seid.«

Heinrich Steinbeck räuspert sich kurz und schwenkt den Teebeutel in der Tasse. »Wir waren im Theater«, sagt er.

»Du warst *was?*«

Marleen sieht, wie Paul der Mund offen stehen bleibt. Sie fragt sich, was für ein Gesicht er wohl machen würde, wenn er auch vom Rest ihres gemeinsamen Abends erfahren würde.

»Mach den Mund zu, Paul. Ich weiß nicht, was daran so aufsehenerregend sein soll. Unsere Theater besitzen schließlich Weltruhm. Hier spielen bedeutende Darsteller. Und wir bringen immer wieder hervorragenden Nachwuchs hervor.«

Paul starrt ihn nach wie vor fassungslos an. »Ja, sicher. Aber …«

Es ist kein Stottern, denkt Marleen verwundert. Ihm fehlen einfach die Worte.

»Frau Herzog ist auch eines dieser Talente«, fährt Heinrich Steinbeck fort und schenkt ihr ein Augenzwinkern. Das hier ist alles einfach nur noch verrückt. »Alle sprechen von ihr, musst du wissen. Wenn du willst, gebe ich dir ein paar Rezensionen, in denen sie sehr lobend erwähnt wird.«

»Ähm … Gern …«, bringt Paul heraus.

»Na fein. Also dann …« Heinrich Steinbeck nimmt den Becher vorsichtig am Henkel und nickt seinem Sohn abschließend zu. »Der Tag war ein wenig anstrengend. Ich begleite unseren Gast nach oben.«

Paul hält ihnen beiden die Tür auf.

Heinrich Steinbeck trägt ihre Tasse in der einen Hand und bietet ihr seinen anderen Arm. Und während sie nebeneinander die Treppe hinaufsteigen, kann Marleen Pauls Blick im Rücken spüren.

Donnerstag, 20. September

HEINRICH

»Wie schön, dass Sie noch auf einen Sprung hereinkommen konnten, bevor Ihr Flieger geht«, sagt Heinrich zu John Hampton und Andy Donald, die zusammen mit ihm an dem runden Besprechungstisch in der Kanzlei sitzen. Alle drei lassen sich in ihre Stühle zurücksinken. Der erste Patentantrag ist bereits auf den Weg gebracht, und die beiden Texaner sind in der Kanzlei vorbeigekommen, um sich zu verabschieden. Eine nette Geste, findet Heinrich. Ein angenehmes Klima für die zukünftige Zusammenarbeit.

»Wie geht es denn Ihrem Enkel inzwischen?«, fragt Mr. Donald ihn jetzt.

Diesmal zögert Heinrich nicht. Ausführlich berichtet er seinem Geschäftspartner von den Ereignissen der letzten Zeit, sogar über Frau Herzog und das Baby erzählt er ausführlich. Und es ist ihm nicht unangenehm. Im Gegenteil.

»Sie wissen ja, wie dankbar ich Ihnen bin, dass Sie mich auf Ihren Schwager aufmerksam gemacht haben, Mr. Donald. Er wird am Sonntag in Hamburg eintreffen und Florian am Montag bereits operieren. Sie können sich sicher denken, welch große Hoffnungen wir in diese Operation setzen.«

»Das freut mich sehr zu hören, Herr Steinbeck«, sagt Mr. Donald. »Robert ist fantastisch. Er wird es schaffen, davon bin ich überzeugt. Und wissen Sie, es hat auch mir gutgetan, Ihnen helfen zu können.«

Damit hat er wirklich recht, denkt Heinrich, als er kurze Zeit später wieder allein hinter seinem großen Schreibtisch sitzt.

Auch ihm tut es gut, Frau Herzog geholfen, sie zu sich ins Haus geholt zu haben. Und mehr noch, seit sie im Haus ist, ist auch Florian wieder bei ihnen. Wie eine feine, beständige Melodie, die in den Räumen klingt.

Wenn sie abends zusammensitzen und Frau Herzog ganz selbstverständlich die eine oder andere Anekdote aus ihrem Alltag mit Florian erzählt. Wenn Paul ihr dazu Fragen stellt, ohne über die Worte zu stolpern, wenn Karin hin und wieder ein überraschendes Lachen hören lässt, dann ist Florians Anwesenheit deutlicher zu spüren als in den vergangenen drei oder vier Jahren.

Und langsam glaubt Heinrich auch, Florians Begeisterung für das Theater besser zu verstehen. Die Stücke seines Enkels haben ihn sehr beeindruckt, und Frau Herzog hat seine Meinung über Schauspieler in ein anderes Licht gerückt.

Wie wunderbar, dass es das also offenbar auch gibt: Dinge fügen sich ganz von allein. Ohne dass er so hart an ihnen arbeiten müsste, wie er es sein Leben lang getan hat.

Mitten in seine Gedanken hinein klingelt das Handy. Im Display erscheint der Name Johann Weigel. Siedend heiß fällt es ihm da wieder ein: Er müsste doch längst im Tennisklub sein. Das Gespräch mit Mr. Donald hat länger gedauert, als er es erwartet hatte. Und danach war er so in seine Gedanken vertieft, dass er die Verabredung mit Johann zu einem Tennismatch vollkommen vergessen hat.

»Guten Tag, Johann«, meldet Heinrich sich und setzt schon zu einer Entschuldigung an, doch sein Tennispartner kommt ihm zuvor.

»Hallo Heinrich«, ertönt seine Stimme durch ein lautes Rauschen. »Du bist bestimmt schon im Klub und wartest auf mich, stimmt's? Die Pünktlichkeit in Person eben. Hör mal, ich stecke hier draußen in einem ganz dummen Stau. Ich war noch beim Schiff oben und dachte, ich schaff es ganz bequem. Und jetzt das. Wahrscheinlich ein Unfall. Vermutlich klärt sich das in der nächsten halben Stunde. Aber ich werde sicher nicht pünktlich sein. Willst du an der Bar auf mich warten?«

Heinrich wirft einen Blick auf die Uhr.

»Heinrich?«

»Ja. Ja, sicher. Ich warte an der Bar. Das macht doch nichts, Johann, jeder kann sich mal verspäten«, sagt Heinrich und lächelt still in sich hinein. »Hetz dich nicht. Ich habe Zeit.«

Heinrich bleibt noch einen Moment sitzen und spürt der beinahe übermütigen Freude nach, die ihn plötzlich erfüllt. Dann steht er rasch auf und greift nach seiner bereitstehenden Sporttasche.

»Ich bin im Klub«, ruft er Frau Petersen zu, die mit einer Kollegin im Empfangsbereich steht und ihm verwundert nachschaut. Dann schließt sich bereits die Fahrstuhltür hinter ihm.

Im bodentiefen Spiegel mustert er sich und zieht kurz entschlossen sein Jackett aus, um es sorgfältig über die Sporttasche zu legen.

Vor dem Haus wartet Martens, der den Termin im Gegensatz zu ihm nicht vergessen hat. Er schaut von seinem Buch auf, als Heinrich den Wagenschlag öffnet.

»Tag, Herr Steinbeck. Heute ganz leger?« Martens grinst.

»Sind wir viel zu spät?«, fragt er dann und startet den Motor.

»Nun ja, ein wenig«, erwidert Heinrich. »Aber wie ich Sie kenne, werden Sie das wieder rausholen?«

»Auf so einen Ansporn von Ihnen hab ich schon immer gewartet«, lacht Martens.

Während der junge Mann auf die Straße einbiegt und Gas gibt, schaut Heinrich aus dem Fenster. Seit Jahren ist er nicht mehr zu spät zu einem vereinbarten Termin oder einer privaten Verabredung gekommen. Die Vorstellung allein war ihm schon unangenehm gewesen. Und nun findet er es geradezu amüsant, diesen kleinen Nervenkitzel, den er bei seinem Wettlauf gegen die Zeit empfindet. Immerhin weiß er ja nicht, ob sie es noch rechtzeitig schaffen werden, oder ob Johann Weigel ihn am Ende doch noch überführen wird.

Grundgütiger. Manchmal erkennt er sich in der letzten Zeit selbst kaum wieder.

»Was ist denn so komisch?«, will Martens wissen.

Heinrich begegnet seinem Blick im Rückspiegel.

»Merken Sie sich eins, junger Mann«, sagt er. »Auch im hohen Alter kann man sich selbst noch manchmal überraschen.«

»Klingt gut. Ich freu mich drauf!«, grinst Martens und konzentriert sich wieder auf den Verkehr.

Als sie den Tennisklub erreichen, nimmt Heinrich seine Tasche vom Sitz und betritt raschen Schrittes das Gebäude. An der Bar steht nur der Barkeeper, der eifrig die Gläser poliert. Von Johann Weigel keine Spur. Doch wenige Minuten später kommt auch er herein.

»Tut mir schrecklich leid, dass ich dich so lange habe warten lassen!«, entschuldigt sich Johann sofort. »Jetzt hast du eine dicke Verspätung bei mir gut, Heinrich!«

Der Barkeeper schaut erstaunt zu ihnen herüber.

»Da nehme ich dich beim Wort«, erwidert Heinrich und zwinkert dem verblüfften Barkeeper zu.

Gemeinsam mit Johann geht er durch die Schwingtür hinüber zu den Umkleideräumen. Während sie sich die Schuhe zubinden, murmelt Johann plötzlich: »Mein Gott, es ist schon bald wieder Herbst.«

Heinrich sieht ihn fragend an.

Johann zuckt mit den Achseln. »Ich habe oft den Eindruck, die Zeit vergeht immer schneller, je älter ich werde. Manchmal kommt mir eine Woche vor wie ein einziger Tag. Früher war das anders.«

Heinrich will ihm gerade zustimmen, doch dann hält er inne.

Gestern Morgen noch. Das gemeinsame Frühstück mit Marleen Herzog. Frau Dierksen hatte diese süßen Pfannkuchen gebacken, und die beiden Frauen scherzten miteinander. Es herrschte so eine angenehme Gelassenheit im ganzen Haus, dass Heinrich viel länger als sonst am Frühstückstisch sitzen blieb. Er war beinahe eine ganze Stunde später als sonst im Büro angekommen. Eine kostbare, intensiv erlebte Stunde später.

Das war Zeit gewesen, die nicht einfach so unbemerkt verstrichen war. Und so war es auch während des Ausflugs an die Schlei gewesen. Und bei den Theaterbesuchen neulich. Und an dem Abend mit dem langsamen Walzer.

Ja, und dann sind da noch die Momente, in denen Frau Herzog Florians Hand hält und ihm etwas vorsingt.

»Vielleicht kommt es nur darauf an, was wir mit unserer Zeit anfangen«, hört Heinrich sich sagen.

Johann sieht ihn einen Augenblich lang verwundert an, bevor er fragt: »Was ist eigentlich aus dem Fall Herzog geworden? Das wollte ich dich schon lange fragen. Ich habe mich inzwischen weiter schlaugemacht. Ich kenne da einen hervorragenden Rechtsanwalt, der sich mit solchen Fällen auskennt.«

»Weißt du, Johann«, Heinrich richtet sich auf und blickt seinem Tennispartner in die Augen, »ich denke, dieses Thema hat sich wohl erledigt.«

Freitag, 21. September

MARLEEN

Marleen sitzt schon seit dem Frühstück in ihrem Lieblingssessel am Fenster und liest.

Es ist immer noch eine ihrer liebsten Beschäftigungen. Wie in ihren Kindertagen taucht sie in die Geschichten ein und lässt vor ihren Augen ganze Welten entstehen. Und immer, wenn sie einmal Sorgen hat oder sich vor etwas in ihrem Leben fürchtet, lenkt sie diese andere Welt von der Realität ab.

Es sind nur noch drei Tage, bis Flo operiert wird. Drei Tage, in denen sie dieses wilde Durcheinander der Gefühle wird ertragen müssen: die Erleichterung darüber, dass Flo endlich aus seiner gefährlichen Lage befreit werden kann. Aber auch die stetige Sorge, jäh aufflackernde Zweifel und geradezu panische Momente, in denen dunkle Vorahnungen Besitz von ihr ergreifen. Was ist, wenn die Operation ihn nicht zu ihr zurückbringt? Was, wenn sie danach nicht einmal mehr die Hoffnung hat – sondern nur noch Erinnerungen an eine große Liebe?

Also sitzt sie häufig hier und lässt sich in fremde Welten entführen. Ganz versunken ist sie in ihr Buch, als es leise an ihre Tür klopft.

»Ja, bitte?«, ruft sie.

Das wird Stella sein, die wieder irgendeine Leckerei für sie gemacht hat oder fragen will, ob Marleen einen Tee möchte. Sie ist überrascht, als Karin in der Tür erscheint.

»Marleen?« Sie klingt zaghaft. Ungewöhnlich klein und blass sieht sie aus, wie sie da steht.

Marleens Herz verkrampft sich schmerzhaft.

Oh nein, bitte nicht! Nicht so kurz vor dem Ziel.

Sie haben einen Anruf erhalten. Dr. Ulmer hat angerufen und gesagt, dass es Florian schlechter geht, dass er vielleicht sogar …

Doch dann sieht Marleen, dass Karin etwas in der Hand hält. Es ist ein Stück Papier. Und es sieht reichlich mitgenommen aus. Langsam durchquert Karin das Zimmer.

»Das hier hätte ich Ihnen schon längst geben sollen«, sagt sie dann. »Er ist zwar an uns gerichtet, aber es geht um Sie. Die Polizisten, die wir nach dem Unfall im Krankenhaus gesprochen haben, haben mir alle seine Sachen gegeben, die sie aus dem Auto bergen konnten. Unter anderem auch das hier.«

Sie hält es Marleen entgegen. Und sofort weiß sie, was es ist. Der cremefarbene Umschlag. Von ihrem Schreibtisch. Mit ihrer Tinte beschrieben. Mit zitternden Händen nimmt Marleen das Papier entgegen.

Da ist ein dunkler Fleck in einer der Ecken, der aussieht wie Rost.

»Es tut mir leid«, sagt Karin leise. »Heinrich war so ablehnend Ihnen gegenüber. So voreingenommen, dass ich dachte, es wäre besser, wenn ich das erst einmal für mich behalte. Sie können sich nicht vorstellen, wie oft er Paul früher … Ich wollte nicht, dass Florian das Gleiche erlebt.«

Marleen versteht sofort, wovon sie spricht.

»Aber als wir uns neulich unten in der Halle getroffen haben, Sie wissen schon. Als es Paul nicht gut ging und Sie so rücksichtsvoll waren.« Karin stockt. »Seitdem denke ich, Sie sollten es unbedingt wissen. Und … Heinrich hat sich sehr verändert, seit Sie hier sind. Ich hätte das selbst nie gedacht, aber womöglich ist jetzt alles anders.«

Langsam senkt Marleen den Blick auf den Brief.

Den Brief, den sie so verzweifelt gesucht hat, an dem Abend, an dem Flo weggefahren ist. Auf die Idee, dass er ihn mitgenommen haben könnte, war sie gar nicht gekommen.

Sind das seine Abschiedsworte an sie? Ist wirklich die letzte Erinnerung an Flo, die ihr bleiben wird, dieser schreckliche letzte Abend mit dem elendigen Streit? Ängstlich öffnet sie den Umschlag und nimmt den beschriebenen Bogen heraus. Der Anblick seiner Handschrift lässt ihr Herz krampfen.

Liebe Eltern, liest sie.

Der Brief ist also an Karin und Paul gerichtet. Nach ihrem heftigen Streit, und nachdem Marleen einfach aus der Wohnung gerannt war, hat er sich hingesetzt und einen Brief an seine Eltern geschrieben. Also doch keinen Abschiedsbrief an sie? Marleen schaut noch einmal auf.

Karin nickt ihr auffordernd zu.

Liebe Eltern,

wisst Ihr noch, wie Du, Paps, es damals geschafft hast, das Stottern endgültig zu besiegen? Themen, über die Du nur schwer reden konntest, hast Du in einem kurzen Brief beschrieben. Mama und ich, wir haben diese Worte in Deiner Anwesenheit gelesen. Und wenn wir dann später gemeinsam darüber sprachen, fiel es Dir plötzlich gar nicht mehr schwer.

Heute bin ich derjenige, der Euch schreibt.

Ich bin es, der Euch heute Abend gegenübersitzen und aus Euren Mienen lesen wird, wenn Ihr meine Zeilen in Händen haltet.

Und endlich werden wir gemeinsam über etwas reden, das Ihr längst hättet wissen sollen.

Es geht um … Marleen.

Nur ein einziges Wort ist das. Und schon muss ich lächeln.

Ich wette, es wird Euch auch so gehen, wenn Ihr sie nur erst kennenlernt. Denn eigentlich kann sich niemand ihrem Charme entziehen. Zuallerletzt ich, als ich sie vor eineinhalb Jahren im Theater kennenlernte. Sie ist Schauspielerin, ein wenig jünger als ich, eine großartige Künstlerin und außerdem bezaubernd schön.

In dem Moment, in dem wir uns trafen, war mir schon klar, dass sie diejenige ist, mit der ich mein Leben verbringen will. Weißt Du noch, Paps, Du hast mir einmal erzählt, dass es Dir mit Mama genauso ging.

Es war wie ein Donnerschlag. Mein ganzes Leben ist durch sie bunter, wärmer und fröhlicher geworden.

Dennoch habe ich Euch bisher nicht von ihr erzählt. Das bereue ich jetzt. Aber es ist ja noch nicht zu spät.

Nicht zu spät, um Euch zu sagen, wie wichtig Ihr mir seid. Und dass ich mir nichts sehnlicher wünsche, als dass Ihr mein Leben und meine Entscheidungen ebenso akzeptiert wie ich Eure.

Natürlich ist mir klar, dass es dabei nicht nur um uns drei geht. Ihr wisst genauso wie ich, dass der größte Widerstand gegen

»eine Schauspielerin in der Familie« wahrscheinlich von Großvater kommen wird. Und genau das ist es, was einfach nicht mehr sein darf. Wir müssen alle drei aufhören, ihn derart über unser Leben und – das tut am meisten weh – über unsere Beziehung zueinander bestimmen zu lassen.

Sogar das, was Ihr Euch für mich erträumt habt, ist durch ihn so stark beeinflusst worden, dass Ihr es nur schwer hinnehmen konntet, dass ich dieser Vorstellung einfach nicht entspreche.

Ja, manchmal habe ich sogar selbst an mir gezweifelt – denn Großvater hat so vieles in seinem Leben erreicht und ist eine so starke Persönlichkeit, dass er einen wirklich verunsichern kann, wenn er so vollkommen anderer Meinung ist.

Doch seit ich Marleen habe, weiß ich, dass mein Weg der richtige ist. Sie gibt mir Halt. Sie gibt allem einen Sinn. Und sie ist es, für die ich mich immer und immer wieder entscheiden würde, was auch immer geschehen mag.

Liebe Eltern, dieser Brief soll nur ein Anfang sein. Der Beginn weiterer gemeinsamer Gespräche und der Grundstein für mehr Vertrauen zueinander.

Ich möchte, dass Ihr Marleen schon bald kennenlernt. Und ich bin sicher, dass Sie Eure Herzen im Sturm erobern wird – ebenso wie sie es mit dem meinem getan hat.

Ein kleines Geheimnis behalte ich jetzt noch für mich. Weil ich weiß, dass es Euch bestimmt wahnsinnig freuen wird. Und das würde ich Euch gern von Angesicht zu Angesicht sagen – gleich, wenn ich bei Euch bin …

Euer Flo

HEINRICH

Es ist ein warmer Septembertag. Fast so, als wolle der Sommer sich noch einmal in Erinnerung bringen.

Heinrich ist schon den ganzen Tag mit dem Patent für die chipkartengesteuerten Kaffeemaschinen beschäftigt. Eine grandiose Sache. Schön, nach all den Jahren immer noch Freude an der Arbeit zu haben. Es ist bereits weit nach Mittag, als es an der Tür klopft. Auf sein »Herein« betritt Frau Petersen den Raum und schließt sofort die Tür wieder hinter sich.

»Herr Steinbeck, ist Ihnen nicht gut?«, fragt sie ein wenig erschrocken, nachdem sie ihn kurz gemustert hat. Ihr Blick huscht zum Besuchersessel hinüber.

Da erst wird ihm bewusst, dass er sein Jackett, das er vorhin über die Lehne des Sessels geworfen hat, nicht wieder angezogen hat. Vielleicht wird es wirklich Zeit, dass er in dieser Hinsicht ein bisschen legerer wird?

»Es geht mir hervorragend, Frau Petersen«, sagt er also betont munter. »Was gibt es denn?«

»Draußen wartet eine junge Dame«, sagt Frau Petersen. »Ihr Name steht nicht auf unserer Besucherliste, aber sie meinte, Sie würden sie sicher empfangen, und ich kann sie einfach nicht abwimmeln.« Offensichtlich ist ihr das Ganze hochpeinlich. »Was soll ich tun? Ich kann doch schlecht den Sicherheitsdienst rufen. Sie ist … in anderen Umständen, wenn Sie verstehen, was ich meine.«

Heinrich geht rasch zur Tür und reißt sie auf.

»Frau Herzog«, sagt er. »Was für eine Überraschung!«

Neben der jungen Frau stehen zwei Einkaufskörbe, aus denen Pflanzen herausschauen.

»Guten Tag!«, lächelt sie ihn an. Nein, es ist mehr als ein Lächeln. Sie strahlt geradezu. »Martin war so nett, mich in die Stadt zu fahren. Ich bin ein bisschen über den Markt gebummelt, und da habe ich etwas gefunden, das ich Ihnen gern vorbeibringen wollte.« Sie deutet auf die Pflanzen.

Frau Petersen bemüht sich offensichtlich um eine professionelle Haltung.

»Wünschen Sie einen Tee und etwas Gebäck, Herr Steinbeck?«, erkundigt sie sich.

»Genau deswegen bin ich hier!«, freut sich Frau Herzog und geht umständlich neben den beiden Körben in die Hocke. »Sehen Sie, das hier ist Schweizer Minze, die ist besonders frisch. Das hier ist Melisse und das Salbei, gut für den gestressten Magen. Das Beste von allem aber ist die Zitronenverbene …« Die junge Frau fährt mit der Hand über eine der Pflanzen, schnuppert dann an ihren Fingern und seufzt genussvoll.

Heinrich kann nicht anders. Er muss über ihre Begeisterung lächeln. Rasch tritt er zu ihr, reicht ihr die Hand und hilft ihr beim Aufstehen.

»Ich muss sagen, ich kann mich nicht erinnern, wann ich das letzte Mal von einer Dame Blumen geschenkt bekommen habe«, schmunzelt er. »Wir können Sie hier auf die Fensterbank stellen. Da würden sie sich gut machen, finden Sie nicht?«

Marleen Herzog lacht. »Die Pflanzen sind eigentlich dazu

gedacht, einen gesunden Tee daraus zu kochen. Damit Sie mal was anderes probieren als dieses scheußliche schwarze Zeug.«

Frau Petersen räuspert sich.

»Gut«, sagt Heinrich. »Das können wir ja gleich mal ausprobieren. Kommen Sie damit zurecht, Frau Petersen?«

Frau Herzog wendet sich an seine Sekretärin. »Sie könnten zum Beispiel etwa fünf Minzblätter mit fünf Blättern Zitronenverbene aufgießen. Das Ganze darf ruhig zehn Minuten ziehen. Dieser Tee macht gute Laune«, sagt sie und zwinkert Frau Petersen zu.

Auf deren Gesicht zeichnet sich ein Lächeln ab, als würde es jetzt schon wirken.

»Oh, und Frau Petersen, die junge Dame ist übrigens Marleen Herzog, Florians Lebensgefährtin«, fügt Heinrich hinzu. »Vielleicht wäre es das Beste, Sie setzen sie gleich auf die Besucherliste.«

Dann wendet er sich wieder der jungen Frau zu. »Kommen Sie doch herein«, fordert er sie auf.

Während er die Tür hinter ihnen schließt, sagt sie mit einem Blick auf seinen mit Papieren beladenen Schreibtisch: »Ich hoffe, ich störe Sie nicht?«

»Überhaupt nicht. Ich freue mich, Sie hier zu sehen. Wie geht es dem Kleinen heute?«

»Ich glaube, ganz gut. Zumindest hatte ich eine einigermaßen ruhige Nacht.«

»Und da hatten Sie Lust auf einen kleinen Ausflug, sehr gut!«, sagt Heinrich.

»Ehrlich gesagt, hat es mich einfach interessiert, wo Sie arbeiten«, erwidert Marleen Herzog.

Heinrich beobachtet, wie sie auf die große Glasfront zugeht. »Fantastisch! Das ist … Wahnsinn!«

Eine Weile steht die junge Frau einfach nur da und sieht hinunter aufs Wasser. Ein Touristenboot fährt vorbei. Offenbar sehen ein paar Leute herauf, denn plötzlich winkt sie hinunter.

»Sie sind doch sicher nicht nur hierhergekommen, um den Ausblick zu bewundern und einen Tee mit mir zu trinken?«, erkundigt Heinrich sich schließlich.

Als sie sich umdreht, wirkt sie plötzlich ernst. Ohne ein Wort greift sie in ihre Tasche und zieht einen etwas schmuddelig wirkenden Umschlag heraus.

»Ich habe Ihnen doch von dem Brief erzählt. Von dem Brief, den Flo geschrieben hat, an dem Abend, als der Unfall passiert ist.«

»Ich erinnere mich«, nickt Heinrich.

»Er wurde am Tag des Unfalls in seinem Auto gefunden. Karin hat ihn mir heute Morgen gegeben. Ich finde, Sie sollten ihn lesen.«

Sie streckt ihm den Umschlag hin. Heinrich nimmt ihn entgegen und sieht, dass er an Karin und Paul adressiert ist.

»Sind Sie sicher, dass ich ihn lesen sollte?«, fragt er.

»Ja«, sagt sie mit entschlossenem Gesichtsausdruck, »ich glaube, es wäre wichtig für Ihr Verhältnis zu Flo. Und mittlerweile hat sich so viel verändert … Ich denke, Flo wäre es auch recht.«

Und dann beginnt Heinrich zu lesen.

Marleen steht still dort am Fenster. Als er den Brief sinken lässt, dreht sie sich zu ihm herum und schenkt ihm ein verständnisvolles Lächeln.

Er senkt den Blick und starrt eine Weile auf das Blatt in seiner Hand. In seinem Kopf überschlagen sich die Gedanken. Er sieht sich wieder im Theater stehen, nachdem er Florians Stück über seine Familie gesehen hatte. Und er hört, was Marleen damals gesagt hat:

Oberhaupt einer Familie zu sein bedeutet: allen Vertrauen zu geben, Zuversicht und Mut. Sie zu beschützen, für sie zu sorgen. Sie zu nehmen, wie sie sind.

Sonntag, 23. September

MARLEEN

Morgen.

Morgen früh ist es so weit.

Marleen sitzt schon seit zwei Stunden hier bei Flo und hält seine Hand.

Sie ist die Letzte, die heute zu ihm darf. Seine Eltern und sein Großvater waren bereits hier und haben … Marleen muss schlucken, wenn sie daran denkt. Aber ja, sie haben sich verabschiedet. Denn morgen wird sich alles entscheiden.

Morgen wird die Operation durchgeführt, die Flo zu ihr zurückbringen kann. Aber die Ärzte haben ebenso klargemacht, dass auch bei einem Experten wie Dr. Goldman nicht alle Eingriffe wie gewünscht verlaufen.

Was, wenn dies wirklich das letzte Mal ist, dass sie seine Hand in ihrer halten kann?

Die Stunden und Tage in diesem Krankenhauszimmer waren oft so unendlich anstrengend. Aber sie haben Marleen auch Kraft gegeben. Denn mit ihr zusammen saß immer auch die Hoffnung an Flos Bett.

Doch wenn sie jetzt geht, wird sie womöglich nie wieder hierher zurückkommen. In dem Fall nämlich, dass die Operation nicht wie gewünscht …

Deswegen traut sie sich einfach nicht, ihn loszulassen.

Es ist, als würden sie gemeinsam auf einem wilden Wasser dahintreiben. Ließe sie los, würde die Strömung sie augenblicklich auseinanderreißen, würde einer von ihnen untergehen.

Dabei sind jetzt doch Mut und Zuversicht gefragt.

Aber die findet sie heute einfach nicht in sich.

Egal, was sie versucht. Die Angst hat sich mit eiskalten Krallen in sie hineingebohrt und will nicht weichen.

Das Leben da draußen kommt Marleen so weit entfernt vor.

Doch hier, in diesem sterilen Zimmer, findet sie keinen Trost.

Und auch die Erinnerungen an all die schönen Zeiten gemeinsam mit Flo verschaffen ihr heute keine Linderung, sondern lassen sie nur noch mehr spüren, was sie verlieren könnte. Ohne ihn, das ist ihr ganz klar, ist sie vollkommen allein.

Marleen holt tief Luft und drängt die aufsteigenden Tränen zurück. Heinrich Steinbeck hätte es jetzt an ihrer Stelle einfacher – denn er vertritt schließlich die Theorie, dass Flo sowieso nichts von dem mitbekommt, was um ihn herum geschieht. Sie aber kann einfach von dem Glauben, dass er sie doch irgendwie spüren kann, nicht lassen.

Und deswegen kann sie jetzt nicht gehen.

Sie kann ihn vor dieser letzten Nacht, vor dieser Operation nicht allein lassen, wenn sie selbst so verzweifelt ist.

Was also kann sie retten?

Welcher Gedanke kann sie aufrichten und ihr wieder den Mut einflößen, den sie ihm mitzugeben wünscht?

Der gestrige Abend fällt ihr ein.

Da war sie noch überzeugt gewesen, dass alles gut gehen wird. Vielleicht, weil der Abend so überraschend harmonisch verlaufen war.

Sie hatte sich eigentlich auf ruhige Stunden mit einem Buch im Garten eingestellt.

Doch dann waren Caroline und Martin erschienen. Hand in Hand, nur Augen für den anderen, wenn sie nicht gerade dumme Witze über Marleens Bauch machten.

Als Heinrich Steinbeck oben am Haus auf der Terrasse erschienen war und über den Rasen auf sie zukam, hatte Martin sich sofort aufrechter hingesetzt. Doch Herr Steinbeck lud sie kurzerhand beide ein. Auch Karin und Paul waren dazugekommen, und man hatte beschlossen, im Garten am Fluss zu essen. Schließlich trugen alle gemeinsam Geschirr und Getränke hinaus, und Stella hatte ihnen eine ihrer wunderbaren Mahlzeiten serviert.

Anfangs wirkten Karin und Paul noch ein wenig steif, als würden sie alldem nicht wirklich trauen. Ein gemütlicher Abend mit Essen und lockerer Plauderei, mit Freunden und Familie. Und vor allem mit dem alten Steinbeck.

Aber nach und nach tauten sie auf, schmunzelten über die komischen Anekdoten vom Theater, die Caroline zum Besten gab. Ja, sie bedienten sich sogar an den ungesunden Knabbersachen, die Martin aus einer Tasche hervorgezaubert hatte.

Dann war Paul irgendwann für eine Weile verschwunden und kam schließlich mit einer kleinen Auswahl an Babysachen zurück. Als alle sich darauf stürzten, die Sachen hochhielten und entzückt begutachteten, strahlte er und berichtete von seinem heimlichen Einkauf. Und er stotterte nicht ein einziges Mal. Heinrich Steinbeck hielt lange einen winzigen, bunt geringelten Strampler in der Hand, als habe er einfach vergessen, ihn wieder fortzulegen. Doch Marleen bemerkte genau, wie er ab und zu einen kurzen Blick darauf warf und mit den Fingern über den weichen Stoff streichelte.

Und schließlich zeigte Martin Karin und Paul auf seinem Handy die Fotos, die er von Haus und Garten an der Schlei gemacht hatte. Es war sogar die Rede davon, dass auch Karin und Paul einmal dort hinfahren wollten, um sich alles anzuschauen.

Wenn Marleen früher ihre Eltern besuchte, hatten sie oft solche Abende miteinander verbracht. Im Sommer draußen auf dem Hof, unter der Weinlaube, neben der die alten Rosenbüsche wuchsen. Im Winter drinnen vor dem großen Kamin, in dem ein gemütliches Feuer knisterte.

Das altbekannte, entsetzliche Heimweh befällt sie mit seinen scharfen Klauen. Das hat ihr gerade noch gefehlt. Doch jetzt, spürt sie mit Verwunderung, mischt sich auch ein anderes Gefühl hinein. Ein Gefühl, das sich gestern Abend zum ersten Mal in ihr Herz geschlichen hat. Es war in dem Augenblick, in dem sie mit einer Flasche Wasser, die sie aus der Küche geholt hatte, wieder in den Garten kam. In dem sie auch aus der Entfernung sehen konnte, wie angeregt Karin und Heinrich sich mit Caroline unterhielten. Und dass Paul und Martin aufgestanden waren, um sich gegenseitig auf irgendetwas im Wasser beim Uferbereich aufmerksam zu machen. Sie hatte einen Moment lang einfach nur dagestanden und dieses Bild in sich aufgenommen.

Es ist eine völlig andere Welt als die ihre. Natürlich. Doch zum ersten Mal hatte sie das Gefühl, dass sie sich in dieser Welt, in dieser Familie wohlfühlen könnte. Dass darin etwas unschätzbar Gutes liegt, das ihr geschenkt wurde, nachdem sie schon alles verloren hatte.

Ein Schatz, der ihr helfen wird, die nächsten Tage zu überstehen.

Ja, denkt Marleen, ja, ich bin nicht allein.

Und vorsichtig, als halte sie einen kleinen, verletzten Vogel, legt sie Flos Hand auf dem Laken ab. Sie streicht noch einmal darüber und kann nicht verhindern, dass Tränen über ihre Wangen rinnen. Es ist Zeit zu gehen. Sie steht auf und beugt sich über ihn, küsst ihn zart. Dann verlässt sie den Raum.

Montag, 24. September

HEINRICH

Es ist die Nacht vor der Operation. Und er kann einfach keinen Schlaf finden.

Sie tun doch das Richtige?

Dr. Goldman macht so einen guten Eindruck, perfekt geradezu. Die beiden Assistenzärzte, die er mitgebracht hat, wirken ebenfalls sehr engagiert. Ein eingespieltes Team.

Ja! Es ist richtig. Sie müssen es versuchen.

Mit all den Risiken, die dazugehören.

Doch so sicher er sich seiner Sache auch ist, der Schlaf will sich dennoch nicht einstellen. Ach, solche Nächte sind grauenvoll.

Plötzlich horcht er auf. Hat es da auf der Diele geknarrt?

Im nächsten Augenblick klopft es zaghaft an seine Tür.

Heinrich schlägt die Decke zurück und sucht mit den Füßen nach seinen Pantoffeln.

Da steht sie in der Tür. Das Mondlicht taucht die Szene in ein bläuliches Licht. Heinrich unterdrückt nur mit Mühe den lächerlichen Impuls, sich schützend die Bettdecke vor den Körper zu ziehen. Doch Marleen Herzog scheint gar nicht wahrzunehmen, dass er hier in seinem gestreiften Pyjama vor ihr sitzt.

»Herr Steinbeck«, flüstert sie. »Sind Sie wach?« Sie atmet rasch.

»Da ich nicht zum Schlafwandeln neige, ja, ich bin wach«,

antwortet er und findet endlich auch den zweiten Hausschuh. »Was ist denn los? Können Sie auch nicht schlafen?«

Die junge Frau will etwas sagen. Doch plötzlich krümmt sie sich zusammen, eine Hand hat sie um den Leib geschlungen, mit der anderen klammert sie sich an die Klinke.

»Frau Herzog?« Heinrich ist mit zwei Schritten bei ihr, doch er traut sich nicht, sie anzufassen. Schaut besorgt in ihr schmerzverzerrtes Gesicht.

»Um Himmels willen! Geht es Ihnen nicht gut? Soll ich Sie in die Klinik bringen?«

Nach einer kurzen Weile entspannt sie sich wieder, atmet ein paar Mal schwer ein und aus. »Ja«, sagt sie und wischt sich eine Haarsträhne aus dem Gesicht, »ich glaube nämlich, es geht los.«

»Ja, natürlich«, sagt Heinrich erschrocken. »Ein Taxi. Wir brauchen ein Taxi.« Doch dann nimmt er kurzentschlossen sein Handy und drückt die vertraute Kurzwahltaste.

»Es ist kurz nach drei«, meldet sich eine verschlafene Stimme.

»Das weiß ich, Martens!«, fährt Heinrich seinen Fahrer an. »Aber ich brauche Sie. Und zwar sofort!«

»In Ordnung, Chef. Bin in ein paar Minuten da«, nuschelt Martens und legt auf.

Heinrich hilft Frau Herzog auf den Lehnstuhl vor seinem Sekretär. »Ich zieh mir nur schnell etwas über. Schaffen Sie das?«

Mit einem tapferen Ausdruck im Gesicht nickt Marleen Herzog. Heinrichs Herz schlägt heftig, als er aus dem Zimmer stürmt. Er stürzt ins Bad, fährt sich mit dem Kamm kurz durchs Haar. Dann schlüpft er in die Leinenhose, die vom gestrigen Abend noch über dem Diener hängt, und reißt ein frisches Hemd aus dem Schrank. Krawatte?

»Herr Steinbeck?«, ruft Marleen Herzog leise. Aus ihrer Stimme spricht große Unruhe.

Keine Krawatte.

»Bin schon da.« Rasch schnürt er seine Schuhe zu und ist im nächsten Moment wieder bei ihr.

Sie sieht ihn einen Moment lang nachdenklich an. Mustert ihn von Kopf bis Fuß.

»Was ist?«, will er wissen.

»Schick sehen Sie aus«, sagt sie und zwingt sich zu einem Lächeln. »Wären Sie so lieb und würden meine Tasche aus meinem Zimmer holen? Sie steht fertig gepackt gleich neben der Tür.«

Er ist sofort zurück. Dann machen sie sich auf den Weg die Treppe hinunter. Es kommt ihm vor wie eine Ewigkeit, bis sie endlich in den verglasten Windfang treten. Doch das Scheinwerferlicht des BMW kriecht bereits die Auffahrt hinauf.

Diese jungen Kerle, wie machen die das? Hat Martens etwa im Anzug geschlafen? Doch als der Wagen vor dem Eingang hält und Martens aussteigt, um Frau Herzog in den Wagen zu helfen, sieht Heinrich, dass er gar nicht seine Arbeitskleidung trägt. Stattdessen hat er sich eine Jeans und ein verwaschenes Sweatshirt übergestreift. Seine Haare sind verstrubbelt, und er ist unrasiert.

»Sie können nicht beides haben. Entweder piekfein oder schnell«, sagt Martens, dem Heinrichs Blick nicht entgangen ist.

»Schnell war die richtige Entscheidung«, sagt Heinrich nur.

Er hält der jungen Frau den Wagenschlag auf. Doch als sie sich auf die Ledersitze sinken lässt, krümmt sie sich plötzlich wieder zusammen. Ein Wimmern entfährt ihr. Ihre Hand greift nach seinem Arm und umklammert ihn so fest, dass er sich wundert, wo so viel Kraft herkommt.

»Sieht so aus, als sollten Sie lieber hinten mitfahren«, bemerkt Martens trocken und schließt rasch die Tür hinter ihnen. Dann rennt er um den Wagen herum und springt auf den Fahrersitz.

Heinrich hört, wie die Steine in der Einfahrt aufspritzen, als der Wagen beschleunigt. Nach wenigen Sekunden biegen sie bereits auf die Straße ein.

»Ich frage jetzt nicht, wo sie überhaupt hinwollen …«, sagt Martens.

MARLEEN

Jetzt ist es also so weit.

Ihr Kind.

Flos Baby.

Es hat sich auf den Weg gemacht. Drei Wochen zu früh.

Doch diese Schmerzen lassen keinen Zweifel zu. Da möchte jemand die Welt kennenlernen.

Als sie im Krankenhaus die Tür zu Station zwei öffnen, klammert sie sich mit ihrer rechten Hand an Heinrich Steinbeck und mit der linken an Martin. Sie ist erleichtert, als sie die Nachtschwester den Gang herunterkommen sieht.

»Na, wen haben wir denn da?«, grinst die. »Da konnte wohl jemand nicht mehr abwarten, bis es hell ist!?«

»Ja, ich fürchte, so ist es«, stößt Marleen hervor. »Es sollte erst in drei Wochen …«

»Immer mit der Ruhe, junge Frau, es ist nicht der erste Wicht, der vor der Zeit anklopft«, winkt die Schwester ab und deutet auf ein paar Stühle auf dem Gang. »Setzen Sie sich einen Moment. Ich funke schnell die Hebamme und den Geburtsraum an.« Dann verschwindet sie im Schwesternzimmer.

Marleen blickt den hell erleuchteten Gang hinunter. Aus irgendeinem Grund hatte sie immer gedacht, nachts sei es dunkel auf den Krankenhausgängen. Zwei Etagen höher liegt Florian. Und weiß nichts davon, dass sein Baby gerade jetzt auf die Welt kommen will. Und es ist ungerecht, schrecklich ungerecht, dass er jetzt nicht hier neben ihr sitzt.

Wie sehr sie sich nach ihm sehnt! Wie gern sie seine Hände auf ihren Schultern spüren würde. Die Wärme seines Atems, wenn seine Wange sich an die ihre schmiegt. Es ist verdammt noch mal nicht richtig, dass er nicht dabei sein wird.

Neben ihr räuspert sich Martin.

»Fahren Sie heim, und schlafen Sie sich aus«, brummt Heinrich Steinbeck. »Nach diesem Einsatz haben Sie sich das verdient.«

»Aber Sie brauchen mich doch vielleicht noch …«, widerspricht Martin ihm.

»Nein, hier nicht«, meint Marleen. »Aber du könntest mir einen Gefallen tun: Würdest du Caroline anrufen und ihr sagen, was los ist? Ich möchte, dass sie Bescheid weiß.«

Martin wirft ihr noch einen zweifelnden Blick zu. Dann steht er auf und tippt sich an die nicht vorhandene Mütze. »Alles Gute bei dem Unternehmen! Wird schon werden …«, lächelt er.

»Ich gebe mein Bestes«, erwidert Marleen und versucht sein Lächeln zu erwidern.

Sie sieht ihm nach, wie er über den Flur zum Treppenhaus geht und hinter der Tür verschwindet. Ein netter Typ, durch und durch. Caroline und er passen wirklich gut zueinander.

Heinrich Steinbeck sieht sie besorgt an. Doch bevor er etwas sagen kann, taucht die Schwester wieder auf.

»Alles klar«, sagt sie und deutet den Gang hinunter. »Wollen wir? Wir geben Ihrem Mann dann Bescheid, wo er Sie finden kann. Er wird doch sicher gleich wiederkommen?«

Marleen braucht einen Moment, bis sie versteht. »Das war nicht mein Mann«, erklärt sie dann.

»Das war der Fahrer«, sagt Heinrich Steinbeck fast gleichzeitig.

Die Schwester sieht sie verwundert an. »Na, meinetwegen. Kommen Sie?«

»Wollen Sie nicht einen Rollstuhl holen?«, schlägt Heinrich Steinbeck vor.

Doch die Schwester winkt ab. »Laufen wird ihr guttun. Und es sind ja nur ein paar Schritte.«

Marleen hält sich immer noch an ihm fest, als die nächste Wehe über sie hereinbricht. Trotz der Schmerzen bewegt sie sich langsam weiter den Gang hinunter.

»Meinen Sie, es ist in Ordnung, wenn das Kleine jetzt schon kommt?«, fragt Marleen, die von Angst übermannt wird, sobald die Wehen wieder abflachen.

»Seien Sie ganz beruhigt. Die Hebamme ist schon im Kreißsaal, sie wird Ihnen sagen können, ob alles in Ordnung ist. Aber eins kann ich Ihnen sagen, ich habe hier schon sehr viele gesunde, hübsche Kinder drei Wochen vor dem Termin auf die Welt kommen sehen.«

HEINRICH

Heinrich spürt, wie schwer Marleen Herzog sich auf seinen Arm stützt. Und obwohl jetzt die Krankenschwester bei ihnen ist, lässt sie ihn keinen Augenblick los.

Wenn er ehrlich ist, hat er in der letzten Zeit oft darüber nachgedacht, wie es wohl sein wird, wenn sein Urenkel erst einmal auf der Welt ist. In seiner Vorstellung hat er sogar immer öfter ein Mädchen in dem niedlichen, bunten Strampler vor sich gesehen, ganz wie es Florian sich so sehr gewünscht hatte.

Allerdings hat er sich den Weg bis dahin ganz anders vorgestellt: Frau Herzog wäre irgendwann ins Krankenhaus gebracht worden, und dann hätte man ihn am nächsten Tag angerufen. Er wäre mit einem Blumenstrauß zu ihr gefahren, um sich das kleine Geschöpf anzuschauen. Und vielleicht hätte er es für einen kurzen Moment in den Arm genommen.

Aber das hier? Das Kleine kommt zu früh, und er bringt seine Mutter, die unter den Wehen stöhnt, in den Kreißsaal. Das kann doch alles einfach nicht wahr sein.

»Frau Herzog!«, sagt eine energisch wirkende Frau mit kurzem grauen Haar, die für Frau Herzog die Tür zum Kreißsaal öffnet und sie dabei anstrahlt. Sie nimmt Frau Herzogs Hand in ihre beiden Hände, während sie sie sorgfältig anschaut. »Da haben Sie sich ja beeilt, wieder bei uns vorbeizuschauen. Wo ist denn ihre liebenswerte Freundin heute?«

»Oh, Caroline weiß noch gar nicht, dass das Baby schon auf dem Weg ist.«

Dann wendet sich die Frau an Heinrich.

»Ich bin Doris, die diensthabende Hebamme, ich werde mich um Frau Herzog kümmern.« Sie streckt Heinrich die Hand entgegen. »Und Sie sind …?«, fragt sie ihn dann, und er spürt, wie ihm die Röte ins Gesicht steigt. Wo hat er nur seine Manieren?

»Steinbeck. Ich bin der Großvater«, erklärt Heinrich der Hebamme. »Beziehungsweise der Urgroßvater. Mein Enkel ist der Vater des Kindes, aber er kann leider nicht hier sein.«

Die Hebamme nickt. »Ja richtig, Frau Herzog hat mir davon erzählt, als wir nach der Führung miteinander gesprochen haben. Wie geht es ihm inzwischen?«

»Sein Zustand ist unverändert, aber er soll heute operiert werden. Wir hoffen.«

»Das ist doch wunderbar«, sagt die Hebamme sofort, »zwei freudige Ereignisse an einem Tag. Dann kommen Sie mal rein, junge Herrschaften.« Und sie öffnet die Tür zum Kreißsaal. Ihre Geste ist unmissverständlich.

»Aber ich …«, stammelt Heinrich und hebt abwehrend die Hände.

In diesem Augenblick krümmt Frau Herzog sich erneut zusammen und wimmert so herzergreifend, dass Heinrich ihr sofort wieder unter die Arme greift. Sein Mund wird schlagartig staubtrocken.

Plötzlich überfällt ihn ein entsetzlicher Gedanke. Was ist, wenn irgendetwas schiefgeht? Sind diese Schmerzen normal? Es wird doch keine Komplikationen geben? Heinrich merkt, wie das Blut aus seinem Gesicht weicht. Doch er wagt es nicht, der Hebamme all diese Fragen zu stellen. Er will Frau Herzog auf keinen Fall beunruhigen.

Die Hebamme greift in aller Ruhe nach ihrem Arm und sieht ihr forschend ins Gesicht. Dann schaut sie kurz über ihre Schulter und sagt: »Na kommen Sie schon! Offenbar braucht Frau Herzog etwas familiäre Unterstützung.«

Und ehe er es sich versieht, steht er mitten im Kreißsaal. Und der sieht ganz anders aus, als er gedacht hat. Er hatte sich immer eine Art OP vorgestellt. Mit gekachelten Wänden und hell erleuchtet. Aber hier steht ein breites Bett, das mit einer orangefarbenen Decke bezogen ist, die Wände sind in einem warmen Terrakotta-Ton gestrichen, und die Vorhänge vor den verdunkelten Fenstern schimmern lindgrün. Auf den Fensterbänken brennen bunte Teelichte, und irgendetwas verbreitet einen angenehmen Duft. Während die Hebamme Frau Herzog aufs Bett hilft, wendet Heinrich sich zur Seite. Hinter einer kleinen Mauer, auf der ebenfalls Kerzen brennen, befindet sich eine große Badewanne, die halb in den Boden eingelassen ist.

Außerdem stehen ein paar Utensilien herum, über deren Gebrauchszweck Heinrich lieber nicht nachdenken möchte: eine Art Hocker mit einer halbrunden Aussparung in der Mitte, ein großer roter Gymnastikball. Von der Decke über dem Bett hängt ein langes buntes Baumwolltuch, das an einem kräftigen Haken befestigt ist. In der Ecke neben dem Bett steht ein kleiner Tisch, auf dem eine weiche Unterlage liegt. Darüber eine Rotlichtlampe. Wird dort später das Baby liegen? Als er sich wieder den beiden Frauen zuwendet, stellt er mit Entsetzen fest, dass die Hebamme Frau Herzog gerade aus ihrer Hose hilft.

»Dann werden wir Sie mal untersuchen. Mal schauen, wie weit der Muttermund geöffnet ist«, sagt sie dabei so munter, als handele es sich um einen Besuch beim Friseur.

Heinrich geht eilig zur Tür.

»Wo wollen Sie denn hin?«, fragt die Hebamme.

»Ähm …«, macht Heinrich und deutet hinaus.

»Nein, bitte bleiben Sie hier!« Es ist Frau Herzog, die ihm ihre Hand entgegenstreckt und ihn bittend anschaut.

Plötzlich werden seine Knie ganz weich.

Er schaut die junge Frau an. »Gut. Wenn ich hier gebraucht werde, bleibe ich.«

»Wunderbar!«, sagt die Hebamme lächelnd.

MARLEEN

Seit fast drei Stunden sind sie nun hier.

Es ist noch nicht einmal sechs Uhr.

Und trotzdem denkt Marleen nach jeder Wehe, dass sie nicht mehr weiterkann.

Der Wehenschreiber hat viel zu tun. Und er zeigt ihnen, dass es dem Baby offenbar gut geht. Das hat auch die Ärztin bestätigt, die hereingeschaut und nach Marleen und dem Baby gesehen hat. Alles weist darauf hin, dass es heute gesund und munter auf die Welt kommen wird.

Herr Steinbeck hat inzwischen Position am Kopfende des Bettes bezogen, hält ihre Hand, tupft ihre Stirn mit einem frisch duftenden Tuch ab.

Wenn irgendjemand Marleen vor wenigen Wochen gesagt hätte, dass ausgerechnet er es sein würde, der sie bei der Geburt ihres ersten Kindes begleitet, hätte sie ihn für vollkommen verrückt erklärt. Aber heute, jedes Mal, wenn er beruhigend mit ihr spricht oder ihr Wasser reicht, fühlt es sich genau richtig an. Wie wunderbar, dass sie auf ihn zählen kann.

»Wenn ich mich jetzt noch zu einer PDA entscheiden würde …«, keucht Marleen.

Das weite Hemd ist klatschnass vom Schweiß. Wahrscheinlich Zeit, es noch einmal zu wechseln.

»Möchten Sie das denn?«, fragt Doris, die Hebamme, und blickt ihr ins Gesicht.

Marleen nickt. Die Vorstellung, diese Schmerzen könnten endlich aufhören, ist verlockend.

»Gut. Dann taste ich erst noch einmal, wenn ich darf«, sagt Doris und zieht sich die Handschuhe über.

»Wollen Sie nicht die Ärztin noch einmal dazuholen?«, erkundigt sich Heinrich Steinbeck wie nebenbei. »Ich meine ... Wenn etwas nicht hundertprozentig laufen sollte, dann wäre es doch ganz gut, wenn sie dabei wäre.«

»Keine Bange, Herr Steinbeck«, sagt Doris in ihrem beruhigenden Tonfall. »Momentan sieht alles nach einem ganz normalen Verlauf aus. Und sobald wir in der Austreibungsphase sind, kommt eine Ärztin aus der Geburtshilfe dazu. Das ist so üblich.«

Marleen entgeht nicht, wie Heinrich Steinbeck verzweifelt versucht, Haltung zu bewahren. Und ihr fällt auf, dass sie ihn noch nie mit hochgekrempelten Hemdsärmeln und geöffnetem Kragen gesehen hat.

»Oh«, sagt Doris in diesem Moment, tritt zurück und zieht die Handschuhe wieder aus. »Ich denke, ich könnte jetzt wirklich die Ärztin rufen.«

»Aber Sie sagten doch gerade ...«, mischt sich Herr Steinbeck ein.

»Kein Grund zur Panik«, unterbricht ihn die Hebamme mit der Souveränität einer Frau, die schon mehr als ein paar aufgeregte Männer beruhigt hat. »Es ist nur so, dass das Baby bald kommt. Da brauchen Sie keine Anästhesie mehr. Sie haben es bald geschafft«, erklärt sie an Marleen gewandt.

Das klingt wundervoll!

Marleen wird von einer unbändigen Vorfreude auf das kleine Wesen erfüllt, das sie bald in den Armen halten wird.

Sie beobachtet, wie Heinrich Steinbeck Mineralwasser in ein Glas schüttet und es in einem Zug leert. Als wolle er sich bereithalten für den großen Moment, der jetzt so nahe gerückt ist.

Es dauert nur eine Minute, bis die Ärztin wieder im Raum erscheint. Auch sie tastet kurz und verzieht dann das Gesicht zu einem anerkennenden Lächeln.

»Das ist doch Ihre erste Geburt, oder?«, fragt sie. »Da haben Sie sich aber mächtig angestrengt. Üblicherweise dauert das ein paar Stündchen länger.«

»Ein paar Stündchen?«, echot Herr Steinbeck. Marleen sieht zu ihm auf. Er sieht rührend zerzaust aus. »Wer soll denn so was aushalten?«

Er hat bestimmt in seinem Leben schon unzählige Mandate übernommen und Patente angemeldet, Hunderte von Mandanten vertreten, aber sicher hat er sich noch nie Gedanken darüber gemacht, wie entsetzlich anstrengend eine Geburt sein kann. Doch Marleen ist überglücklich, dass er bei ihr ist und das alles mit ihr durchsteht. So hat sie ein wenig das Gefühl, als sei Flo doch an ihrer Seite.

»Prima, es geht also los«, hört sie die Ärztin sagen. »Ist Ihnen die Position angenehm? Möchten Sie lieber etwas anderes ausprobieren? Den Hocker vielleicht? Oder die Badewanne?«

»Da war ich schon überall«, stößt Marleen hervor und klammert sich wieder an Heinrich Steinbecks Hand. »Kann es nicht einfach vorbei sein?«

In diesem Augenblick wird die Tür noch einmal vorsichtig geöffnet, und eine Schwester steckt den Kopf herein.

»Entschuldigen Sie, Frau Doktor. Da ging gerade ein

ziemlich aufgeregter Anruf ein. Ein gewisser Paul Steinbeck. Er fragt nach Ihnen, Frau Herzog. Ich könnte ihn zurückrufen, wenn Sie möchten. Aber natürlich hab ich ihm noch keine Auskunft gegeben, weil ich nicht wusste, wer er ist.«

Oh nein. Paul und Karin. Natürlich, sie werden sich Sorgen machen! Mittlerweile haben sie bestimmt gemerkt, dass Herr Steinbeck und sie nicht im Haus sind. Und das ausgerechnet heute!

Marleen stöhnt auf und sieht Heinrich Steinbeck hilfesuchend an.

»Mein Sohn«, erklärt Herr Steinbeck der Schwester rasch und geht zu ihr hinüber. »Also, der Vater … Ich meine natürlich … der Großvater.« Dann winkt er ab. »Rufen Sie ihn zurück, und sagen Sie ihm, dass wir alles im Griff haben.«

Und dann sieht Marleen, wie sich ein Lachen auf seinem Gesicht ausbreitet, wie sie es noch nie gesehen hat. »Und sagen Sie ihm, dass er gerade Großvater wird!«

In diesem Moment trifft sie der Schmerz mit solcher Wucht, dass sie kurz aufschreit.

»Heinrich!«, wimmert sie.

Und sofort ist er bei ihr und ergreift ihre Hand. »Ja, Marleen, ich bin da. Gleich hast du es geschafft. Dann bist du Mutter. Und ich … Urgroßvater!«

HEINRICH

Damals, als Paul geboren wurde, war es einfach nicht üblich, dass die Väter dabei waren. Er hatte im Warteraum gesessen, mit einem riesigen Strauß Lilien, für den ihm die Schwester eine Vase gebracht hatte. Die Blumen waren auch nach sechzehn Stunden noch hübsch und frisch gewesen. Anders als Heinrich selbst, zugegeben. Er hatte nichts anderes zu tun gehabt, als dort zu sitzen und zu warten. Aber er war ein ziemliches Nervenbündel gewesen. So jung. So verliebt. Und voller Gewissheit, dass dieses Ereignis sein Leben komplett verändern würde. Vater zu sein war in seinen Augen eine große Verantwortung.

Was aber wird es wohl bedeuten, Urgroßvater zu werden?

Seit die Ärztin im Raum ist, fühlt er sich etwas besser.

Die Hebamme und sie scheinen wirklich zu wissen, was sie da tun. Mit Lachen und aufmunternden Worten feuern sie Marleen an. Geben ihr zwischendurch die Chance, Luft zu holen. Atmen mit ihr gemeinsam.

Und dann, plötzlich, mit einer einzigen, gleitenden Bewegung, ist es endlich geschafft. Das Baby ist da. Tatsächlich.

Die Hebamme hält es in den Händen, betrachtet es kurz und scheint zufrieden.

»Da haben wir ja Ihre kleine Prinzessin«, strahlt die Ärztin.

Als die Hebamme das winzige Etwas auf Marleens nackten Bauch legt, entfährt ihrer Kehle ein Ton, den Heinrich noch nie gehört hat. Ein unbeherrschtes Geräusch zwischen Lachen und Weinen.

Er sieht ihre Hände, die die seinen in den letzten Stunden so fest gedrückt haben, und die jetzt sanft und unendlich zart dieses kleine Wesen streicheln, es begrüßen.

Er schaut in das winzige Gesichtchen, das auf Marleens Bauch ruht.

Er erinnert sich daran, wie Helene ihm damals Paul entgegenhielt. »Nimm ihn«, sagte sie mit diesem sanftmütigen Ernst. Sie legte ihm ihr Baby in den Arm wie das Kostbarste, das das Leben zu bieten hat. Und er war übergeflossen vor Rührung, vor Stolz, überwältigt von Liebe.

»Oh, Heinrich, sieh nur«, sagt Marleen da.

Einen Moment lang ist er noch irritiert, seinen Vornamen aus ihrem Mund zu hören. Doch dann schiebt die Hebamme ihn näher heran, während sie selbst und die Ärztin sich dezent im Hintergrund halten.

Marleen hebt kurz den Blick und lenkt den seinen auf das süße Gesichtchen. »Sieh nur, sie hat deine kluge Stirn.«

Heinrich schaut und schaut. Er kann gar nicht genug davon bekommen.

Deine kluge Stirn.

Dann erst bemerkt er, dass seine Wangen feucht sind.

MARLEEN

Ihre Mina ist da.

Und das Gefühl, das Marleen ergreift, nachdem ihr warmes, weiches Mädchen sich einen Platz an ihrer Brust gesucht hat und bei seinen ersten Versuchen zu trinken leise schmatzende Geräusche von sich gibt, ist unvergleichlich.

Plötzlich ergibt alles einen Sinn.

Das Weiterleben nach Mamas und Papas Tod.

Dass sie ihre Begeisterung fürs Schauspielern gerade in diese Stadt gebracht hat.

Dass sie Flo getroffen hat und mit ihm solch unvergessliche Momente der Liebe erlebt hat, in denen dieses kleine Wesen gezeugt wurde.

Ihr Leben, mit seinen schönsten Momenten, kommt ihr vor, als habe jemand nach und nach nur die besten Zutaten in einen Trichter gegossen. Und letztendlich fließt dieser eine Moment heraus. Der perfekte Augenblick. Und er öffnet sich wiederum wie ein Flussdelta, das ins weite Meer hinausführt. Eröffnet ihr und ihrer Tochter alle Möglichkeiten dieser Welt.

Sie bekommt kaum mit, dass die Ärztin und die Hebamme sich hinausschleichen, so dass Marleen alle Zeit der Welt hat, ihre kleine Tochter kennenzulernen und von Herzen zu begrüßen.

»Willkommen, kleine Mina Helene«, flüstert Marleen und küsst sanft den zarten Kopf, der unter den angewärmten

Tüchern hervorschaut, nachdem Mina an ihrer Brust eingeschlafen ist.

»Ihr wollt sie …?« Heinrich sitzt an ihrer Seite auf dem Bett. Keiner seiner Mandanten würde ihn jetzt erkennen, denkt Marleen. Seine grauen Haare stehen in alle Richtungen ab, und seine Wangen sind gerötet. Das Hemd steht offen, und seine Augen glänzen verdächtig. »Ihr wollt sie mit zweitem Namen Helene nennen?«

Marleen hört seiner Stimme an, wie ergriffen er ist.

Niemals hätte sie gedacht, dass sie Heinrich Steinbeck einmal weich wie ein Stück Butter in der Sonne erleben würde.

»Hab ich gerade entschieden. Irgendwas muss doch für dich dabei herumkommen, wenn du dir schon mit uns die ganze Nacht um die Ohren schlägst.«

Er lächelt und betrachtet wieder das kleine Gesicht seiner Urenkeltochter.

»Du darfst sie ruhig anfassen«, ermuntert Marleen ihn.

»Oh, aber meine Hände kommen mir furchtbar groß und grob vor«, sagt Heinrich. Doch er streckt vorsichtig einen Finger aus und streicht Mina Helene über die feinen dunklen Haare.

»Florian wird furchtbar stolz sein«, murmelt er mit kratziger Stimme.

Marleen schaut auf die Uhr. Es ist sieben Uhr morgens. Und es ist der Morgen der Operation.

»Wie furchtbar, dass wir vor der OP nicht mehr zu ihm dürfen«, flüstert sie. »Ich würde ihm so gern sagen, dass seine kleine Tochter da ist. Vielleicht würde es ihm helfen, zu wissen, dass sie ihn braucht.« Sie muss schlucken und spürt eine Träne ihre Wange hinabrinnen.

Heinrich räuspert sich. »Wie wäre es, wenn ich zur Station gehe und Schwester Natalia frage, ob sie es ihm sagen kann?« Marleen hebt den Kopf und sieht ihn an. Die Erinnerung an ihre Großväter ist blass und verschwommen. Kaum mehr als eine Handvoll Bilder, die womöglich noch nicht einmal der Wirklichkeit entsprechen. Es sind nur Visionen der Geschichten, die Mama und Papa ihr erzählt haben.

Aber Heinrich ist hier, ist real und weit mehr als ein Großvater.

Auf eine seltsame, nie gekannte Weise fühlt sie für ihn noch etwas anderes, etwas Kostbareres.

Er ist ihr Freund.

»Das wäre wundervoll«, sagt sie dann leise.

HEINRICH

Als Heinrich bereits auf dem Flur steht, stellt er fest, dass er sein Jackett im Kreißsaal vergessen hat. Es hängt an dem Haken neben der Tür. Aber er möchte nicht noch einmal hineingehen und Marleen und ihre kleine Tochter stören.

Na, wenn schon. Es ist schließlich nicht kalt hier im Haus. Und Florian liegt nur zwei Stockwerke höher. Also geht Heinrich entschlossen den Gang entlang.

Mina Helene. Mina Helene!

Als er um die Ecke biegt, stößt er fast mit Martens und Frau Herzogs … nein, Marleens Freundin Caroline zusammen.

»Ich hab es nicht mehr zu Hause ausgehalten!«, stößt die dunkelhaarige Frau hervor. »Wie geht es Marleen?«

Heinrich lacht. Es fühlt sich an, als könne er nie wieder ernst sein. »Sie ist noch im Kreißsaal, und es geht ihr hervorragend. Die kleine Mina Helene ist schon da! Zweitausendneunhundert Gramm! Siebenundvierzig Zentimeter! Und sie ist einfach wundervoll!«

»Oh mein Gott!«, ruft die junge Frau quietschend und schlägt die Hände vor den Mund. »Sie ist schon da! Aber das ist ja … der Hammer!« Und ehe Heinrich auch nur ein einziges Wort erwidern kann, fällt sie ihm stürmisch um den Hals. Über ihre Schulter kann Heinrich Martens' erschrockene Miene sehen, und er lächelt ihm amüsiert zu. »Eine temperamentvolle junge Dame haben Sie da.«

»Glückwunsch zur Urenkeltochter!«, grinst Martens erleichtert.

Caroline lässt ihn wieder los und wirft jetzt Martens die Arme um den Hals. »Bin ich froh! Meine Marleen hat wirklich eine kleine Tochter! Komm, darauf müssen wir anstoßen! Und wenn Sie aus dem Kreißsaal raus ist, werden wir die kleine Prinzessin in Augenschein nehmen.« Sie zieht Martens zur Stationstür, und die beiden verschwinden lachend.

Heinrich will gerade zu den Aufzügen gehen, als er auch Paul und Karin den Flur hinunterkommen sieht.

»Es ist ein Mädchen!«, ruft Heinrich und eilt ihnen entgegen, um seinen verdutzten Sohn kräftig an die Brust zu drücken. »Ein Mädchen!«

Die beiden sehen verwirrt aus. Bestimmt wundern sie sich, dass Heinrich Marleen ins Krankenhaus begleitet hat, ohne ihnen Bescheid zu geben. Dass ausgerechnet Heinrich Marleen bei der Geburt beistehen würde, damit haben sie sicher nicht gerechnet. Doch ihm selbst kommt das nun ganz selbstverständlich vor.

Stolz erzählt er ihnen von Mina und kann dabei zusehen, wie ihre Gesichter zu leuchten beginnen.

Ein Gefühl der Zusammengehörigkeit durchströmt ihn, das er schon lange nicht mehr erlebt hat. Hier stehen drei Familienmitglieder, die gemeinsam eine schwere Zeit durchgemacht haben und sich nun über die Geburt eines Babys freuen.

»Warum schaut ihr nicht kurz bei ihr hinein?«, schlägt Heinrich vor. »Marleen würde sich bestimmt darüber freuen.« Karin und Paul wechseln einen vielsagenden Blick. Sie lächeln.

»Und du?«, fragt Karin.

»Oh, ich …« Heinrich deutet zu den Aufzügen. »Ich trinke einen Tee.«

Karin nickt ihm lächelnd zu. »Ich denke, den hast du dir nach dieser Nacht wohl verdient.«

»Viel Spaß«, sagt Heinrich. »Sie ist eine Schönheit.«

An der Tür zur Intensivstation öffnet ihm Schwester Natalia.

»Guten Morgen! Wie schön, dass ich ausgerechnet Sie antreffe. Bestimmt interessiert es Sie, dass Marleen vor einer Stunde eine kleine Tochter bekommen hat. Mina Helene«, sagt er und kann seiner eigenen Stimme den Stolz anhören.

Sie lächelt. »Tatsächlich? Das ist ja wunderbar! Ein wenig früh, oder? Geht es den beiden gut?«

»Ja. Sie hat das alles ganz hervorragend gemacht. Ich war dabei«, kann er sich nicht verkneifen hinzuzufügen.

Die Schwester macht große Augen, sagt aber nichts. Ob sie auch noch manchmal daran denkt, wie sie ihm vorgeworfen hat, seine Pflichten als Urgroßvater nicht wahrzunehmen?

»Dann gratuliere ich ganz herzlich«, sagt Schwester Natalia. Tatsächlich blickt sie weit weniger streng als sonst. Jetzt breitet sich sogar ein Grinsen auf ihrem Gesicht aus. »Wenn der erste Trubel sich gelegt hat, gehe ich bei den beiden vorbei und schau nach, ob Sie auch alles richtig gemacht haben.«

»Da wird Marleen sich freuen«, erwidert Heinrich und wird dann ernst. »Ich bin allerdings nicht nur deswegen hier. Mir ist bewusst, dass das vielleicht den Anordnungen der Ärzte widerspricht, aber darf ich Florian noch einmal sehen?«

»Oh, das wird nicht gehen«, sagt sie. »Wir müssen Ihren Enkel für die OP vorbereiten.«

»Es wird sicher nicht lange dauern«, erwidert Heinrich. »Aber Marleen glaubt, es könne ihm helfen, wenn er weiß, dass er nun Vater einer kleinen Tochter ist. Sie hätte so gern, dass jemand es ihm sagt.«

Schwester Natalia betrachtet ihn kurz zögernd. Dann tritt sie zur Seite, um ihn hereinzulassen.

Florian liegt da wie immer.

Heinrich zieht sich einen Stuhl heran und setzt sich.

Mit einem Mal kommt ihm sein Vorhaben absurd vor. Er hüstelt ein wenig und betrachtet das simple Muster der Bettwäsche.

»Du wunderst dich sicher«, beginnt er zögernd. »Ich meine, es ist schon verwunderlich, dass ich hier sitze und nicht Marleen. Aber weißt du, sie hatte eine ziemlich anstrengende Nacht.«

Es ist immer so einfach gewesen. Dort an der Wand zu sitzen, in der zweiten Reihe, und zuzuhören, wie Marleen mit ihm spricht. Das hat sich immer völlig natürlich angehört. Ganz selbstverständlich. Als sei wirklich gar nichts dabei.

Aber jetzt, wo er selbst hier sitzt, spürt er eine seltsame Scheu. Ganz so, als fordere diese Situation besonders viel von ihm. Absolute Aufrichtigkeit und Offenheit. Als würde Florian ihn von einem anderen Ort aus betrachten und seine Absichten prüfen.

Doch wenn das der Fall sein sollte, dann spürt Florian bestimmt auch ganz deutlich, dass Heinrich ihm gegenüber wahrscheinlich noch nie so ehrlich und offen war wie jetzt.

Und plötzlich weiß Heinrich auch, dass er nicht nur gekommen ist, um Florian die Geburt seiner Tochter mitzuteilen.

Er ist auch noch wegen etwas anderem hier. Etwas, das keinen Aufschub duldet.

»Sie ist wirklich wunderschön, musst du wissen«, sagt er mit belegter Stimme. »Sie ist das schönste kleine Mädchen, das ich je gesehen habe. Marleen sagt, sie hat meine Stirn. Aber ich hoffe, dass sich das noch auswächst.« Er schmunzelt. »Schließlich hat sie zwei so gutaussehende Eltern. Da kann man nur hoffen, dass sie nach euch beiden gerät.« Jetzt muss er schlucken. »Marleen hat sie Mina Helene genannt. Sie hat das mit dem zweiten Namen ganz allein entschieden, musst du wissen. Nicht, dass du böse auf mich wirst und mir vorwirfst, ich hätte …« Heinrich unterbricht sich. »Jetzt fange ich schon wieder so an wie immer, oder mein Junge?«

Er hebt die Hand, legt sie auf die Bettdecke. Traut sich endlich und ergreift Florians Hand. Sie fühlt sich kühl und trocken an. Anders als Marleens schwitzig-heiße Hand, die er die ganze Nacht gehalten hat. Aber trotzdem fühlt es sich gut an. Weil es Florians Hand ist. Und weil er lebt. Und sie allen Grund zur Hoffnung haben.

»Eigentlich bin ich hier, Florian, weil ich dir etwas versprechen will. Ich will dir versprechen, dass ich da sein werde. Ich wette, die kleine Mina wird euer Leben ganz schön durcheinanderwirbeln. Und wenn du Zeit brauchst, um dich richtig zu erholen, ich meine, bevor du wieder mit dem Schreiben beginnen kannst.«

Er stutzt kurz. Es ist ja tatsächlich nicht schwer. Es ist nicht schwer, das zu sagen und es auch wirklich so zu meinen. Aus tiefstem Herzen.

»Dann bin ich auf alle Fälle für euch da. Für euch alle drei. Und dein Stück, das wollte ich dir auch noch sagen, du weißt schon, welches ich meine, dein Stück fand ich wirklich sehr gut.«

Er drückt Florians Hand ein bisschen fester.

»Herr Steinbeck?« Schwester Natalia erscheint in der Tür. »Es wird Zeit.«

»Nur noch einen winzigen Augenblick«, sagt Heinrich.

Sie schaut ihn prüfend an. Doch dann nickt sie knapp und zieht sich zurück.

Heinrich wendet sich noch einmal an Florian.

»Was ich dir eigentlich nur sagen will, ist: Du musst dir keine Sorgen machen. Ich glaube, es wird dir sehr gefallen, wie sich die Dinge geändert haben. Wir alle warten auf dich.«

Und dann beugt er sich vorsichtig herab und berührt mit den Lippen sacht die Stirn seines Enkels.

EPILOG

DREI JAHRE SPÄTER

Es ist einer jener Tage, an denen der Himmel in der Farbe des Meeres leuchtet. Schwalben segeln an ihm dahin. Irgendwo hinter den grünen Baumwipfeln ertönt der Schrei einer Möwe. Der Duft von frisch gemähtem Gras weht herüber.

Sie tritt durch das Gartentörchen auf die Wiese, die zu dem kleinen Haus führt. Auf den Stufen der weiß gestrichenen Holzveranda sitzen Mina und ihr Urgroßvater und sind in ein Bilderbuch vertieft. Einen Moment lang betrachtet Marleen die beiden liebevoll lächelnd.

Dann wendet sie sich um und geht den schmalen Weg zwischen den blühenden Blumenbeeten hindurch zum Gartenpavillon. Die Tür steht offen, und sie tritt leise ein.

Auf dem Tisch liegen einige Notizbücher, daneben ein paar Ausgaben zerlesener Theaterprogrammhefte. Sie streicht sanft über die Stuhllehne. Hier ist er immer gegenwärtig. Als schwebe seine Essenz in diesem kleinen, behaglichen Raum.

Da spürt sie, wie er leise von hinten an sie herantritt. Sie dreht sich nicht zu ihm um, sondern lächelt nur, während er seine Nase in ihrer Halsbeuge vergräbt. Sanft umfängt er sie mit den Armen und küsst ihren Nacken.

»Na?«, fragt er. »Wie geht's meinen beiden Mädels?«

VIELEN DANK AN

Bianca Wirges, Freundin und Ärztin meines Vertrauens.

Alice Wotsch, Rechtsanwältin, die auf alle meine Fragen eine Antwort wusste.

Wolfgang Kornberger, der bei den neurologischen Fragen beratend zur Seite stand.

Die Gynäkologische Station des Gemeinschaftskrankenhauses Herdecke für alle Auskünfte und Infos.